メガバンク最後通牒
執行役員・二瓶正平

波 多 野 聖

幻冬舎文庫

メガバンク最後通牒

執行役員・二瓶正平

メガバンク最後通牒

執行役員・二瓶正平　目次

メガバンク最後通牒　登場人物

東西帝都EFG銀行

二瓶《にへい》正平《しょうへい》

東西帝都 EFG 銀行の新執行役員。執行役員で唯一の名京銀行出身。『グリーン TEFG 銀行』準備室室長。

桂《かつら》光義《みつよし》

東西帝都 EFG 銀行の元頭取。投資顧問会社を設立し、相場師として活躍している。

桜木《さくらぎ》祐子《ゆうこ》・今村《いまむら》良一《りょういち》・信楽《しがらき》満《みつる》

『グリーン TEFG 銀行』準備室のメンバー。

官僚・取引先

工藤《くどう》進《すすむ》

金融庁長官。

柳城《りゅうじょう》武州《ぶしゅう》

社団法人柳城流茶の湯、十三代宗匠。

坊条《ぼうじょう》雄高《ゆたか》

坊条グループ総帥、坊条家当主。息子に長男・美狂、次男・清悪、三男・哀富がいる。

二瓶と桂を取り巻く人々

湯川《ゆかわ》珠季《たまき》

銀座のクラブ『環』のママ。桂とは深い仲。正平の昔の恋人。

二瓶《にへい》舞衣子《まいこ》

正平の妻。パニック障害を患っている。

第一章　青雲立志

「御前《ごぜん》、お加減はいかがです？」

坊条《ぼうじょう》グループ顧問弁護士、班目《まだらめ》が病室に現れた。

会社の人間たちは全員、坊条を御前、あるいは御前さまと呼ぶ。

班目順造は顧問弁護士を三十年以上務め、坂藤《ばんどう》市の弁護士会会長でもある。

表にも裏にも顔が利き、立ち技も寝技も得意とする有能な班目は坊条の片腕といえる存在だった。何度もグループ企業や坊条家を巡る問題を見事に処理している。

班目が病室に入った時、坊条は読書をしていた。道元の『正法眼蔵《しょうぼうげんぞう》』だった。

本を閉じると坊条は言った。

「まだ死にはしないよ」

班目は笑った。

「御前には私の葬式の葬儀委員長をお願いするのですから先に逝かれては困ります」

坊条は憮然とした表情を見せた。

「心にもないことを言うな。お前の世辞は毒舌に聞こえる」

班目は薄い頭を撫でながら修行が足りませんなぁと呟いた。

そこで坊条は身体を乗り出し訊ねた。

「持って来てくれたか？」

坊条の言葉で班目は年季の入った黒の革鞄の中から書類を取り出した。

分厚い書類と共に様々な新聞の切り抜きが綺麗にスクラップされたファイルもある。

坊条は手渡され、ざっと目を通すとポツリと言った。

「やっかいだな」

班目はその通りですと頷いた。

「東西帝都ＥＦＧ銀行、どうしたものか？」

坊条の鋭い目の奥が光った。

◇

丸の内に聳《そび》える東西帝都ＥＦＧ銀行（ＴＥＦＧ）本店ビル。

三十五階建てのそのビルの最上階に、役員大会議室はある。

今そこで〝全体役員会議〟が開かれようとしていた。

ＴＥＦＧの役員会議には三種類ある。専務以上の〝上級役員会議〟、常務以上の〝役員会議〟、そして執行役員を含めた〝全体役員会議〟の三つだ。

それぞれ月に一度、定例で行われ必要に応じ臨時でも開催される。〝全体役員会議〟では、三十名を超える役員全員が集合しその光景は壮観だった。

そこでは「日本最大の金融機関ここにあり」とする空気が会議室全体に満ちる。

出席する者全員が、その場の雰囲気に奮い立つような感覚を持つ。

銀行マンとして頂点の会議に参加しているのだという自負が自然と湧き、初参加の新人役員などは感涙を抑えるのに苦労する。

役員になったという実感が辞令を受け取った時より大きく湧くのが……、全体役員会議の末席に座った時だ。

入行してからの様々なことが頭を過《よぎ》る。仕事での辛かったこと、嫌だったこと、全てを思い出しそれが無駄でなかったと自答する。

「あの時辞めずにいて良かった。あそこで耐えて良かった」

自分の職業人生が全肯定され、全てが報われたと思える。サラリーマンとして至高の時といえる瞬間だ。

「僕は役員になった」

一人の新人役員が、会議室を見回し感慨に耽っていた。

新執行役員の二瓶正平《にへいしょうへい》だった。

親しい友人たちはヘイジと呼ぶ。瓶と平、へいとへい、ヘイの二乗でヘイジという中学時代からのあだ名だ。

ヘイジにとってTEFG役員への到達は他の行員たちの道のりとは違っている。

「僕が日本最大の銀行の役員になった。弱小銀行出身の僕が……」

メガバンク、いや今や『スーパー・メガバンク』とも呼ばれる東西帝都EFG銀行（TEFG）、その誕生の経緯からは日本経済の栄枯盛衰が見て取れる。

明治の時代から日本の産業界に君臨し続ける財閥、帝都グループ。

その帝都の扇の要である帝都銀行と外国為替専門の国策銀行としての出自を持つ東西銀行がバブル崩壊後に合併、大小二つの都市銀行が一つとなり東西帝都銀行が生まれた。

総合的な大銀行の強みと外国為替の高い専門性を併せ持つ〝理想的銀行〟と呼ばれたが、そこには巨大銀行を創りたいという金融当局の思惑があった。

帝都銀行は他行に比べ積極性に欠け、業界内で〝お公家さん集団〟と揶揄される行風が幸いして八〇年代に過剰融資に走らずバブル崩壊後の不良債権は他行に比べ圧倒的に少なく、東西帝都銀行は〝健全銀行〟とされた。

「銀行は絶対潰れない」という戦後日本経済の神話がバブル崩壊後に消える中、金融当局は混乱を抑えるため不良債権を抱えた〝問題銀行〟を大きな〝健全銀行〟に吸収させる必要に迫られた。

都市銀行の中で〝問題銀行〟とされたのが関西系の大栄銀行と中部圏を地盤とする名京銀行だった。

金融当局はその二つを合併させ、ＥＦＧ銀行（Eternal Financial Group）を誕生させた後、東西帝都銀行にＥＦＧを吸収合併させた。こうして誕生したのが日本最大のメガバンク、東西帝都ＥＦＧ銀行（ＴＥＦＧ）だったのだ。

大に小を呑み込ませることで生まれるのが出身行員の間のヒエラルキーだった。

「帝都に非ずんば人に非ず」

ＴＥＦＧでは帝都銀行出身者が圧倒的な行内支配を強めて行った。しかし、大きな問題が次々と起こった。五兆円の超長期国債の購入直後に国債市場が暴落、巨額の損失を抱えたことで破綻・国有化の危機を迎えた。

瀕死の状態となったＴＥＦＧを巡って米国の巨大ヘッジ・ファンドが買収に乗り出し、株の争奪戦に発展したが辛くも買収を免れることに成功する。

その後も中国の巨大資本による買収という絶体絶命の危機を迎えたがそれも回避することが出来た。

それぞれの危機回避に尽力したのが東西銀行出身の役員、桂光義《かつらみつよし》だった。

桂は米国ヘッジ・ファンドとの攻防戦での勝利の功績から頭取となったが、後に退社した。

相場師としての気質の強い桂は頭取の仕事に馴染めず、相場に集中したいと独立し、自分の投資顧問会社を設立したのだった。

しかし、中国資本による買収に際して再びＴＥＦＧを助けその危機を救った。

その桂に協力してＴＥＦＧを守った功労者が二瓶正平、ヘイジだった。

名京銀行出身でＴＥＦＧの中では絶滅危惧種などと揶揄されながらも、誰からも嫌われない不思議な魅力でしたたかに生き抜き、新たに役員となったのだ。

「役員になった」

大役員会議室でヘイジは頭取以下全役員を見回した。

三十名を超えるＴＥＦＧの役員、合併銀行だが役員の出身銀行を見ると実情がハッキリと分かる。

専務以上は全て帝都銀行出身者、五人の常務のうち三名が帝都出身で東西銀行と大栄銀行出身が一人ずつ、そして十五名の執行役員は名京銀行出身のヘイジを除き、全てが帝都の出身だった。

「〝ほぼ完全・帝都銀行〟なんだな」

ヘイジは心の中で呟いた。

「それでは今月の全体役員会議を開催致します」

議事進行の副頭取が言葉を発した。

「まず頭取からご挨拶を頂戴致します」

頭取の岩倉が全員を見回してから予定原稿に目を落とした。

「金融情勢が様々な変化を見せておりますが、これまで以上の大変革が日本の銀行界に起こったのはご存知の通りです」

金融庁の主導で誕生したスーパー・メガバンクのことだった。

それは地方銀行の再編によって誕生したSRB（スーパー・リージョナル・バンク）六行を三つのメガバンクが買収する形で綺麗に成し遂げられる筈だった。

東西帝都EFG銀行、敷島近衛《しきしまこのえ》銀行、やまと銀行の三つのメガバンクがSRBを呑み込む形でスーパー・メガバンクを誕生させる。それが金融庁の目論見だった。

六つの巨大地方銀行、スーパー・リージョナル・バンク＝ＳＲＢ。
・北日本グランド銀行（北海道・東北）
・関東中央銀行（関東・甲信越）
・中部日本銀行（東海・北陸）
・関西セントラル銀行（関西）
・西日本ロイヤル銀行（中国・四国）
・大九州銀行（九州・沖縄）
その六つへのＴＯＢによる買収に三つのメガバンクが挑んだ。

東西帝都ＥＦＧ銀行は関東中央銀行と大九州銀行に対し、敷島近衛銀行は中部日本銀行と関西セントラル銀行に対して、やまと銀行は北日本グランド銀行と西日本ロイヤル銀行に対してＴＯＢを掛けた。

結果として敷島近衛銀行とやまと銀行が成功しスーパー・メガバンクとなった。

だがＴＥＦＧは大九州銀行へのＴＯＢを下野していた桂光義に阻止され、関東中央銀行だけを手にすることになった。

その後、ＴＥＦＧは中国資本による買収危機を桂に助けられ虎口を脱することが出来た。

ＴＥＦＧを救った桂は関東中央銀行をＴＥＦＧが呑み込むのではなく、ＳＲＢ『グリーンＴＥＦＧ銀行』として経営を行うよう言い置き、それをヘイジに任せるようにＴＥＦＧの頭取以下に約束させた後、再びＴＥＦＧを去った。

そんな複雑な経緯でヘイジは『グリーンＴＥＦＧ銀行』の担当役員となっていたのだ。

頭取の話は続いた。

「このような大変革の中で我々は『グリーンＴＥＦＧ銀行』を是非ともＳＲＢとして成功させなければなりません。皆さんにご紹介します。新取締役執行役員『グリーンＴＥＦＧ銀行』推進本部長、二瓶正平くんです」

ヘイジは立ち上がり頭を下げた。

「二瓶君にはこれから『グリーンＴＥＦＧ銀行』の青写真を描いて貰います。日本に冠たるＳＲＢを期待しています。二瓶君、頑張って下さい。では、次に……」

（ヘッ？）

ヘイジは肩透かしを食らった。

（それだけ？）

ＴＥＦＧ経営中枢の『グリーンＴＥＦＧ銀行』への関心の薄さがこれで知れた。

ヘイジの耳には周りからの「名京出身」とか「絶滅危惧種」という囁きが入って来る。

何とも重く不快な温度のお湯のようなものが心に満ちていく。

ヘイジは手元にＳＲＢプロジェクトについてどんなことでも答えられるよう、分厚い想定問答集を用意していたが……、全くの無駄だった。

この翌週、ヘイジは行内のＳＲＢプロジェクトへの本音を知ることになる。

◇

第五役員会議室は少人数でのミーティング専用のもので、窓はなく実務の打ち合わせのためだけに設けられている部屋だった。

その日、そこに集まった役員は四人、頭取の岩倉と専務の高塔、常務の瀬島とヘイジだ。

ヘイジによる『グリーンＴＥＦＧ銀行』に関する関係役員へのキックオフミーティングが行われるのだ。

頭取の岩倉は前任の佐久間頭取の自殺の後、副頭取から頭取に自動的に昇格した人物だ。

『ミスター帝都』と異名を持つほどの帝都銀行マンとしての特質を備えている。

東帝大学法学部卒、帝都銀行入行後は本店勤務の後、大蔵省に出向しその後はＭＯＦ担としてエリート街道を歩み、企画部長、人事部長、頭取秘書を経て役員となりその後も管理部門をずっと担当してきた。

　専務の高塔は東京商工大学経済学部卒で帝都銀行入行後は融資畑のエリートとして歩んだ。帝都グループを若くから任されて実績を挙げ、融資第一部長、営業企画部長を経て役員となり、融資部門を統括している。

　常務の瀬島は京帝大学経済学部卒で帝都銀行に入行後は関西圏の支店での営業が長く、京都支店長時代に大手電子部品メーカーのメインバンクの地位を関西の雄である近衛銀行から奪ったことから『剛腕』の異名を持つ。ＴＥＦＧの中では珍しい本格派の銀行マンで、役員として関東圏の支店を統括している。

　専務の高塔、常務の瀬島、そしてヘイジが『グリーンＴＥＦＧ銀行』の担当役員のラインとなるのだ。

　全員の前にはヘイジが作成した『グリーンＴＥＦＧ銀行　ＳＲＢ設立に向けて』と題したペーパーが置かれている。

　メガバンクとは全く異なる経営のあり方が求められるＳＲＢについての課題が簡潔に纏《まと》められ、設立までの工程表が添付されている。

　会議を短時間で効率よく進める上で過不足なく作成されたものだ。

　ヘイジはそれに沿ってきっかり十五分で説明を終えた。それ以上時間を掛けるとどんな内容でも冗長に思われ印象が薄くなってしまうことをヘイジは熟知している。

「良く纏まっている」

頭取の岩倉が開口一番そう言ってペーパーを褒めた。

（やった！　これで空気が決まった！）

ヘイジは心の中で快哉を叫んだ。

ＴＥＦＧの会議では一番偉い人間の意向に合わせて、あるいは忖度《そんたく》されて、全てが進められていく。特に〝御前会議〟と呼ばれる頭取が出席しての会議では頭取の意見に反論も異議も出ることはない。

頭取が最初に肯定的なニュアンスの発言をしたことで、全ては順調に進んで行くものと思われた。

しかし、ヘイジが喜んだのも束の間だった。

岩倉は続けて言った。

「だがこれを踏まえた上で私からハッキリと言っておく。私の本音はＳＲＢに否定的だ。当行がＳＲＢをグループ銀行として経営の枠組みに入れることには違和感がある」

それを聞き、すかさず専務の高塔が言った。

「私も頭取のご意見に賛同します。確かにＳＲＢはこのペーパーに書かれている通り理念としては美しい。『地域密着』『地方再生』というものが金融サービスを通じてどれだけ大きな可能性を秘めているのかは分かります。しかし、綺麗事だけでは済まないのが金融の常」

そこからは常務の瀬島が引き継いだ。

独特の関西弁が会議室に響く。

「頭取、専務のおっしゃる通りですわ。メガバンクの特性は『全国一律』『効率経営』に尽きます。私らはそのトップであるスーパー・メガバンクとしてのあり方をどんどん進めるべきです。経営の中に例外を認めるようなもんはあきまへんわ」

その言葉に頷いて岩倉は言った。

「他のメガバンク、敷島近衛銀行もやまと銀行も、SRBを買収した後、すべて自行に吸収しスーパー・メガバンクとなる方向で着々と進めている。結局は一色で染めていくのが銀行経営、特に巨大銀行経営には最適であるということだ」

ヘイジは唖然とした。

頭取の岩倉は副頭取時代、中国資本によるTEFG買収の危機を桂に救って貰った時、SRBに積極的な桂の意向を汲んで設立を約束し『グリーンTEFG銀行』という名前まで考えた人物だったからだ。

（全体役員会議でのSRBへのそっけなさはこれだったのか……）

ヘイジはここで黙っていては駄目だと思い、とっさに逆の手を大きく打った。

「では、『グリーンTEFG銀行』は白紙撤回ということですか？」

強く出ると全員が黙った。

帝都出身者の習性だな、とヘイジは思う。

決定調で問われると思考停止に陥るのだ。

〝お公家さん集団〟の本質は変わらないな、とヘイジは何度もこれまでの会議で感じてきた。

「SRBとして『グリーンTEFG銀行』の設立内定は既にプレスリリースもされていますが宜しいのですね？」

そこで専務の高塔がまあそう急ぐなと苦い顔をした。

「頭取は金融庁の意向を忖度されてらっしゃるんだ。金融庁の工藤長官はどこまでもスーパー・メガバンク構想で日本の金融行政を引っ張ろうとしてらっしゃる。今や敷島近衛もやまともスーパー・メガの方向だ。当行だけがそれに逆らう形になるのはどうかということだ」

ヘイジは中国資本によるTEFG買収を計画した黒幕の一人が、確証は摑めないが霞が関で『砂漠の狐』と呼ばれる工藤だという話を桂から聞いている。TEFGの幹部も同じ話を聞いているのに、喉元過ぎれば熱さを忘れるように金融庁を怖れているのは納得出来なかった。

そのヘイジの心の裡《うち》を見透かしたように岩倉が言った。

「確かに何を考えているか分からん『砂漠の狐』工藤長官の思惑に沿うように動くのは癪に障るところはある。だが真っ向から逆らうことはしたくない。監督官庁を敵に回すとどうなるかは嫌というほど我々は分かっているからね」

そう言われるとヘイジも何も言えない。

嘗てＥＦＧ銀行時代、嫌というほど金融庁に苛められた経験があるだけになおさらだ。

「取りあえず白紙撤回はまだ公表はしないが、二瓶君、執行役員として『グリーンＴＥＦＧ銀行』推進本部長というのは名前だけのものとさせてくれ。近々、別の領域で役員としての仕事はして貰う」

暫く黙ったがヘイジは「了解致しました」と言うほかなかった。

だがその翌週、全てが反転する。

「一体なんの話だ？」

岩倉は頭取専用車メルセデスＳクラスの後部座席で考え続けていた。

「お話を伺いたい」

前日、岩倉にそう電話を掛けて来たのが金融庁長官の工藤進だったからだ。

中国資本による買収の危機から三ヵ月が過ぎている。岩倉は内々に処理された買収危機の顚末を詳細に纏めて金融庁に提出している。

「後でおかしな言いがかりをつけさせないためにはこうしておくのがいい」

役所を知り抜いている岩倉ならではのやり方で直接、工藤に説明を行った。

そこで「あなたが黒幕なのでしょう?」とは当然のことながら言わなかったが、工藤が「全て了解しました。ご報告ありがとうございます」と言った時の木彫りのような表情は忘れない。

「あれから三ヵ月、何の話だ?」

役所が話を訊きたいと言ってきて碌《ろく》なためしはない。そのことを役所との関係を知り抜く岩倉は分かっている。

「どんな難癖をつけてくるのか……SRBの件であれば即刻『白紙撤回を発表するつもりです』と言って溜飲を下げさせてやるが」

『ミスター帝都銀行』の岩倉は『砂漠の狐』の考えそうなことを様々に想像した。

だが、ハッキリとは見えて来ない。

そうして金融庁にクルマは着いた。

長官室に通され応接用の椅子に座ると直ぐに工藤が現れた。

「岩倉頭取、ぐっと貫禄が増されてまさに日本を代表するスーパー・メガ、いや御行はまだ違いました。メガバンクの頭取ですね」

岩倉は来たぞと思った。

（やはりＳＲＢか……）

岩倉は頭を下げた。

「とんでもありません。ご当局のご指導あっての東西帝都ＥＦＧ銀行です。何卒、宜しくお願い致します。ところで本日はどのようなご用向きでございましょうか？」

どこまでも慇懃《いんぎん》にそう言った。

工藤は単刀直入に切り出した。

「実は御行のＳＲＢですが……」

岩倉がそれは白紙撤回をと告げようとしたところで、工藤は全く予想もしていなかったことを言った。

「全面的に推進して頂きたいのです。スーパー・メガバンクというのはあまりにも大きすぎる。御行がグループ傘下でＳＲＢを成功させて頂ければ、敷島近衛銀行、やまと銀行にも同じ方向で指導することを考えています。『グリーンＴＥＦＧ銀行』で是非とも大きな成果を挙げて頂きたいのです」

岩倉はその工藤の顔を見ながら『砂漠の狐』の腹の裡を測りかねた。

◇

ヘイジはその日、午後六時を過ぎると机の上を片づけ帰宅準備を始めた。

ヘイジの席があるのは全員が夜遅くまで残業が恒常的となっている企画管理部だが、帰り支度のヘイジに気にとめる者は誰もいない。

広いフロアーの片隅にポツンと机が置かれ、そこで一人、消えゆく『グリーンTEFG銀行推進本部長』として部下もつけられずに座っている人間には、誰も興味を示さない。

「お先に」

誰に言うともなくそう声に出してから、ヘイジは退室した。

丸の内に聳える東西帝都EFG銀行本店ビルの行員専用出口から一歩外に出ると、駅に向かうビジネスマンの帰宅ラッシュの群れだ。

「銀行員がこういう光景に出会うのは稀だな」

ヘイジは呟いた。

嘗てのようなサービス残業はなくなったが、銀行員にとって残業が当たり前であることは変わらない。

ヘイジは丸の内仲通りにあるビルを目指した。

見慣れない光景が目に入って来た。

「なんだ!?」

物凄い数の若い女性がビルの周りを囲んでいる。

それは、帝都劇場で開催されている男性アイドルの主演する舞台を観に来た客の群れだったのだ。ヘイジは苦笑した。

「残業、残業の銀行マンが働く街に次元の違う世界があるということなんだな」

全く異質のものが共存する丸の内があることをヘイジは初めて知ったような気がした。

ふとその時、入院中の妻の舞衣子《まいこ》と観劇などしたことがないと思い出した。

「元気になったら誘ってみようか。夫の職場の直ぐそばに黄色い歓声に包まれる場所があることを知れば驚くだろうな」

それから数分歩き目的のビルに着くとエレベーターで五階まで上がった。

そこにあるのはフェニックス・アセット・マネジメント。桂光義の投資顧問会社だ。

「生涯、一ディーラー」と言って憚らない桂が相場の世界で生きるために創った会社だ。

インターフォンを押すとアシスタントの女性が出て来て応接室に案内された。

お茶が出されて暫く待っていると桂が現れた。

「おぉ二瓶君。よく来てくれた」

ヘイジは立ち上がり頭を下げた。

「桂さんはいつもお元気そうですね」

桂は応接椅子に腰を下ろした。

「ダメダメもう齢《とし》だよ。この頃めっきりそれを感じる」

ヘイジの頭にふと桂の恋人でヘイジの同級生でもある湯川珠季の顔が浮かんだが、そんなそぶりは見せずに言った。

「桂さんは本当に若々しいですよ」

桂はヘイジを見て真剣な表情で訊ねた。

「何があった？　話がしたいという君の電話の声の調子から、あまり良い内容とは感じなかったが『グリーンＴＥＦＧ』のことか？」

ヘイジは頷いた。

「二転三転、妙な話になって来ました」

桂はヘイジをじっと見詰めた。

桂はざっと話を聞いた後、オフィスのそばの帝都劇場地下にある老舗焼き鳥店にヘイジを誘った。

小あがりでまず生ビールで乾杯し、互いに口をつけてから桂は声を抑えて言った。

「風前の灯火だった『グリーンTEFG』が金融庁の『砂漠の狐』によって甦った。確かに妙な話だな」

ヘイジはその通りですと言ってグッとビールを飲み、桂と同様に声を抑えて続けた。

「岩倉頭取と高塔専務、そして瀬島常務の三人から『グリーンTEFG銀行』に引導を渡されたのが先週です。それが昨日、岩倉頭取から突然呼び出されて、方針が百八十度変わった。SRBを推進する。ですからね」

桂が首を傾げ少し考えてから訊ねた。

「岩倉はそれをハッキリと金融庁長官の工藤の意向だからと言ったんだな？」

ヘイジは頷いた。

「頭取は正直に仰って下さったと思います。頭取も工藤長官が何を考えているか分からんと不安を隠されませんでした」

その通りだろうなと桂は呟きビールを飲み干した。

「俺は熱燗にするが二瓶君は？」

「じゃあ僕も」

焼き鳥コースのネギマが出て舌鼓を打ったところで、一合入る大きなぐい呑みに入った燗酒が運ばれて来た。

辛口の酒で料理によく合う。

桂は熱燗をじっくりと味わうように飲みながら考えを巡らせた。

「岩倉が『グリーンＴＥＦＧ銀行』を白紙撤回させようとしたことは意外だったが、それを工藤がひっくり返したとなると、意外を通り越して気味が悪いな」

ヘイジも熱燗をぐっと飲んでから、そうなんですと頷いた。

「僕としてはＳＲＢ『グリーンＴＥＦＧ銀行』は絶対に推進したいと考えていましたので、決してこの状況は悪いことではないんですが、何せ工藤長官が絡んで来ましたから」

桂もそこには絶対に裏があると思った。

「金融庁はスーパー・メガバンク構想を実現させたが、ＴＥＦＧは結果としてそうならなかった。工藤はＴＥＦＧをスーパー・メガに太らせる過程で罠をしかけ、中国に買わせようとした闇の組織の一員だ。裏で五条《ごじょう》と組んでいたことは状況証拠から間違いない」

工藤の前任の金融庁長官の五条健司《けんじ》。確証はないが、自殺に見せかけて姿をくらまし別人となって暗躍していると思われている。

ヘイジは体に震えを覚えた。

「一体、何をしようとしているのでしょう？　工藤長官は金融庁でその力を存分に発揮することが出来ますよね？」

あぁと桂は面白くなさそうな顔をして酒を口にした。

「闇の組織の中で工藤は表に立てるように温存されている。それだけに恐ろしいんだ」

そう言ってから桂はネギマを乱暴に食べ、残った串の先を見詰めた。

「工藤は何か企んでいる。そうでなけりゃＴＥＦＧにＳＲＢを推進しろなどと頭取を呼びつけて言う筈はない」

そして手に持った串を小刻みに動かしながら桂は考え続けた。

だがあるところで桂のその緊張した雰囲気がガラリと変わった。

分からないものを考え続けても仕方がないという相場師ならではの割り切り、桂の気持ちの切り替えの早さがそこにある。

突然、桂は微笑みをヘイジに見せた。

「まぁ二瓶君。とにもかくにも『グリーンＴＥＦＧ銀行』がやれることになったんだから良しとしよう。君のやりたいという気持ちは変わらないんだろ？」

コースの次のつくねが運ばれて来て桂は食らいついてからそう言った。

ヘイジは桂の調子が突然明るくなったことに少なからず驚いた。

「毒を食らわば皿まで。君がやろうとするSRB、やりがいは感じてくれているんだろ？」

その桂の言い方に、思わず笑いながらヘイジも食べてから答えた。

「間違いなくやりたいです。銀行の経営が出来るなんて、頭取にならない限りチャンスはありませんから。銀行員として取り組むのにこれ以上ない喜びがあります」

桂はヘイジの肩を叩いた。

「それで行こうよ。二瓶君は徹底して理想のSRBを創る努力をしてくれ。何があるかは現れてみないと分からない。考えてみりゃどんな仕事も新しいものはそうだ。何が起こるかはやってみなくては分からない。兎に角、目先のやるべきことを、出て来る課題を、一つ一つこなしながら〝理想のゴール〟に向かって進んで行けよ。〝理想のゴール〟は君の頭に描いてあるんだろ？」

ヘイジは大きく頷いた。

「桂さんから頂いたアメリカを代表するSRB、ビイングウエル銀行に関するレポート。あれを詳細に読ませて頂いて大いに参考になりました」

それは桂の大学時代の同級生で今は九州のSRBである『大九州銀行』副頭取、寺井《てらい》征司《せいじ》が実際に研修生となって、アメリカで見て来たビイングウエル銀行の業態を纏めたものだった。

桂は満足そうに頷いた。

焼き鳥はその後、砂肝、手羽などを含め、コースとなっている八種類が全て出た。

「どうする？　まだ飲むか？　締めの食事にするか？　そぼろ御飯が旨いぞ」

ヘイジはもう腹が一杯だった。

「いや、僕は酒も食事も結構です」

そう言ったヘイジを桂は睨んだ。

「二瓶君、飲まなくても飯は食おう。食わんと勝てんぞ。鬼が出るか蛇《じゃ》が出るか。ＳＲＢ『グリーンＴＥＦＧ銀行』の前途には必ず何かが現れる。その時の為に君はしっかり食って力をつけろ！」

ヘイジは桂さんらしい無茶ですねと苦笑して呟き、諦めたように言った。

「じゃあ、食事を頂きます」

よしと桂は頷いて注文の声をあげた。

「そぼろ御飯二つ！　一つ大盛で！」

注文の内容に桂さんは相変わらず健啖家ですねとヘイジは笑った。

「あぁ、馬鹿の大食いは変わらんよ」

そぼろ御飯が運ばれて来た。

「あぁ、これは旨い!!」

ヘイジがそう言うと桂も満足そうな笑顔になった。

「ここからが君の勝負だぞ」

桂はそう言うと一転して鷹のような目でヘイジを見据えた。

◇

『グリーンTEFG銀行』設立会議が開かれたのはそれから三日後だった。

「掌返しとはこのことだな」

ヘイジは頭取の岩倉、専務の高塔、常務の瀬島、三人の言葉を聞きながらそう思った。

白紙撤回の筈だったSRBが金融庁長官の鶴の一声で甦った。そして、前の話し合いでの発言など忘れたかのように、新銀行のあり方について三人は積極的に意見を述べていく。

(まぁ、これはこれで結構なことだ)

ヘイジはこれを奇貨としてTEFGのキーパーソンたちから新銀行経営へのコミットメントを取っておこうと考えていた。

一通り話が出揃ったところで岩倉が言った。

「では、基本的には二瓶君が纏めてくれた『グリーンＴＥＦＧ銀行　ＳＲＢ設立に向けて』に沿って進めるということで良いね」

その頭取の言葉に正式に『グリーンＴＥＦＧ銀行』担当専務となった高塔、同じく常務の瀬島は頷いた。

「それでは具体的に行内に『グリーンＴＥＦＧ銀行』準備室を立ち上げる。二瓶君、人員の希望は？」

ヘイジは既に考えてあった人事プランを話した。

「行内から室長代理を三名、アシスタントを二名、計五名お願いします。そして『グリーンＴＥＦＧ銀行』となる三つの銀行、武蔵中央銀行、北関東銀行、坂藤大帝銀行の三行から部長クラスをそれぞれ出向の形で当室に来て貰うようにして頂きたいと思います」

『グリーンＴＥＦＧ銀行』は最終形態としてＳＲＢの経営を行っていく際に使う名前だが、今現在は関東中央銀行という名前だけが存在している。それは形だけの銀行持ち株会社であって一つの銀行としてはまだ全く機能していない。

現実には武蔵中央銀行、北関東銀行、そして、坂藤大帝銀行の三つがまだその名前で独立して経営を続けているのだ。

ヘイジの言葉に岩倉が頷いた。

「分かった。行内からは精鋭を集めることを約束する。地銀三行にもその旨、私から各行トップにお願いする」

ありがとうございます、とヘイジは頭を下げた。

専務の高塔がヘイジに訊ねた。

「君の工程表によるとスタートアップの三ヵ月で人事並びに経営の問題点を洗い出し、次の三ヵ月で問題解決、次の半年が三行完全統合への準備期間。つまり今から一年後には『グリーンＴＥＦＧ銀行』発足となっているが、本当にこのスピードで出来るのかね」

常務の瀬島もその質問に同調した。

「急《せ》いてはことを仕損じるで。慎重に行った方がええ。隠れた問題は絶対にある。それが取り返しのつかないものと分かった日には目も当てられんで。事と次第によっては『グリーンＴＥＦＧ銀行』の経営からは撤退することも考えながら進めた方がええで」

瀬島はそう言ってから岩倉を見た。

「瀬島君の言う通りだな。何せ『砂漠の狐』工藤金融庁長官が押して来た話だ。必ず裏がある。それがこちらのメリットにならないと判明した時には即座に撤退出来るようにしておくのが肝心だな」

だがそこでヘイジは毅然と言った。

「お言葉ですが頭取、合併は生半可なことでは成功しません。私はこれまで二度合併を経験しております。ここにいらっしゃるお三方と違って、呑み込まれる側で経験して来ております。合併が成功するかどうかは呑み込まれる側の人間の心の問題が大きいと思います。諦めきって呑み込まれるのと、やる気を持って新しい銀行でやって行こうと思うのとでは雲泥の差があります。ましてや今回はＳＲＢとはいえ地方銀行経営です。その地を知り尽くした行員たちにこれまで以上に高いモチベーションを持って働いて貰わないといけない。その為にも早くやることが肝心です。時間との勝負と考えて、問題が判明した際には即座に解決する。そのための覚悟がＴＥＦＧ側にも必要だと思います」

暫く三人は黙った。

岩倉が口を開いた。

「問題か、どんなものが出て来るかは分からんが、その処理に時間を掛けないとなると金を掛けるということになる。そういうことかね？」

ヘイジは頷いた。

「頭取の仰る通りです。ですからペーパーではプロジェクト費用は白紙としました。本当に『グリーンＴＥＦＧ銀行』が成功するかどうかは時間に懸かっているからです」

専務の高塔が訊ねた。

「ＳＲＢの成功のため当行は白地《しらじ》小切手を切れということかね？」

ヘイジは高塔を見た。

「経営ですから当然リミットを定め見極める必要はあります。上限は過去三年の三行の経常利益の合計ということで如何でしょうか？」

三人はペーパーを見た。

「過去三年とすると……およそ一千億か」

岩倉は呟くと暫く天井を見詰めた。

また沈黙が流れた。

瀬島が口を開いた。

「健全な形にして銀行を手に入れるコストやと思えば妥当ではありますな」

そして瀬島は関西弁で続けた。

「スピードのために一千億。二瓶君の言うことにも一理あるけど、ホンマに短期間で未知の問題を全部解決出来んのかいな？」

そこはヘイジには自信があった。

呑み込まれる側の人間が都合の悪いことをどのように隠すかは分かっているからだ。弱い側を知り尽くしているヘイジならでは。だがヘイジはそんなそぶりは見せずに言った。

「それはやってみなければ分かりません。分かりませんが、何度も申し上げます。新銀行の成功にスピードは絶対条件です。ダラダラしていては絶対に良い銀行にはならないと思っています」

岩倉が頷いた。

「ここは二瓶君の意見に従おうか？　どうだね？」

高塔も瀬島も頷いた。


その後、ヘイジは岩倉に呼ばれた。

「君の気合に我々は乗った形になったが、本当に大丈夫かね？」

ヘイジは岩倉は正直だと思った。

「確かに何かがあることは間違いありません。あの中国資本、崔華鳳《さいかほう》による罠のこともあります」

岩倉は思い出したように呟いた。

「『北関東の闇』だね」

それは北関東銀行が中国投資銀行のトップだった崔華鳳率いるグループがでっち上げた中

国国内の〝事件〟で恐喝され、カネを取られていたことだ。そして北関東銀行を買収したTEFGをその〝事件〟を利用することで我が物にしようとしたのだ。

岩倉は頷いた。

「あれは桂さんの電光石火の早業で救われたが、またあのようなものが出て来るかもしれないかと思うと……」

その心配はヘイジにも納得できる。

「確かに仰る通りですが、ペーパーにも書きましたように、ここは銀行の王道を『グリーンTEFG銀行』で実現するという理想で行かせて下さい。本来的に顧客の利益を追求すべき銀行が、顧客を自分たちの利益の道具とした今の銀行のあり方を変える為のSRBです。私は『グリーンTEFG銀行』が真の意味で成功すれば東西帝都EFG銀行へも良い形のフィードバックが起きると考えています。本当の銀行のあり方が取り戻せるかもしれないと思うんです」

岩倉はヘイジを見て言った。

「私にも君と同じ気持ちがある。だから『グリーンTEFG銀行』をやるとなったらその理想を追求したいと思う。君の意見に私も他の二人も賛同したのはそういう銀行マンとしての良心の部分があるからだ」

ヘイジはその言葉が嬉しかった。

「だが、SRBをあの工藤長官が押してきたことの違和感は拭えない。桂さんは五条前長官が生きていて崔華鳳と組んでいた。そしてそこには工藤長官も絡んでいるというのだろ？」

ヘイジは頷いた。

「あの崔華鳳とのビデオ会議の時、崔華鳳の隣にいたのは間違いなく五条前長官だと桂さんは仰っていました。そして、ニューヨークで五条前長官を見たとも」

岩倉は天井を見詰めた。

「まだ闇は存在しているということだな。この日本の金融界を何らかの形で食い物にしようとする闇が」

ヘイジは黙って頷いた。

岩倉はヘイジに向き直って言った。

「君の前途には必ずその闇が待ち構えている。失敗すれば君をかばう者は誰もいないぞ」

ヘイジは笑った。

「百も承知です。絶滅危惧種の名京銀行出身者としてここまでやって来ました。全て分かっています」

すまんな、と岩倉は呟き頭を下げた。

そしてヘイジに言った。

「君が実現しようとする『グリーンTEFG銀行』こそ、銀行の理想の姿だ。どんな銀行マンも心の片隅ではその理想の実現を望んでいる。性善説の青雲立志だが、君にその実現を託すよ」

ヘイジはありがとうございます、と頭を下げた。

こうして二瓶正平の真の仕事が始まった。

「青雲立志、良い言葉だな」

ヘイジはそれを何度も口にした。

第二章　深い藪

『グリーンＴＥＦＧ銀行』推進本部は行内で正式に『グリーンＴＥＦＧ銀行』準備室として発足、メンバーには辞令が出され、総務部のあるフロアーに部屋が用意された。

そこは外部検査が入った場合の検査官のための部屋だが、少なくとも一年半は検査が入る見込みはないことから、準備室として使用することになった。六十平米と手ごろなサイズでヘイジは仕事がし易い広さだと感じた。

執行役員で室長のヘイジの他、ＴＥＦＧ行内から室長代理が三名、アシスタントが二名の計五名が準備室に異動して来る。

来週から全員が集まり、仕事が始まる。

「頭取は最高の人材を揃えてくれた」

ヘイジはメンバー全員の人事ファイルを初めて見た時、笑みを浮かべた。

超優秀なエリート集団だったからだ。

室長代理三名の筆頭は、桜木祐子《さくらぎゆうこ》。

東京出身。東帝大学文学部哲学科卒業の三十八歳。帝都銀行京都支店を振り出しに本店融資部、米国スタンフォード大学でMBA（経営学修士号）取得後に企画管理部に配属された女性で、日本初の女性頭取候補とされている人材だ。

次は、今村良一《いまむらりょういち》。

横浜出身。慶徳大学経済学部卒業の三十六歳。帝都銀行仙台支店を振り出しに名古屋支店、大阪支店に勤務。その後、ロンドン大学でMBAを取得し本店融資部。仙台や名古屋、大阪での新規開拓に実績を挙げた帝都には珍しい実力派の銀行マンだ。

そして、信楽満《しがらきみつる》。

大阪出身。京帝大学大学院工学研究科修士課程修了の三十五歳。帝都銀行本店事務管理部に配属、米国MIT（マサチューセッツ工科大学）に留学し工学博士号を取得、その後も本店事務管理部で筆頭プログラマーというシステムのプロフェッショナルだった。

ヘイジは三人のファイルを改めて見ながら暫く考え、いくらなんでもこれは出来過ぎだと思った。

TEFGの中で『グリーンTEFG銀行』は中核となる仕事ではない。

それにも拘わらずこれだけのエリート人材を揃えるには訳があると思った。

ヘイジは人事部を訪ねた。

人事部長の説明にヘイジは啞然とした。

「頭取から新規プロジェクトの人員を出せと言われたから出しました。本当に優秀な人材で条件を付けずに、とされていましたからね」

ヘイジは項垂《うなだ》れた。

「嘘でしょ？」

「代理職の三名全員が〝御礼奉公〟の身とは……あんまりじゃないですか!!」

そう語気を荒らげた。

〝御礼奉公〟とはＴＥＦＧ内部で使われる隠語だった。

ＴＥＦＧはＭＢＡ取得などで、銀行から海外の大学に送った者は直ぐに退職出来ないように強制就業期間を設けている。ＭＢＡ等の取得後、五年間は退職することが出来ない。

こともあろうに、『グリーンＴＥＦＧ銀行』準備室に配属された海外留学経験組である室長代理三人は退職を願い出ていて、あと一年で強制就業期間満了となり退職が決まっているという。

ＴＥＦＧでは、退職の意向を銀行に明らかにしてからの勤めを〝御礼奉公〟と呼んでいた。

「それで、三名とも辞める意向を明らかにしているんですね？」

人事部長は苦い顔で頷いた。

「そうです。その意志が固いから今回のプロジェクトの人材リストに候補として挙げられたというのが本当のところです」

あまりにもあからさまな人事部長の物言いに、ヘイジは怒りを感じたがここは我慢するしかないと堪《こら》えた。

「ほ、他に候補者はいなかったのですか？」

人事部長は今はどこも人材不足でしてねぇと他人事のように呟く。

「でもアシスタントの二人は正真正銘、優秀な人材を送っています。二人とも帝都の将来を背負えるような人材ですよ」

ヘイジは「帝都ではなくＴＥＦＧだ」と怒りを込めて呟いた。

「まぁ何にせよ、二瓶室長。上手くやって下さい。新銀行が本当に成功したら室長は常務になれますよ」

ヘイジはそう言う人事部長の顔も見ずに、失礼しますと立ち上がった。

ヘイジは、まだがらんとしている『グリーンＴＥＦＧ銀行』準備室に戻り自分の机の椅子に力なく座った。

甘かったと思った。

「頭取も専務も常務も、帝都の人間にとっては『グリーンＴＥＦＧ銀行』も僕も、どうでもいいものなんだ」

頭取に怒鳴り込んでも「新銀行成功のためには一年の短期勝負だと強調したのは君だ。それを考えてのベストの人選だ」と言われるのがオチだとヘイジは諦めた。

帝都の人間の綺麗な言葉に騙されるのは一体、何度目かとヘイジは臍《ほぞ》を噛んだ。

「超優秀とはいえ〝御礼奉公〟の人間が本気で仕事をする筈がない。三人のキャリアから見て既に次の勤め先、外資系金融機関との話は具体的についている。その準備に余念がない筈だ。ＴＥＦＧの仕事などに身が入る訳ないじゃないか!!」

ヘイジは拳を机に打ちつけた。

『グリーンＴＥＦＧ銀行』など放り投げてやろうかと思った。

だがその時、妻の舞衣子の顔が浮かんだ。

精神のバランスを崩して療養中の妻に、『グリーンＴＥＦＧ銀行』のことを話し、ヘイジが自分らしい仕事が出来ると言った時の舞衣子の言葉が忘れられない。

――平ちゃんがやるんならその銀行、とてもいい銀行になる気がする――

その言葉がヘイジの頭の中で何度も響く。

この仕事が上手く行けば、必ず舞衣子の病気も良くなる。

そんな風にも思っていた。

だが組織がこのプロジェクトに本気でないことがハッキリした。

「何を考えているか分からない工藤金融庁長官の手前だけの話ということだ。設立の為の一千億円も場合によっては空手形ということだな」

絶滅危惧種の名京銀行出身の役員など吹けば飛ぶような存在で、『グリーンTEFG銀行』などTEFGの経営からすれば実現されてもされなくても痛くも痒くもないのだと悟った。

「とてもいい銀行になる気がする」

舞衣子の言葉がヘイジの心を重くしていく。

その時だった。部屋に見慣れない若い行員が入って来た。

「あの、ここが『グリーンTEFG銀行』準備室で宜しいのですね？」

二十代半ばに見えるその行員はヘイジを見てそう訊ねた。

「あぁ、そうだよ。僕が室長の二瓶だ」

行員はすっと頭を下げた。

「来週からお世話になります。外為から来ました沢口悠馬です。何卒よろしくお願い致します」

アシスタント二名のうちの一人だった。

あぁそうか、と呟いたヘイジはよろしくと声を掛けて人事ファイルを開いた。

沢口は京帝大学法学部卒でTEFGに入行後は本店預金部で三年半、次に本店外国為替部で丸二年、輸入業務に就いていた入行六年目の行員だ。

(エリートはエリートだが、ずっと地味な事務だ。何か訳があるのか?)

〝御礼奉公〟の三人の例がある。ヘイジは直截に訊ねた。

「君は入行以来、事務畑が長いが、何か理由があるのかい?」

沢口はすいませんと言って頭を下げる。

「どうしてすいませんなどと言うんだい?」

ヘイジはそれに対する沢口の答えに愕然となった。

「実は司法試験を目指していまして、受かれば辞めることになります。人事部の方には何年も前から言っておりまして……」

目の前が真っ暗になるようにヘイジは感じた。

その沢口はそれでは来週から宜しくお願いしますと言って出て行った。

「何なんだッ!!　これは!?」

ヘイジは叫んだ。

真剣に仕事をする人材は一人もいないことになる。

「あんまりじゃないか」

そう呟いた時、また誰か入って来た。

若い女性行員だった。

ヘイジはウンザリした表情になって人事ファイルのアシスタントの欄を開いてその女性に訊ねた。

「君は、田所さん？」

女性行員は頭を下げて言った。

「田所公子です。二瓶室長でしょうか？」

あぁ二瓶だよとヘイジは笑った。

「来週から宜しくお願い致します」

ヘイジは完全に諦め、さばさばした調子で冗談めかして田所に訊ねた。

「田所くん。君も何かの都合で辞める予定があるのかな？」

エッという表情に田所はなった。

「人事部からお聞きではないのでしょうか？」

来たかとヘイジは身構えた。

「来年結婚の予定でして、結婚後は退職致します」

ヘイジは微笑んで言った。

「そう、それはおめでとう。『グリーンＴＥＦＧ銀行』準備室へようこそ」

◇

『グリーンＴＥＦＧ銀行』準備室はその翌週から仕事を開始した。

執行役員で室長の二瓶正平、室長代理の筆頭、桜木祐子、室長代理の今村良一、同じく室長代理の信楽満。そして、アシスタントの沢口悠馬と田所公子の総勢六名だ。

そしてそこへ二週間後には武蔵中央銀行、北関東銀行、坂藤大帝銀行からの出向者が加わる。

ヘイジは事前にメンバー全員と個別面談を行い、それぞれ退職する意志が固いことを確認していた。

その場では『グリーンＴＥＦＧ銀行』の実現に向けて、個々人に何をして欲しいかなどという話はしていない。

「皆でやる仕事に関しては皆が揃った時に話をする。それが私のやり方だから」

ヘイジは腹を決めていた。

「本当の短期勝負なんだ。やるしかない」

初日、全員を前にヘイジは言った。

「今日から皆で全く新しい仕事をすることになる。『グリーンTEFG銀行』というスーパー・リージョナル・バンク、SRBの経営の土台を創る。だが、全く白紙から新しい銀行を創るのではない。既に存在する地方銀行を纏め、一つの銀行に生まれ変わらせることになる。これは何もないところから創るよりも難しい仕事だ。かなりデリケートなことも要求されると同時に、やる時は大胆果敢に、力ずくで推し進めないといけない」

ヘイジの言葉を全員、真剣な表情で聞いている。

ヘイジはここが肝心だと考える所で語気を強めた。

「この仕事は時間との勝負だ。別々の組織を纏めることは短期間で行わなければ上手く行かない。それをどう行うかをこれから我々で考え実行しなくてはならない」

そこまで言った所で、ヘイジは準備室を取り巻く状況と自分の本音をさらけ出そうかどうか迷った。

ヘイジが暫く黙って下を向いたままなので、皆がどうしたのかと思った時だった。

ヘイジは思い切って顔をあげた。

「いずれ分かることだろうから言っておく。ここにいる全員、私を除く全員、一年後には自らの意志でＴＥＦＧを去ることになっている」

その言葉で空気が一変した。

自分以外も皆そうなのかという驚きの表情をその場の全員が見せた。

重い沈黙が流れてからヘイジは言った。

「このことからも分かるように、ＴＥＦＧの経営陣は『グリーンＴＥＦＧ銀行』には本気ではない。少なくともこの人材で現場を任された私はそう受け取っている」

そう静かに語るヘイジだが懸命に怒りを抑えているのは誰の目にも明らかだった。

「だが私は『グリーンＴＥＦＧ銀行』を実現させたい。そこに銀行という仕事の理想があると思っているからだ」

スーパー・リージョナル・バンク、ＳＲＢという存在が持つ理想の銀行としてのあり方だった。

それは全員が事前に受け取った『グリーンＴＥＦＧ銀行　ＳＲＢ設立に向けて』を読んでいることから理解はともかく知ってはいる。

ヘイジは自分の仕事への想いなど、この場の誰にも届いていないことを十分承知の上でさらなる本音をぶつけた。

「君たちにとってはこれからの一年、ここでの仕事は、去ることになるＴＥＦＧでの時間潰しかもしれないが、私にとっては自分の銀行マンとしての人生の全てが懸かっているんだ！」

全員が黙ってそのヘイジを見詰めている。

その心の裡は全く分からない。白けているのか、当惑しているのか分からない。

ヘイジは小さく笑みを浮かべて続けた。

「他人から理想とか人生とか言われてもバカバカしいだけだよね。この厳しい時代、自分が生きていくことにみんな必死で、組織や仕事はどこまでもカネ儲けの道具や手段だもんね。今より高い年収、良い待遇、それを求めてキャリアアップすることが大事、個人の人生の充実が一番大事だ」

皆の顔色が変わったのが分かった。

ヘイジはさらに言った。

「私はそれを責めているんじゃない。それが今という時代、自然なことだとは分かっている。私だって君たちの年齢で能力と高い学歴があればそうすると思う。だから君たちもこれまでのやり方で、今考える方向で、自分の人生の理想を求めて貰えば良いと思っている」

ヘイジの言葉に皆なんともいえない顔つきになった。

「でもね。一つだけ考えて欲しいんだ。君たちが人生の最初に選んだ銀行という職場、銀行員としての人生、銀行という組織のこと。その仕事の理想というものを」

ヘイジは自分に言い聞かせるように語気を強めた。

「我々の人生は一度きりだ。その中でたまたまこうやって皆が集まった。確かに見据えているゴールはそれぞれに違う。一年後には皆バラバラになる。でも『最初に銀行員を職業に選んだ』ことをここにいる間は考え続けて欲しい。そして、銀行員の理想像を考え、それを『グリーンTEFG銀行』で実現させて欲しいんだ！」

少し皆の心が動いたようにヘイジは感じた。

「一年、そう一年しかない」

ヘイジは懇願するように言った。

「泣いても笑っても一年。全員がここで一緒に働いてくれるこの一年、この一年で必ず、皆の力で理想の銀行を、『グリーンTEFG銀行』を、実現させて欲しいんだ！　この通りだ!!」

ヘイジは頭を下げた。

頭を下げたままのヘイジの耳に妻の舞衣子の声が聞こえた。

「その銀行、とてもいい銀行になる気がする」

ヘイジは空耳に驚いた。

だがそれは空耳ではなかった。

「良い銀行になるんじゃないですか。グリーンＴＥＦＧ銀行」

それは女性の声だった。

ヘイジは頭をあげ、声のする方を見た。

言ったのは筆頭室長代理の桜木祐子だった。

桜木は笑顔だった。

「室長、私は『グリーンＴＥＦＧ銀行　ＳＲＢ設立に向けて』を読ませて頂いて、ＴＥＦＧに入行以来、初めて血の通った企画書を読んだように思いました」

その言葉に全員が小さく頷いた。

「これまで銀行員としての理想など考えたこともありませんでしたが、室長が目指そうとしてらっしゃることは皆ちゃんと受け止めたと思います」

ヘイジは驚いた。

そして次席代理の今村が言った。

「この場の全員が一年でＴＥＦＧを去るということには正直驚きましたが、何だかそれって面白いじゃないですか。室長には失礼な言い方になるかもしれないですが」

　ヘイジは思わず笑った。

「面白い？　確かにそうだね。ミッションが終わったら全員がいなくなる。面白いしカッコいいとも言えるかもしれないね」

　ヘイジの言葉に全員が笑顔になった。

　桜木が言った。

「室長、一つ申し上げておきます。私は自分をプロフェッショナルだと思っています。銀行員云々《うんぬん》ではなくプロフェッショナルを目指す。キャリアアップはその為の目的ではなく手段です」

　ヘイジは頭を殴られたように感じた。

「ですから私はこれからの一年、決して〝御礼奉公〟などと思って仕事はしません。真にプロフェッショナルであることを十二分にお見せする覚悟です。それはここにいる全員同じだと思います」

　ヘイジは自分の言葉を反省して直ぐに頭を下げた。

「申し訳なかった。桜木君の言葉は何よりも嬉しいし心強い。ありがとう!!」

　そしてもう一人の室長代理、信楽が言った。

「室長、プロは手ぇ抜くっちゅうことはしませんわ。私はクラシック音楽が好きですし、二瓶室長が大学時代オーケストラのコンマスやったと聞きましたから言わせて貰いますけど、ベルリンフィルやウィーンフィルが来日した時、調子の良し悪しはありますけど物見遊山で手抜き演奏なんかしたことおませんわ。手ぇ抜いた演奏なんかプロの意識や技術を身につけた人間にはでけへんのですわ。そやからここに、グリーンＴＥＦＧ銀行準備室に集まったプロフェッショナルは、絶対にエエ仕事しますで」

ヘイジは信楽の関西弁に可笑《おか》しくも嬉しくなり、深く納得させられた。

「そうなんだな。ここにいるのはプロフェッショナルの意識を持った人間たちなんだな」

ヘイジは若い世代の考え方や生き方に教えられたと思った。そして猛烈に自分の被害者意識を反省した。

改めて考えると凄いプロフェッショナル集団を自分は持ったことが分かる。

「凡庸な人間たちが何年掛っても出来ないことを、このメンバーなら楽々と一年以内にやってのけるかもしれない」

心の底から熱いものが込み上げて来た。

青雲立志。その言葉が本当の意味でヘイジを捉えた。

「ここにいる全員がいれば大丈夫だ。絶対にグリーンＴＥＦＧ銀行を成功させよう!!」

ヘイジの言葉に全員が大きく頷いた。

◇

ヘイジは三人の室長代理、桜木祐子、今村良一、信楽満と最初のミーティングに入った。

工程表を前に置きながら具体的な進め方をヘイジが説明していった。

「二週間後に武蔵中央銀行、北関東銀行、そして坂藤大帝銀行からグリーンＴＥＦＧ銀行設立に向けて各行の担当者が合流する。それまでに我々の側でグリーンＴＥＦＧ銀行のあり方を詰めておく必要がある。それには――」

と、そこまでヘイジが言った所で信楽が口を挟んだ。

「室長、どうもグリーンＴＥＦＧ銀行ちゅう名前は長うて舌噛みそうになりますんや。プロジェクトとして話をする時にはシンプルにグリーンプロジェクトを短縮してグリプロにしませんか？」

他の二人も頷いている。

「そうだな。確かにその方がいいな。じゃあ、これからはグリプロでいこう」

そうしてヘイジはＳＲＢ実現に向けた青写真を具体的に語っていった。そして経営の理念についてのすり合わせに入った。

それは米国を代表するSRBのビイングウェル銀行を理想とし、それに倣う形となっていたが、まず桜木がそれに異議を唱えた。

「私はいわゆる帰国子女でして、十歳から十四歳までサンフランシスコにおりましたし、MBAはスタンフォードで取りましたから、西海岸でどんどん業務を拡大していったビイングウエル銀行のことは知っているつもりです。ただやはり、米国という国の特殊性はきちんと踏まえておかないといけないと思います。連邦制で各地方の自治の意識が強い、独立独歩の精神に満ちた米国の地方のあり方と、日本の地方の考え方は似て非なるものではないでしょうか？」

ヘイジは桜木に訊ねた。

「SRBは日本には向かない、何かネガティブな要素があるということ？」

桜木は首を振った。

「いえ、ポジティブもネガティブも共存しているのではと考えます。米国の場合は広大ですが、地方と言ってもそれほど大きな生活文化面での違いはありません。翻って日本は国土は狭いですが、方言の違いを見ても分かるように生活文化面では多岐に亘っています。それだけに実際の地域差は大きいと考えます」

続いて、ＳＲＢが本来的には日本に向いているのではということを言った。

「米国と違って日本は中央集権体制に馴染みがあります。お上意識がそこに大きくある訳ですが、地域金融がＳＲＢとして中央並みの大きな存在になることで、自分たちが安定する、守られていると感じられることが、地域の人たちの信認と支持を得られる大きな要素になるとは思います」

ヘイジは自分のノートに〝地域差〟〝安定〟と書き留めた。

「確かに桜木君の指摘はもっともだな。地域の顧客から支持されるかどうかが金融機関としての成功の第一条件だ。ＳＲＢとして地域密着は最も重要な要素だし、そして安定は金融機関として欠かせない要件だ。グリプロとしての銀行がどこにどう力点を置くかは常に考えないといけないな」

ヘイジの言葉の後で今村が言った。

「いわゆるトップダウンがどこまで利くかが、グリプロが成功するか否かの大事なポイントだと思います。確かにＴＥＦＧは三つの銀行を買収した訳ですから本来的には百パーセント、トップダウンで行っても良い筈です。しかし、地域密着ということが最重要の要素であるとなるとそうはいかない。やはり各々の地域の、具体的かつ明確な違いを把握しておかないといけないですね。統合で一番怖いのは行員がやる気をなくすことですから、『自分たちが地域のことを一番よく分かっている』と考える行員たちのモチベーションをどう維持するかが成功の鍵になると思いますね」

ヘイジはノートに〝地域差とモチベーション〟と記した。

そして信楽が言った。

「私はシステムが専門ですけど、実はシステムほど個性のあるもんはないんですわ。銀行ごとに千差万別、癖のあるシステムや一筋縄ではいかんシステムがごまんとあります。地域差と同じぐらいシステムも慎重に見て貰わんといけませんのや。上はいつもシステム統合はトップダウンでガチャンとやれと簡単に言いますけど、それは言うは易しで実際には問題噴出の連続になります。工程表によるとＴＥＦＧのシステムと最終的には統合させるとありますけど……私は反対ですねん。何とか今の三行が使用してる各々のシステムをそのまま使《つこ》うた方がずっと安上がりやと思いますわ」

現実的な信楽の話にヘイジも納得した。

「最終的にシステムをどうするかは安直な結論を出せないと思っている。これは信楽君に各々の銀行のシステムをさらに詳しく見て貰ってから、改めて考えを聞かせて貰うことにするよ」

ヘイジの言葉に信楽は頷いた。

「それぞれの銀行のあり方を、君たち三人にしっかり知って貰うことがこれから大事になるのは分かってくれていると思う。それで仕事の分担だが、桜木君が北関東銀行と坂藤大帝銀行を、今村君には武蔵中央銀行を見て貰う。システムについては信楽君に三行とも担当して貰うことになる。資産規模で分けてそういう分担にするが異存はないね？」

全員が同意した。

ヘイジは桜木を見て言った。

「この三行で一番やっかいそうなのが北関東銀行だ。買収の際にここで問題が起こっている。表の資料には現れていない問題が隠れている可能性がまだある」

桜木は望むところですと頷いた。

「坂藤大帝銀行は問題ないと思う。財務内容も安定しているし三行の中の優等生だ」

そう言ってからヘイジは今村に言った。

「武蔵中央銀行は三行の中で最大の銀行であり、今の三行が統合された名目上の持ち株会社・関東中央銀行の中核銀行となっている。体制は整っていてやり易い反面、色んなことでイニシアチブを取ろうとしてくる。そこを上手く御しながら我々のやり方に纏めていかないといけない。その意味で難しい相手になるが、今村君、頼めるか？」

今村は頷いて言った。

「これまでの私のキャリアの大半は融資ですが、ＭＢＡ時代も含め買収に関してのケーススタディーはかなり積んだつもりです。実務はこれが初めてになりますが買収後の戦略マネージメントに実際に携われるのは非常に有難いと思っています。喜んでやらせて頂きます」

ヘイジはそう言う今村に少し意地悪な目をして言った。

「上手くやれば外資に移った時の箔付けになるね」

「いや、それは……」

今村は何とも言えない顔をして言葉を濁した。

ヘイジは快活な調子で言った。

「いいんだよ。皆が次の職場へのキャリアアップにグリプロを利用してくれればいいと思っている。自分たちの勲章とするためには、グリプロを成功させて貰わないといけない。そのことを忘れずに取り組んで最高の結果を出してくれればそれでいい」

その言葉に全員が微笑んで頷いた。

桜木が訊ねた。

「当行は嘗て『ルビコン計画』の名の下に大九州銀行と関東中央銀行にＴＯＢを仕掛け、大九州は逃しましたが、関東中央は手に入れた。その際の詳細な資料は手元に揃っているのですね？」

　ヘイジは頷いた。

「全て揃えてある。だが、皆も分かっていると思うが書類だけでは本当のところは分からない。嘗て都市銀行同士が合併した際、メガバンクになってから様々な問題が炙り出されたことはご承知の通りだ。だから、我々の仕事は三行が抱えるそれぞれのインサイダー情報を徹底的に調査し、早急に問題点を洗い出すことなんだ」

　今村がヘイジに訊ねた。

「三行とも必ず何かを隠している。それを早く探り出せということですね？」

　ヘイジはその通りだと言った。

「まずは性悪説で行ってくれ。必ず都合の悪いことが隠されていると思って当たって欲しい。全ての問題点を炙り出して処理した後で、性善説でのグリプロにすると思ってくれ」

　桜木がそれに対して訊ねた。

「創造的破壊を存分にやれと？」

　ヘイジはゆっくりと頷いた。

　役員でありプロジェクトの長である凄みがヘイジに付いてきた。

　こうしてグリプロは具体的に動き出し、全員が精力的に取り組んでいった。

そして、週明けには各銀行からの担当者が出向でやって来ることになった。

◇

ヘイジは週末、妻の舞衣子が療養している富士山麓の病院を訪ねた。

グリプロの進め方は内部のメンバーとの詰めが終わり、月曜日にやって来る三つの銀行の担当者との打ち合わせの段階になる。

そこからいよいよ本番になるが、その前に舞衣子の様子を見ておこうと思ったのだ。

ヘイジは病院で舞衣子と会う前に主治医から話を聞くことにした。

パニック障害から拒食症になり、一時は重篤な状態になったが、ここのところは徐々に体重も増えて落ち着いている。

ヘイジと同世代の新しい女性主治医には冷たい感じを受けるが、舞衣子が信頼を置く医師であることから、その治療方針にヘイジも全面的に従っていた。

「舞衣子さんは自分の病気はご主人の仕事環境に左右されて来たと、ご自分から話されるようになりました。それ自体は根本的な快復に向けた大きな進歩です」

ヘイジはその話に頷いた。

そこからヘイジは過去に家庭を取り巻いた全ての出来事を克明に話していった。

銀行の度重なる合併による環境の変化と舞衣子の病状が一致していたことから原因はハッキリしていたが、舞衣子の口からその話を出すことはなかったという。

ヘイジはそれは何故なのかと訊ねた。

「ご主人をかばおうとなさっていたんです。自分の病気をご主人の仕事の所為《せい》にはしたくない。それで言葉に出来なかった。心の裡を表に出せないことで舞衣子さんは深く苦しんで来たと言えます」

医師の言葉にヘイジは涙が出そうになった。

「舞衣子さんのように責任感が強い人にはよく見られることなのです。ですが、ご自身の心の裡をハッキリと明らかにされて来ていますから、これからは快方に向かうと思っています。断言は出来ませんが」

その言葉にヘイジは良かったと呟いた。

だが同時に不安も起こった。

ヘイジは医師に訊ねた。

「そうだとして、私がまた舞衣子を心配させるようなことになれば、戻ってしまうということでしょうか？」

医師は頷いた。

「それはそうです。一度壊れたようになった舞衣子さんの精神には、まだ免疫力というものがありません。その意味で、ご主人が現実に苦しんでらっしゃる状況に陥れば、悪い結果しか見えてこないでしょう」

ヘイジは考え込んだ。

医師は言った。

「この病気の難しいのはそこなんです。彼女自身は自分が弱い所為でそんなご主人を助けられないと思い込んでしまって、さらに症状を悪化させてしまう」

ヘイジはそんな医師にすがるように言った。

「僕が仮に大変な状況になったとして、大丈夫だと言っても駄目なのでしょうか？」

医師は首を振った。

「この病気の患者さんは非常に神経が鋭いですから、それは全くの逆効果になり、むしろ、ご主人から自分がまだ弱いものだと見られているのかというようにさらに悪い方に考えてしまう。八方ふさがりになってしまう可能性の方が大きいのです」

ヘイジは天井を暫く見詰めてから訊ねた。

「では私の状況は彼女に全て正直に伝えた方が良いということなんですか？」

医師は頷いた。

「それを二人で乗り越えないといけないのだと舞衣子さんが思えるようになれば、しめたものなんです。過去や現在ではなく、未来に向けてしっかりと目的を持って生きようと自分で思えること。この病気の原因がご主人の仕事にあるということは、治るポイントもそこにあるということなんです」

ヘイジは少しホッとした。

「二人で乗り越える」

そう呟くとそこが一番大事なのだと医師は言った。

「舞衣子さんは最初に発症した後で、自分だけが置いてけぼりにされたと思ったんです。それが症状を悪くしていった原因なんです」

ヘイジは驚いた。

「どういうことですか？」

医師はヘイジをしっかりと見詰めて言った。

「舞衣子さんが最初に発症してから、ご主人は腫れ物に触るように舞衣子さんに接するようになられた。そうではありませんか？」

そう言われてもヘイジは直ぐにそうだったとは思えなかった。ただ病気に動転し、出来るだけ舞衣子に優しく接しようとしたことだけは明確に覚えている。

「そして、お義母様をお二人の所に来て貰うようになさった？」

ヘイジは頷いた。

「そうです。その方が舞衣子が安心するだろうと思ったからそうしたんです」

医師は首を振った。

「そこが大きなポイントだったんです。そこでご主人が舞衣子さんを信頼し、『二人で乗り越えよう』と言って舞衣子さんと二人三脚の態勢を取れば違っていたんです」

ヘイジはドキリとした。

そして医師は決定的なことを言った。

「ご主人の優しさが、舞衣子さんの病気を重くしていったということなんです」

ヘイジは啞然となった。

「僕の優しさが？」

医師は大きく頷いた。

「それは間違った優しさだったんです。本当の優しさではなかった」

ヘイジは医師の言葉をそのまま呟いた。

「本当の優しさでは、なかった」

医師はヘイジを見詰めた。

「本当の優しさは、夫婦が共に運命共同体としての覚悟を決めて生きることだったのです。ご主人は、おそらくご自身のお仕事も大変だったから舞衣子さんをご自身から離したいと思われていた。いえ、そうではないと仰りたいのは分かりますが、行動のあり方を見ればご主人の心の裡は分かります。舞衣子さんを心から切り離してしまった。それを舞衣子さんは感じてずっと深く悩んでこられたのです」

ヘイジは黙ってしまった。

頭の中が真っ白になり自分の全てが否定されたように感じる。

医師は続けた。

「最初に発症した段階で、ご主人はお仕事の話を舞衣子さんにされないようになった。それはご主人の舞衣子さんを心配させたくないという優しさからですが、彼女は自分が棄てられたと感じたんです。この病気で最も恐ろしい孤独を舞衣子さんは抱えた」

ヘイジは今度は殴られたように感じた。

「舞衣子さんは全てを話すようになりました。ですから先ほど申した通り真の快復の途上にあります。その快復を促すためにもご主人との二人三脚だという意識をしっかりと持てるようにしてあげて欲しいんです」

ヘイジはゴクリと唾を呑み込んでから言った。

「先生にハッキリと申し上げますが、私の仕事はこれから大変な局面を迎えます。場合によっては全てを失うことになるような状況です。それでも舞衣子に全てを話してやる方が良いのでしょうか？」

医師はじっとヘイジを見詰めた。

「場合によってはそれで悪化するかもしれません。しかし、根本的な治療のためにはそれも荒療治だと理解して、やって頂くことを私はお勧めします」

ヘイジは考えた。

すると医師は決定的なことを言った。

「舞衣子さんはご主人を本当に愛してらっしゃいますよ。だから私はご主人にこの厳しい方向で進んで頂きたいんです。そうでなければ、舞衣子さんには離婚することを治療法として勧めると思います」

ヘイジは驚いた。

「本当に愛している？」

医師は頷いた。

「ですから運命共同体としての意識を舞衣子さんに持たせ高めてあげて欲しいんです。そうすることで彼女も苦しいけれども前を向ける。何故ならそこにはご主人との未来があるから」

ヘイジはその言葉で悟ったように思えた。

暫く考えてからヘイジは言った。

「先生、ありがとうございます。私が間違えていたことが良く分かりました。間違えた優しさも分かりました。先生の仰る方向で努力をしてみます」

医師はニッコリと微笑んだ。

「苦しいと思います。でもご主人が誠実に舞衣子さんに接すれば、どんな大変な状況でもちゃんと受け止めると思います。だから包み隠さず、舞衣子さんに協力して欲しいという運命共同体意識をご主人もしっかりと持ってお話しして下さい」

ヘイジは頷いた。

中庭のベンチに舞衣子は座っていた。

「平ちゃん！」

ヘイジの姿を見つけると小走りに近づいて来た。

ヘイジは舞衣子の両の手を取った。

「舞衣ちゃん、ごめんね。僕は君と夫婦一緒になって病気と闘っていなかった。二人で一つだということを忘れていた。本当にごめん」

そう言って頭を下げた。

「平ちゃん、これからはずっと一緒にいてね。離れないでね」

ヘイジは涙を浮かべ何度も頷いて言った。

「あぁ、ずっといつも一緒だ」

舞衣子も笑顔の中で涙ぐんでいた。

◇

そのちょうど一ヵ月前のことだ。

霞が関での話になる。

霞が関は朝が遅い。

予算編成の時期には不夜城となるほど、ブラック企業顔負けの残業が常態化する各官庁だが、朝は午前十時前後に仕事に就いていれば何も言われることはない。

そんな霞が関で、ある男だけは午前七時に必ず自分の机に着いている。

『砂漠の狐』こと金融庁長官、工藤進だ。

工藤は霞が関がまだ眠っている時間から活動を始める。狐の行動力がそこにある。

どれほど前日の夜が遅くとも、早朝から様々な情報を収集し自分なりの考えを纏めていく。

海外の情報網とのやり取りに始まり、子飼いのマスコミ記者からの報告などであっという間に朝の時間は過ぎて行く。

目を通す新聞の量は半端ではない。

全国紙全て、経済・金融新聞、海外の新聞は英米仏独と四ヵ国の主要紙に亘る。

そして日本全国の地方紙もある。一体全部で何紙あるのか工藤も数えたことがない。

その作業を工藤は必ず午前九時半までに終える。

「この世で最も重要なインテリジェンスは新聞を丹念に読むことだ」

それが工藤に毎日この作業を続けさせる信念と呼べるものだった。

嘗てヒトラーがポーランド侵攻を準備し、戦争を仕掛ける前にそれを正確に察知した日本の在独武官がいた。

彼は特別な情報ソースを持っていた訳ではない。ドイツの新聞の片隅にあった「近ごろ馬が足りなくなっている」という記事を読んでのことだ。

武官は軍隊が馬を集めていると直感した。

「馬まで必要とするということは戦争を本当に始めるということだ」

武官はそう洞察した。

生き物である馬を集めれば、日々大きなコストが掛って来る。それでも敢えて馬を集めるということは戦争が近いことを意味していると読んだのだ。

それはズバリ当たった。

そんな例を工藤は沢山知っていた。

工藤は新聞の情報から何か異変がないかを調べ、これはと思ったものを自前の情報網を使って深掘りする。

工藤が『砂漠の狐』と呼ばれている裏にはそのような努力があったのだ。

その日もその作業を続けている時だった。

「ん？」

それは地方紙、北関東新聞の頁を素早く捲《めく》っていた時だった。

——坂藤市制七十周年祝賀祭——

とされている記事に手が止まった。

そこには坂藤市の地元有力者たちが集まっている写真が掲載されていた。

工藤はその写真を凝視した。

そしておもむろにプライベート用のスマートフォンを取り出し電話を掛けた。
呼び出し音がきっかり八回鳴ったところで相手が出た。
工藤は電話の相手に言った。
「今日の北関東新聞、社会面を見て頂けますか？　写真を確認して頂きたいんです」
それだけ言うと電話を切った。
工藤はそれからずっとその写真を見ていた。
見ながらコツコツと神経質な面持ちで手にしていたペンで机を叩き始めた。
数分後、呼び出し音が鳴った。
折り返しの電話だった。
工藤には随分長い待ち時間に思えた。
相手の声に頷いて工藤は言った。
「そうですか。やはりそうなんですね」
その工藤の口調には明らかに動揺が現れていた。

その日、午後三時半から金融庁で定例の幹部会議が開かれた。
司会の副長官の言葉で会議は始まった。

「本日は改めて日本の銀行行政について考えてみたいと存じます。ご承知の通り、本庁による指導が奏功し、日本にはスーパー・メガバンクとして敷島近衛銀行、やまと銀行が誕生し、メガバンクの東西帝都ＥＦＧ銀行も傘下にスーパー・リージョナル・バンク、ＳＲＢである関東中央銀行を持つに至っております」

全員、話を聞きながらプロジェクターで映し出された日本地図を見ていた。銀行によって色分けされたそれはまるで陣取りゲームのように見えた。

副長官が続けた。

「競争の結果、日本に超巨大銀行が出来ていく。つまり、真の世界的競争を目指せる銀行が誕生する過程で世界の投資家の日本を見る目が変わり、日本の株式市場に未曽有の海外資金が流入し、株式指数が上昇傾向を見せていることもご承知の通りです。我々金融庁の指導の正しさがここに――」

自画自賛が続く副長官の言葉を長官の工藤は全く聞いていなかった。

工藤は全く別の世界にいたのだ。

里山のような場所を工藤は歩いている。

深い緑の連なりが目の前にある。

広葉樹林の中に足を踏み入れた。
暫く歩くと深い藪が足元に広がっている。
工藤の足は藪に取られる。
そこから抜け出そうと懸命に工藤は藪をかき分け大股になって歩いた。
工藤は驚いた。突然ひらけた場所に出ていたからだ。
そこだけが森の中で忘れられたようにぽっかりと空間が出来ている。
工藤はそこを進んで行った。
すると丘の先に炭焼き小屋が見えた。
煙突から煙がたなびいている。
「あそこか」
工藤は小屋に近づいて行った。
薪が積み上げられた小屋の周りには人気《ひとけ》がない。
扉を開けて工藤は中に入った。
人がいた。
炭焼きが背を向けて座っている。
工藤はその背中を暫く眺めていた。

「来たのか？」

炭焼きは背を向けたままそう言った。

「えぇ、あなたとちゃんとお話をするように言われましたので」

炭焼きは何も答えない。

工藤は小屋の中の粗末な椅子に腰を掛けた。

「どうしても、あなたとお話をしないといけないのです。この国のために」

炭焼きは背中を小刻みに震わせた。

笑っているのが分かった。

「この国のため？　よくもそんなことが言えるな」

炭焼きの声は怒りに満ちていた。

「お前たちがこの国でしてきたことを考えたことがあるのか？」

工藤は黙っていた。

「私の我慢はもう限界だ。やらせて貰う」

工藤は慌てた。

「それは駄目だ！　絶対に駄目だ！」

語気を強めて工藤はそう言った。

「駄目？　ではどうする？」

言葉が出てこない。

「どうするんだ？　工藤長官」


……長官、工藤長官？

「工藤長官、お言葉をお願い致します」

工藤は白日夢から覚めた。

司会の副長官の話は終わっていた。

「あ、あぁ。お聞きの通り、我々は日本の金融産業を世界に冠たるものにする指導を行って来ています。そして、それは今後も継続されるものです。金融の変革に終わりはない。それこそが、この国の再生に求められるエネルギーとなると確信しています」

工藤はそう言いながらも白日夢の光景が頭を離れない。

そして話している内容を忘れた。

工藤が話の途中で黙ったので皆はどうしたのかと思った。

「スーパー・リージョナル・バンク、ＳＲＢ」

突然工藤が話の流れに沿わずに言いだしたので皆は驚いた。

「今、東西帝都ＥＦＧ銀行は傘下のＳＲＢ、関東中央銀行を吸収しスーパー・メガバンクとなるのではなく、独立したＳＲＢ、それも理想の銀行として『グリーンＴＥＦＧ銀行』なるものを創ろうとしています。これを私は高く評価しています」

工藤の唐突とも思える言葉だった。

「大きくなるばかりが能ではありません。様々な形態が同時に存在してこそ、銀行業の健全な成長が期待できるというものです。我々、金融庁としては『グリーンＴＥＦＧ銀行』を是非とも応援していこうと考えています。私のこの考えは金融庁の方針として東西帝都ＥＦＧ銀行の岩倉頭取に伝えるつもりです」

幹部の一人が何故そうなったのか訊ねた。

「長官の持論であり、金融庁の方針となっているのはスーパー・メガ構想であった筈です。何故、長官がそこまで『グリーンＴＥＦＧ銀行』を重要視されるのか真意を摑みかねます」

皆、工藤が何を言うかとその顔を見詰めた。

「エッ？」

全員、工藤の表情に驚いた。

まるで目の前に化け物でもいるかのような表情なのだ。明らかに何かを恐れている。

その工藤が低い声で言った。

「関東は特別な場所なのです」

工藤はまだ白日夢の中にいた。

第三章　狐狸と鵺《ぬえ》

東西帝都ＥＦＧ銀行、グリーンＴＥＦＧ銀行準備室に新たに三人が加わった。

三つの地方銀行、武蔵中央銀行、北関東銀行、そして坂藤大帝銀行からＳＲＢ、グリーンＴＥＦＧ銀行となる準備のためにＴＥＦＧへの出向の形で派遣されて来た三人だ。

ヘイジは準備室のメンバーに三人を紹介する前に事前に面談をすることにした。

「それにしても……」

初めて三人の人事ファイルを見た時、ヘイジは可笑しくなった。

「これは山脈だな」

三人が三人とも、苗字に『山』がついている。

古山《ふるやま》、頭山《とうやま》、そして深山《みやま》。

「山で遭難しないように注意しないとな」

そう独りごちながら三人が待つ人事部の会議室に入った。

さっと三人が立ち上がった。

ヘイジは頭を下げて三人と面と向かう形で席に着いた。

「グリーンTEFG銀行準備室、室長の二瓶正平です。よくおいで下さいました」

三人共、年齢はヘイジと同年代の四十代半ば。

容貌は銀行員らしいものだったが大柄な偉丈夫と中肉中背、そして小柄で痩せぎすと綺麗に体格が分かれている。

ヘイジはまず自己紹介とSRBであるグリプロの概要について語ってから、三人に自己紹介を頼んだ。

大柄の男が口を開いた。

「武蔵中央銀行から参りました古山恭二です。宜しくお願い致します。TEFGさんとのご縁を頂き、このように皆さまとお仕事が出来ることを嬉しく思っております」

続いて中肉中背の男が言った。

「北関東銀行から参りました頭山仁です。ご縁あってこのようにご一緒に仕事が出来ますこと光栄に存じます。新たな銀行に生まれ変わることには期待と共に不安もありますが、皆さまのお力添えを頂き、より良い存在になりたいと思います」

そして最後に小柄で痩せぎすの男になった。

「坂藤大帝銀行から参りました深山誠一です。このような大きな銀行の一員となったこと、戸惑いもありますが、期待も大きいものです。何卒宜しくお願い致します」

三人ともそつのない、いかにも銀行員という挨拶だった。

ヘイジは笑顔で言った。

「お三方共、『山』の苗字をお持ちです。お三方のお力で、グリーンＴＥＦＧ銀行を大きな山脈のような日本に冠たる銀行にして頂きたいと思います。何卒宜しくお願い致します」

そして深々と頭を下げてから改めて言った。

「出向とはいえ、もう完全にＴＥＦＧの行員だと思って頂きたいと思います。何でも遠慮なく言って頂き、歴史的なプロジェクトであるスーパー・リージョナル・バンクの創設、グリーンＴＥＦＧ銀行誕生を成功に導いて頂きたいと思います」

三人は頷いた。

そこからヘイジは言葉つきを変えた。

「と、まぁ……ここまでは型通りです」

三人はそんなヘイジに少し驚きの表情を見せた。その三人にヘイジは何とも不敵な笑みを見せてから言った。

「私はこれまで皆さんと同じ立場を何度も経験して来ました」

三人は何事かという表情になった。

「大きな銀行に呑み込まれ、突然それまでの日常が変わる恐ろしさを感じる」

ヘイジの言葉に三人の目は真剣なものになった。

「そして理不尽とも思える仕打ちが待っている。大が小を呑み込む……呑み込まれた小はどんな目に遭うか」

三人の顔色が変わった。

「私は名京銀行出身で、大栄銀行による吸収合併をまず経験しました。ＥＦＧ銀行となった……そのＥＦＧという世界で旧名京の人間は徹底的に苛め抜かれました」

三人は真剣にヘイジの顔を見詰めている。

「あからさまな降格や配置転換、ですが……それはまだましだったんです」

ヘイジは思い出していた。

ＥＦＧとなって一年も経たないうちに優良支店の支店長は全て大栄出身者が占め、問題支店、問題部署に名京の人間が回される。問題案件は次々と名京の人間に送られてくる。同時に希望退職が募られ、プライドのある者たちは辞めていった。

銀行に残った者は家族も苛めにあった。

世帯寮ではあからさまに階層が分かれママ友にもして貰えない。

ヘイジの妻、舞衣子が精神を病み、最初に発症したのがその頃だった。

ヘイジは話を続けた。

「EFG銀行が次に東西帝都銀行に吸収合併され、TEFGとなってからは悲惨でした」

三人はヘイジが何を言うのか怖ろしかった。

「EFG銀行時代は、まだ〝差別〟でしたが、東西帝都EFG銀行となってからは〝区別〟です」

大柄な古山が訊ねた。

「〝差別〟ではなく〝区別〟？　どういうことでしょうか？」

その声には、明らかに怯えた響きがあった。

「TEFGになって直ぐにこの言葉が囁かれるようになりました。『帝都に非ずんば人に非ず』。そうして旧EFG出身者はどんどん消えていきました」

頭山がごくりと唾を呑み込んでから訊ねた。

「消える？　消えるとはどういう意味ですか？」

ヘイジは何ともいえない笑みを浮かべて答えた。

「本当に消えるんです。ある日、気がつくとEFG出身者が銀行からいなくなっている。全て関係会社に送られたり、人事部付きの顧問という、あるのかないのか分からない役職になって飼い殺しです。『ガス室送り』『収容所行き』などと言われたものです」

ヘイジは笑みを消し、真剣な表情に戻って言った。

「大が小を呑み込む吸収合併。そこで一番やってはいけないことは、旧銀行の都合の悪い部分を隠すことです」

その言葉に古山が反論した。

「しかし、さっき室長は仰ったじゃないですか？　小銀行出身者は問題支店に回されたり、問題案件をなすりつけられたりしたと……」

ヘイジは頷いた。

「それはまだましなんです。ちゃんと銀行で働けますから」

サラリとそう言ったヘイジには、凄みがあった。

「都合の悪い部分が隠してあることが分かった支店や部署の人間たちは、芋づる式に全て懲戒処分にされました。一罰百戒なんですよ。退職金も削られ放り出される。でもそれは世間に公表されていません。する方もされる方も都合が悪いことですから……しかし、その処置の厳しさに慄然としたものです」

三人は緊張の面持ちのまま黙っていた。

そこでヘイジはダメを押した。

「大が小を呑み込むということ、そこでは経営合理性が極限まで追求されます。その過程に人間性はないということです。呑み込んだ大きな方が持つ〝合理〟が全てです。大が支配する原理が全てとなります。『帝都に非ずんば人に非ず』その言葉が全てを表しています」

古山は、大きな体をひと回り小さくするようにして訊ねた。

「今回……我々は呑み込まれるということではないですよね？　ＳＲＢとしてグリーンＴＥＦＧ銀行という新たな形の銀行として独立した存在となるんですよね？」

その言葉はまるで願い事のように聞こえた。

ヘイジは笑った。

「そうです。その通りです。私たちは協力して新しい銀行を創るんです」

頭山が続いて訊ねた。

「今の室長のお話からは……ＴＥＦＧ、いや、帝都の恐ろしさが伝わりますが、その帝都はグリーンＴＥＦＧ銀行をどうしようと考えているんですか？　こういうお話をされるということは、室長は経営サイドの本音をちゃんと我々に話しておきたいというお気持ちなのではないですか？」

その鋭い読みにヘイジは頷いて言った。

「ハッキリ申し上げます。これはサバイバルです。ＴＥＦＧの経営陣はグリーンＴＥＦＧ銀行が上手く行かないと判断すれば即、完全吸収に動く筈です。ですから私の生き死にもこのプロジェクト、グリプロに懸かっています」

三人は黙った。

ヘイジは言った。

「まずは三行の実態、実情を全て正確に把握して、統合の問題点を早く処理していくことです。それは時間との勝負になります。問題解決のための予算は取ってあります。ですから皆さんにお願いしたいのは、各行の実態、実情を全て正確に教えて頂きたいということです。財務諸表では分からない、隠されている部分、それを教えて頂かなくてはならないんです」

三人は押し黙った。そして暫くしてから古山、頭山の二人は納得したかのように頷いた。

「あの」

ずっと黙っていた深山が口を開いた。

「二瓶室長はどうやってここまで生き延びて来たんですか?」

唐突な質問に空気が変わった。

「呑み込まれた側の弱小銀行の人間が生き延び出世した。それは何故ですか?」

小柄な深山のどこか暗い目に、ヘイジは恐ろしさを感じた。

三行からの出向者との最初のミーティングで主導権を握ろうとしたヘイジの企みは微妙な成功になった。

ＴＥＦＧというメガバンクにおける弱者としての自分の立場を強調することで、彼らに自分も同じ立場だと思わせ、そこから圧力を掛けるという戦術はほぼ成功したと思っている。

武蔵中央銀行の古山と北関東銀行の頭山の二人は取り込めたという自信はある。

「古山も頭山も狸と狐のように油断の出来ないところはあるが……自分たちが最終的にグリプロでやらなければならないことは十二分に理解し、それをやらなくてはならないと少なくとも覚悟は決めた筈だ」

◇

それは各行が必ず隠しているに違いないもの、隠蔽された不良資産や外部に飛ばされている不良債権……それを自らが進んで明らかにすることに他ならない。

「銀行員は自分よりも組織を大事にする。古くから隠蔽されているものはある種の神域のようになっていて、たとえ頭取であっても手がつけられなくなっている可能性がある」

それを明らかにするには北風と太陽の両面で行くしかないとヘイジは思っている。

最初のミーティングでのヘイジのあり方は太陽と思わせた北風だ。それは恐怖というものを明らかにした戦術だった。

古山と頭山は、それぞれの銀行のトップと直ぐに連絡を取り合ったようだ。

ミーティングのその日のうちに、二人から個別に「ＴＥＦＧさんが望まれている情報をお渡しできるようにしますのでお時間を下さい」と告げられたからだ。

ヘイジは決して良い気分ではなかったが、仕事が早く進むことを考えるとその言葉に満足はした。

だが深山は何も言って来ない。まったくのマイペース、そしてポーカーフェイスだ。

ただヘイジがそのことが不安要素にならないのは、深山の坂藤大帝銀行が三行の中ではどこからどう見ても優良銀行だったからだ。

そのことに揺るぎがないから落ち着いているのだろう。

ヘイジは深山の態度をそう受け取った。

そこで当初の予定を変更した銀行の振り分けを考えた。

それはグリプロ準備室の桜木祐子に武蔵中央銀行と坂藤大帝銀行を担当させ、今村良一に北関東銀行を担当させることだった。

「北関東銀行は『北関東の闇』の前科がある。それを含めても隠蔽体質が染み込んでいると見た方が良い」

ヘイジの頭の中には〃コックローチ・セオリー〃がある。

ゴキブリを一匹でも見つければ、必ずそこには数十匹のゴキブリがいるということだ。

そこで今村を北関東銀行の専属にし、徹底的に調べさせるのがベストだとしたのだ。

そして準備室プロパーと出向者が全員揃っての初めてのミーティングになった。


「……という担当割りで皆さんと進めて行くことになります」

ヘイジの言葉に三人の出向者は頷いた。

出向の三人は準備室の部屋に別の島として机が並べてある。呼べば直ぐに応えられる距離にいる。

これからは全員が同じ部屋で仕事をすることになる。

ヘイジはそこでヘイジらしい方針を打ち出した。

「今この瞬間からグリーンTEFG銀行準備室は始まります。グリプロを成功させるために全員が一丸とならなくてはなりません」

そして少し間を置いてからヘイジは言った。

「これからはグリプロのあらゆる情報は全員が共有します。つまり、どんなこともこの室内では隠し事なしです」

エッという表情に全員がなった。

「当然のことですがグリプロ室の情報はここ限り。外に漏らすことは守秘義務違反、訴訟そして懲戒の対象になりますから、それは十二分に理解して貰っていると思います」

全員は頷いた。

「その上で私は、ここの全員は仲間として、互いを全面的に信頼するという体制を取りたいと思っています。グリプロに関する秘密や隠し事は一切なし。メンバー全員が情報を共有し問題の解決に全員が当たる。そのような形をここでは取ります」

それを聞いたメンバーは、どう反応すれば良いのか分からないでいた。

「私の言うことにピンと来ないかもしれませんが、グリプロの成功はスピードに懸かっています。全てを短期間で処理しなければいけない。そして、グリプロが成功しなければ今ある三つの銀行は不幸になる。それだけは確実なことです」

ヘイジはＴＥＦＧがＳＲＢを見限り、吸収合併の形でスーパー・メガバンクになろうとする可能性が高いことを強調した。

「進まなければ地獄なんです。そして、失敗しても地獄です」

ヘイジは三人の出向者に向かって言った。

「このグリプロ室にいるＴＥＦＧのメンバーは、超がつく優秀な人材です。普通なら百人の行員が必要なことをこれだけの人数でやってのけるメンバーです。しかし、このプロジェクトは時間との勝負です。このメンバー全員お互いに最大限の協力体制を取らないと間に合わない。そして、最大限の力の発揮には情報の全面的な共有、相互の絶対的な信頼が必要になると考えています」

ずっと黙って聞いていた古山が言った。

「およそ……銀行という組織の性格とは相容れないことを室長はやろうということですね。銀行というところは常に情報を囲い込む。都合の悪いことは隠し通す。隠蔽し揉み消す。それが銀行という組織ですよね」

続いて頭山が言った。

「今、室長が仰ったようなことは……ＴＥＦＧさんで実際に行われているんですか？　非銀行的な情報の共有や処理のあり方が？」

ヘイジは首を振った。

「全くありません。これはグリプロだけのことです」

頭山は驚いた。

「ではここで、グリプロで実験しようということですか？　そんな理想が本当に実現出来ると思っていらっしゃるんですか？」

　ヘイジは二人の本音を引き出したと思った。

（やはり、この二行は何か大きなものを隠している）

　その上でさらにヘイジは言った。

「グリプロは理想です。ＳＲＢとしてのグリーンＴＥＦＧ銀行は理想の銀行です。しかし、それは夢物語であってはならない。その為には設立当初から理想を貫き通すことが必要だと考えています」

　皆は黙った。

　ヘイジはこれはたとえですがと断ってから話を続けた。

「アメリカ合衆国という国があります。あの国は建国されて以降、世界最強の国であり続けている。そして、そのあり方は人類が最後に創った文明でもあります」

　皆、そのヘイジの言葉に驚いた。何を言い出したのか分からない。

「文明とは……それがあるところへ行きたい。そこで生活がしたい、と多くの人が考える場所ということです。その意味でアメリカは多様な人種、多様な宗教が共存できる文明を創ったということです」

　桜木が訊ねた。

「それはよく分かります。米国留学であの国の懐の深さはよく理解出来ましたから……」

同じように留学経験者である今村と信楽も頷いた。

ヘイジは続けた。

「文明とは一つの理想です。それをあの国は最初の国造りの時に行った。それがあの国の文明としての核になったと思っています」

今村が訊ねた。

「アメリカが行った理想の核とは何ですか？」

ヘイジはそれはジョージ・ワシントンだと言った。

「初代大統領のワシントン。彼が理想を行ったということですか？」

今村の問いにヘイジは答えた。

「我々は今、ごく普通にアメリカの大統領と言っていますが、この制度をワシントンが創ったということです。民主主義という理想の為に、彼は王にならず、大統領という制度を創った。彼は王になろうと思えばなれたはずだったのに、それを理想の為に棄てた」

皆はアッという表情になった。

「理想は最初に創るべきなんです。青臭いとかなんとかではない。歴史がそれを証明している。アメリカ合衆国は最初の最初に理想を実践した人間がいたことで出来上がった。我々は理想の銀行、ＳＲＢ、グリーンＴＥＦＧ銀行をそうやって創るべきだと考えています」

ヘイジの言葉にしんとなった。

暫しの沈黙の後でヘイジは言った。

「情報の徹底した共有こそがこれからの金融の理想だということです。我々で歴史を創りましょう」

ほぼ全員、少なからず高揚感を持てた顔つきをしていた。

しかし、一人だけ冷めた表情の人物がいた。

深山だ。

（どこまでもポーカーフェイスか……）

ヘイジはその顔が気になった。

◇

ヘイジは草深い山道を歩いていた。

北関東銀行の担当者に先導され、傍らにはグリプロ室の今村良一と出向者の頭山仁がいる。

トレッキング装備で全員は歩いていた。山道に入って既に二時間が経過している。

「日頃の運動不足を痛感しますね」

今村が息をあげながらそう言った。

「本当だ……やはりジョギングとかしておいたほうがいいな」

ヘイジも山登りなど高校の林間学校での登山以来だと思いながら顔を歪めていた。

「もう直ぐです」

先頭を行く北関東銀行の担当者が、振り向いてそう言った。

ヘイジはホッとした。

五分ほどでその場所にでた。

「これです。これがその全貌です」

ヘイジは息を切らしながらその景色を見た。


グリプロがスタートし、自分の銀行が抱えている大きな問題を最初に明らかにしたのは予想通り北関東銀行だった。

北関東銀行からの出向者である頭山はヘイジと北関東銀行の担当である今村に、「経営から全てお話しするようにと言われました」と告げてその問題を語った。

それには嘗て政争と化した国家的プロジェクトが関わっていた。

七ケ瀬ダム建設計画だ。

現与党が十年前に政権を失った原因の一つとされたものだ。

七ケ瀬ダムは無駄な公共事業の代表とされ、政権交代によって建設途中であったものが無期限の事業中止とされた。

「それが現与党の政権返り咲きによって動き出したのは良かったのですが、予算規模は縮小され、第三セクターによるプロジェクト遂行に切り替えられたのです」

頭山は説明していった。

七ケ瀬ダムプロジェクトは元々治水を目的とされたものだったが、第三セクター事業に民間も絡むことになり、そのプロジェクト自体のあり方が拡大されたという。ダムを中心とする観光施設を造るものにされたのだ。

「政府系金融機関が第三セクターに融資を行うことでプロジェクトは再開したのですが、スタート直後に問題が起こったのです」

それは政府系金融機関による不正融資問題だった。

本来その設立目的からは行えない融資案件を、全国規模で行っていたことから国会で問題となり、多くの関係者が処分された。

「七ケ瀬ダムへの融資は目的に沿った正当なものだったのですが、観光施設は駄目だということになってしまったんです。そして……」

ヘイジはピンと来た。

「北関東銀行がその肩代わりをさせられた？」

頭山は頷いた。

「地元選出の議員からの圧力でそうなったのです。七ケ瀬ダムは現与党の目玉政策で、そのプロジェクトは絶対に成功させなければならないと主張して……」

ヘイジはありがちなことだと思った。それで何かあっても政治家は責任を取らないし、何もしてくれない。

ヘイジは北関東銀行の個別融資案件の一覧表を見ながら訊ねた。

「七ケ瀬ダム観光プロジェクトは……百億円の融資となっていますね」

頭山は首を振った。

「それは実は一部なんです。様々な項目に分散させてありまして……総額では二百五十億円を超えます」

ヘイジは一瞬苦い顔になったが直ぐに笑顔を作って頭山に言った。

「頭山さん、ありがとうございます。御行にきちんと明らかにして貰えたことで、これからの対処が取れます」

そうして実地の調査に向かうことになったのだ。

ヘイジたちが二時間の山道を歩いて到着した所は眼下にダム建設現場が拡がる崖の上だった。

建設中の七ケ瀬ダムとその周辺の全貌が見渡せる。

実際に見てみるとその規模の大きさが良く分かる。

今村はカメラで撮影していく。

ダムの方は八割がた工事が完成しているように見えるが、その周りの観光施設が予定されている場所には全く手つかずのところが目立つ。

「ん？」

ヘイジの視界にあるものが入って来た。

周りが完全に整備されている中に一軒の田舎家がポツンと残っている。

その風情から農家ではないことが分かる。

ヘイジは指を差して担当者に訊ねた。

「あそこのあの家。あれは何なんですか？」

担当者はご指摘ごもっともという顔つきになって言った。

「あれなんです。このプロジェクトを一気に不良債権にしかねないものが……あれです」


その実地検分から一週間後。

ヘイジはグリプロ室で今村、頭山と七ケ瀬ダムプロジェクトの検討に入った。

「さすがだな」

ヘイジが感心したのは今村だ。

今村はあれから三日間現地に滞在し、さらに周辺調査並びに北関東銀行融資部での聞き取りを進めていた。

融資担当者として、頭でっかちではなく数字の実態をきちんと把握しようと努力する。

こういう銀行員が今では本当に少なくなった。

ヘイジは今村から説明を受けながらそう思っていた。

担保主義、要件主義がはびこり、人を見たり、事業の本質を見極めようとしたりしない。

それとは異質な今村の仕事の進め方を見ながら、何故今村がＴＥＦＧを辞めることを決めたのか分かるように思えた。今のメガバンクでは血の通った融資など存在しないからだ。

とはいえ、感心してばかりもいられない。

今村の報告から、七ケ瀬ダムプロジェクトが頓挫しかねない重大な状況にあることを知らされたからだ。

「室長もご覧になったあの家。あの田舎家のある土地が買収できなければ、ダムはおろか周辺の観光プロジェクトも全て実現できなくなります」

だがヘイジ自身が実際に状況を見ただけに、その今村の説明は大げさに感じられた。

「周囲ではあれだけ工事が進んでいる。ダム工事は公共事業だ。とすれば買収に頑なに応じないというのは権利の濫用に該当するんじゃないのかい？」

ヘイジの言葉に今村も頭山も同時に頷いた。

「室長の仰る通りなんです。本来ならその点だけで訴訟を起こしてしかるべきなんですが……他にも複雑な問題が絡んで来ます。実に相手が悪いんです」

ヘイジには意味が分からない。

「相手？　あの田舎家は誰の持ち物なんだい？」

今村が何とも言えない表情で言った。

「個人ではなく団体です」

ヘイジは驚いた。

「水利権？」

を教えられた。
ヘイジは、柳城《りゅうじょう》流という茶道の一派が七ケ瀬水系に水利権を広範囲に所有していることを教えられた。

上流階級のクラブ的組織だが、具体的に何処の誰が属しているかは判然としない。

「重要な茶事の際に使う水。それが七ケ瀬の水流ということらしいのです。自然を重要視する彼らにとって絶対的な存在のようです」

ヘイジが見た田舎家は柳城流が所有する水小屋と呼ばれるもので、そこで昔から茶の湯の為の水を汲んでいるという。

「水は流れていてこそ清いものという彼らの信念があって、ダムで堰き止められれば柳城流の命が失われるとまで主張しています」

ヘイジはその時ピンと来て呟いた。

「現与党が下野することになった前々回の総選挙で、争点とされて騒がれた七ケ瀬ダム建設。そこには柳城流が裏で動いていたのか……」

今村と頭山は頷いた。

「現与党は再び政権に返り咲くと、あの選挙の敗北の意趣返しとして七ケ瀬ダム建設を進めました。ですが、今回は本来的な治水目的があります。地球温暖化で想定外の豪雨が常態化した昨今、七ケ瀬流域を洪水から守るためにもダムは必要です。そこで国は工事の為のダム周辺の土地買収を進めれば、なし崩しで柳城流が折れると思っていたようですが……あの状況でも明け渡そうとしないのです」

今村と頭山は苦悩の表情を隠さなかった。

「茶の湯地獄ということか……」

ヘイジはそう呟いたが、何をどうすればよいのか見当もつかなかった。

◇

ヘイジは東西帝都EFG銀行本店最上階にある役員フロアーへ向かっていた。

分厚いバインダーを抱えている。頭取へのグリプロの進捗状況の報告のためだった。

エレベーターが開いて長い廊下を歩くと、頭取室の前で秘書が待っている。

「どうぞ」

「失礼します」

ヘイジは頭取執務室の方に通された。

実務の打ち合わせの場合は、頭取応接室ではなくこちらになるのが通例だ。

頭取の岩倉がパーティションの向こう側にいるのが分かる。

ヘイジは秘書に促され、打ち合わせ用のテーブルの席についた。

ふとヘイジは、自分はこの場所に何度来たのだろうかと考えた。

「前任の佐久間頭取、そして、桂さんが頭取の時……」

銀行マンとしての一生のうち、頭取室に一度も入ったことのない者が大半だと思うと腰の落ち着かない妙な居心地の悪さを感じる。

メガバンクの頭取という地位。

その昔から銀行の頭取というものは、特別な地位にいる者として羨望の目で見られ、その地位に就くと独特のオーラを身につける。

「そういうものを本質的に嫌っていたのが桂さんだ。組織のトップであるよりも相場師としての自分をどこまでも求めた桂さんだけだった」

戦国時代でいえば、頭取になるのは大名になること。しかし、それを良しとせずに、戦場を駆け巡る武将のままでいることを望んだのが桂だとヘイジは思った。

「普通は皆、頭取という地位と名誉と権力が欲しいと思う筈なのに……やはり桂さんは特別なんだろうな」

そしてヘイジは今から頭取と会って、その地位と名誉に付随するものを使わせて貰わなくてはならないと考えていた。

「東西帝都ＥＦＧ銀行の頭取の地位に許されるもの……」

それが柳城流茶の湯だった。

政官財のトップだけが入門を許されているとされる柳城流の茶。

ヘイジは柳城流について、頭取の岩倉からどうしても教えて貰わねばならなかったのだ。


「うーん」

ヘイジからの説明を聞いて岩倉は黙ってしまった。

北関東銀行が抱えている大問題。

七ケ瀬ダムプロジェクトの進行を妨げている柳城流の施設のことを、ヘイジから聞いてじっと考え込んでしまった。

ヘイジは岩倉に言った。

「北関東銀行は既にこのプロジェクトに二百五十億円以上をつぎ込んでいます。もしこのまま遂行できなければ不良債権に……」

「分かっている」

岩倉の語気は荒い。

「分かっている……が、しかし」

暫く黙した後で岩倉は話し始めた。

「相手が柳城流茶の湯……」

ヘイジは黙ってその岩倉を見ていた。

岩倉は何か書付けを読むような口調で言った。

「この国で特別な地位にある者だけが入門を許される茶の流派……誰がその門人なのか、それは絶対に知ることが出来ないし、門人である者も自ら明らかにすることを絶対にしてはならない。全ては秘されている……」

自分がその門人なのかどうなのか、分からないような話し方だ。

ヘイジは訊ねた。

「それはフリーメイソンのような組織ということですか？」

岩倉は頷いた。

「メンバーとなっても他に誰がメンバーなのか全く分からない……誰一人知らないという意味では秘密結社以上の存在だろうな」

ヘイジは驚いた。

「どうやってメンバーになるんですか？」

岩倉は観念したように言った。

「突然、連絡が来る。柳城流茶の湯への入門を許すという連絡が……。そして宗匠と一対一で面談した後に門人となる」

その言葉で明らかに岩倉がメンバーであることが分かった。

ヘイジはその上で訊ねた。

「頭取、私は茶の湯のことは全く分かりませんが、茶会が催される訳ですよね。普通そこで他の人物が分かるんじゃないんですか？」

ふっと岩倉は笑った。

「柳城流の茶会は月のない夜、森の中の茶室で行われる。灯りは宗匠の手元の小さな蠟燭《ろうそく》一本。茶室の中は殆ど闇。そして、茶会では宗匠以外一言も発してはならない。茶会に参加している者が誰かを知ることは出来ない」

ヘイジは暫く考えてから訊ねた。

「では……一体何のために柳城流茶の湯は存在しているんですか？」

岩倉は躊躇する様子を見せてから言った。

「私にも分からん。ただ……日本そのものがそこにあると言われる。真の日本がそこに……」

「真の日本……」

岩倉は頷いた。

「それが何を意味するのかは分からない。それは宗匠から聞く以外にないが……」

そこまで言って岩倉はすこし間を置いてからまた口を開いた。

「宗匠に門人の方から接触は出来ない。宗匠からのお声掛かりがあって初めてお目通りが許される」

宗匠は一体どんな方なのですか、と訊ねようとしたが岩倉を慮《おもんぱか》って止《よ》した。それを岩倉が言えば門人であることを明らかにしたも同然だからだ。

代わりに首を傾げて訊ねた。

「そうやって聞くと、柳城流とは何のために存在するのか分からないですね」

岩倉は虚空を見上げるようにして言った。

「宗匠が全て、ということだ。宗匠と門人、一対多の関係が全て……」

ヘイジは岩倉が恐れを感じているのが分かった。そこで目先を変えようと、銀行マンらしい実務情報を岩倉に開示した。

「社団法人・柳城流茶の湯は当行に預金が三十億円あります。帝都銀行時代からの取引が続いている形です。メインバンクではないようで、敷島近衛銀行にもやまと銀行にも同程度の預金がなされているものと思われます」

岩倉はその情報を知っていたのか知らなかったのか、曖昧な態度で何も言わない。

ヘイジは言った。

「グリプロ室長としての頭取へのお願いです。ここはＴＥＦＧの頭取としての筋を通して頂きたいと思います。社団法人・柳城流茶の湯とお話し頂けないでしょうか？　正面切って、組織体組織で話し合いをして頂く以外に状況の打開は難しいと考えます」

岩倉は暫く考えてから思い切ったような調子で言った。

「そうだな……ビジネスはビジネスだ」

ヘイジは宜しくお願いしますと頭を下げた。


柳城流茶の湯の本部は東京、赤坂の一等地にある。

都心のエアポケットのような一千坪の森に囲まれた場所だ。

東西帝都ＥＦＧ銀行頭取、岩倉とヘイジを乗せた黒のメルセデスＳクラスがその敷地の中に入ったのは土曜日の午後だった。

本部の建物の車寄せに着くとダークスーツ姿の若い男に迎えられた。

「どうぞこちらへ」

岩倉とヘイジは建物内に入った。

奇妙だなとヘイジは思った。

建物の中には装飾がない。

普通この手の団体の本部だと歴代代表の肖像画が掛けられ、大きな壺や彫刻などがこれ見よがしに置かれているものだが何もない。

途轍もなく高級だと思える歩き心地の絨毯も、何の装飾もない無地のグレーのものだ。

ただ、窓が大きく取ってあり、丹精された庭が美しく見える。

「自然を重視する茶の湯の流派だということが確かに分かるな」

ヘイジはそう思いながら、頭取と共に案内されて応接室に入った。

「暫時お待ち下さい」

そこまで二人を案内して来た男は下がった。

ヘイジは部屋の中を見回した。

応接室にも装飾は何もない。

直ぐに茶が運ばれて来た。

古伊万里の染付の茶碗に入った煎茶は、何とも旨いものだった。

「あぁ……美味しいお茶ですね」

ヘイジは思わずそう言った。

岩倉は緊張しているのか何も言わない。
ヘイジもそこからは黙って座っていた。
が、
(見られている!!)
突然そう感じた。
そして部屋を何気なく見回すようにした。
天井四隅の照明がやや不自然な形に思える。
(あれにカメラが仕込まれている?)
ヘイジは気を引き締め直した。
そうして五分ほどした時だった。
先ほどの若い男が入って来た。
「申し訳ございません。宗匠急用の為、本日はこれでお引き取り願いたく存じます」
ヘイジがそれではいくらなんでもと言いかけた時、岩倉が制した。
「承知致しました。またのお声掛かりをお待ち致します」
岩倉はヘイジを促して退出した。
頭取専用車に戻ったところでヘイジは言った。

「これではあまりに失礼じゃないですか!!　仮にもTEFGの頭取を呼びつけておいて!」

岩倉は薄く笑いながら言った。

「これが柳城流茶の湯のやり方なのだろう。現宗匠、第十三代柳城武州《ぶしゅう》の……」

第四章　渓谷の清流

東西帝都ＥＦＧ銀行のグリーンＴＥＦＧ銀行準備室、通称グリプロ室では、出張中の信楽を除く全員が揃っての会議が連日行われた。

北関東銀行の抱える七ケ瀬ダム建設問題だ。

ヘイジは当初の方針通りグリプロ室の中では情報を全員が共有し、問題の処理に全員で取り組むことを実践していた。

七ケ瀬ダムも例外にしない。

システムを任されている信楽満はグリーンＴＥＦＧ銀行となる三つの銀行、武蔵中央、北関東、そして坂藤大帝銀行のシステム部門に各一週間の予定で滞在し、ヒヤリングを進めている最中だった。

「やはり訴えを起こし、ダム建設を妨害している柳城流の建物を強制執行で取り壊すこと以外に手段はないのではないですか？」

そう言ったのは、グリプロ室の筆頭代理である桜木祐子だった。

それに対して、グリプロ室で北関東銀行担当の今村良一が力なく答えた。

「北関東銀行も何度かその旨で動くことを検討したのですが、永田町と霞が関サイドからその度に止められてしまっているのです。当行法務部にも問い合わせましたが、柳城流が相手では極めて難しいとの見解です」

全員が難しい顔になった。

ヘイジは言った。

「柳城流は単にダム予定地にある施設の撤去を拒否しているだけではなく、彼らの水利権の確保を最大の問題としている。重要な茶会に必要な神聖な水。ダムによって水の流れを堰き止められることで神聖さが失われることを断じて許さないとしている」

桜木が訊ねた。

「柳城流は単に七ケ瀬の水ではなく、流れる水を求めているということなんですね？」

ヘイジは頷いた。

「そうなんだ。結局、そうなるとダム建設は出来なくなる」

北関東銀行から出向している頭山が、やはりここはと断ってから語気強く発言した。

「ダムの公共性、流域住民の安全を訴えて、強制執行への訴訟を起こすことが理に適っている。ここ数年、想定外の豪雨による日本各地での被害状況を見ればそうすることが当然だと思います」

それに対して武蔵中央銀行から出向して来ている古山恭二が言った。

「地元でダムを求める住民運動を盛んにすることは出来ないのでしょうか？」

頭山は首を振った。

「地域性というか……皆、消極的であまり群れたがらないんですよ。声を大きくすることは恥とするところがある。それに……」

頭山はこれが一番のポイントだという風にして言った。

「心の根っこにダムへの嫌悪があるんですね。七ケ瀬の美しさを失うことへの嫌悪が……」

ヘイジは言った。

「だがダムが果たす安全、治水の役割が重要であることは確かなんだ。もし、流域に二十四時間一千ミリを超える降水があった場合、ダムによる調整がないと下流河川で決壊被害が出る可能性が高いと言われている」

それを踏まえてＴＥＦＧから訴訟を起こすことを、ヘイジは真剣に考えているとも言った。

「だが……それではあまりにも時間が掛ってしまう。その前に豪雨による被害でも出たりしたら目も当てられない」

全員が黙った。

「何か突破口はあるんですか？」

桜木の問いにヘイジは力なく首を振った。

「柳城流サイドはまだこちらからの接触に応じようとして来ない」

そう言って暫くしてからヘイジは言った。

「兎に角、皆も考えて貰いたいんだ。一度自分たちの立場を棄てて、考えて欲しい」

今村が怪訝な表情になった。

「自分たちの立場を棄てるとは……グリプロのことを考えるなという意味ですか？」

ヘイジは頷いた。

「あぁ、場合によってはグリプロのタイムリミットを離れて考えなくてはいけないと思うんだ。安全の問題、自然保護の問題、そして茶の湯という文化やそれが根ざしている歴史という問題、そして抗えない時代の流れ……それら全てを虚心になって考える。私はそれこそグリプロらしいと思うんだ」

皆は驚いた。

そして、ふとそこに爽やかな風が吹いたように思った。

ヘイジは続けた。

「私は学生時代に坐禅に行って知った只管打坐《しかんたざ》という言葉が好きなんだ。これは禅宗、曹洞宗の開祖、道元の言葉なんだけど、ただひたすら坐禅に打ちこめというもの。つまり今、目の前にあること、それだけに懸命に取り組めということなんだ。私は何か仕事に迷いがあるとこの言葉を口にする。すると何だか妙に落ち着いて来る。でも道元の言葉にはまだ別に大事なものがある。それは身心《しんじん》脱落というんだ。自分の身や心を棄てる。自我の意識を棄てるということ。そうすることで見えてくるものが大事だということだと私は解釈している」

皆そんなヘイジの言葉を理解出来なくもないという風に聞いていた。

「結局我々はいつも自分たちの都合でものごとを考えている。そして結果を求めようとする。只管打坐には徹底的に迷うことも必要だという意味も含まれるし、身心脱落では迷いの元の自分を棄てろと言う」

今村が笑った。

「なるほど禅問答ですね」

ヘイジも笑ってそうなんだと言った。

「グリプロは確かに時間との勝負だけど、その為に大事なこと、我々が理想とすることをどこかに置いて進むことはしたくないと思うんだ。何度も言うが今このグリプロ室で行っていることが理想にならないといけない」

桜木が笑いながら訊ねた。

「結局、我々はどうすればいいんですか？」

ヘイジは頷いた。

「この七ケ瀬ダム問題は、我々の都合を考えなければ……安全、環境保護、文化と歴史、時代の流れ、の問題だということになる」

そこから少しヘイジは考えた上で言った。

「そこには大きく二つの対立があることになる。『安全』対『環境保護』、そして、『文化・歴史』対『今という時代』

全員そのことは理解できる。

「ではこの二つの対立をどうするか？　勝ち負けを考え続けるか？」

皆、分からないでいる。

ヘイジは自分に対して笑うようにして言った。

「これは正解のない問題なんだと思う。矛盾はしょうがないと思う」

桜木がもう一度訊ねた。

「じゃあ、どうすればいいんですか？」

ヘイジは頭を掻いた。

「みんなでもう暫く悩もうよ」

全員は呆れたような顔になった。

「みんなで考え、悩み続けよう。それが今は大事なんだと思う。グリプロのタイムリミットなど小賢しいものと横に置いて時間を掛けよう。それで何か開けてくるかもしれない。只管打坐と身心脱落。そして理想を想い描きながら悩もう」

皆はヘイジの禅問答に訳が分からなくなりながらも、どこか煙に巻かれたように妙な納得感を持った。

ミーティングが終わり、それぞれが席に着くとヘイジの机の前に人影が現れた。

そこには坂藤大帝銀行からの出向者、深山誠一が立っていた。

普段、殆ど無表情で発言しない得体の知れない小柄な男が、ヘイジに笑顔を見せている。

「何か？　深山さん」

深山は言った。

「先ほどの室長のお話。凄く良かったです。本当に良かったです」

ヘイジは何と反応して良いか分からなかったがありがとうございますとだけ言った。

「場合によっては二百五十億円の引当金を積めということか？」

頭取の岩倉はヘイジに訊ねた。

「そうです。北関東銀行の抱えている七ケ瀬ダム建設問題は、早期の解決が不可能かもしれません。その場合には止むを得ません」

岩倉は黙った。

「グリーンTEFG銀行プロジェクトには、一千億円までのコストは準備して頂いております。これはそのコストと考えていくしかないと思います」

ヘイジの言葉に岩倉は頷いた。

「分かった。だが……この問題の話を聞いた時から別に気になったことがあるんだ」

「何でしょうか？」

岩倉は難しい顔になった。

「そもそもの発端だよ。SRBとしてのグリーンTEFG銀行を推進して欲しいと言って来たのが金融庁の工藤長官だということ」

ヘイジもアッと思った。

「このプロジェクトに工藤長官が罠を仕掛けている可能性……それがこの七ケ瀬ダム建設問題をさらに混迷化させるつもりではないかと……」

ヘイジは冷水を浴びせられた気がした。

その日、ヘイジは一人、遅くまで残業だった。

グリプロ工程表の見直し作業をしていた。

すると外線電話が鳴った。

「ＴＥＦＧ、二瓶ですが？」

出ると見知らぬ男の声が響いた。

「二瓶正平さま。あなた様を柳城流茶の湯の門人としてお迎えすることとなりました」

◇

土曜日の午後四時前。

ヘイジは自宅マンションで支度をして待っていた。

ダークスーツに濃紺のネクタイ姿だ。

インターフォンが鳴った。

迎えのハイヤーの運転手だった。ヘイジは部屋を出た。

ヘイジは驚いた。

玄関前に停まっていたのは黒のメルセデスの高級ハイヤーだったからだ。後部座席の窓はスモークになっていて外からは乗っている者が見えない。

「なるほど、本当に秘密主義なんだな」

動き出したハイヤーは直ぐに高速道路に入り都心を目指した。

三十分ほど走り、霞が関出口で降りると赤坂方面に向かった。

そして柳城流茶の湯本部の敷地の中に入った。

ヘイジにとっては二度目の場所だ。

本部建物の車寄せに着くと前と同じ若い男が待っていた。

「この度はおめでとうございます」

そんな挨拶をされてヘイジは戸惑った。

「はぁ」

それだけ言って頭を下げた。

「どうぞ、こちらです」

男が向かったのは建物の中ではなく庭の方だった。

大きな欅《けやき》や楠が茂る中を歩いていく。

暫く歩くと完全に都会の喧騒が消え、深山幽谷にいるように思えた。

小屋が見えた。

それは森の中の茂みに溶け込んでいるように目立たないものだった。

「あれは？」

案内の男は返事をせず、ヘイジをその小屋の入口まで案内した。

「どうぞ、お入り下さい」

靴を脱いで中に入ると六畳一間であることが分かった。障子張りの明かり取りから室内の様子が良く分かった。

座布団が一枚置いてあり、そこにヘイジは座った。

奥に屏風が立ててある。

「相当な値打ちもののようだな」

四季の草花が描かれた屏風を見ながらそう呟いた。

屏風の向こうに入口があるのか襖《ふすま》の開く音がして、案内の若い男が入って来た。

盆に大振りの汲み出し茶碗を載せている。

ヘイジの前にそれを置くと一礼して屏風の向こうに下がった。

そこは茶席の待合だった。

ヘイジは考えていた。

「茶の湯か……一度も経験がないからな」

これから恐らく茶事になるのだろうと予想していたが、ヘイジには全く知識がない。

「まぁ、向こうから言ってきたことなんだ、こちらは無手勝流でいい」

ヘイジはそう腹を決めている。

するとまた屛風の向こうの襖が開く音がした。

だが誰も現れない。

変だなと思った瞬間、声がした。

「本日はお運び頂きありがとうございます。二瓶正平さま」

屛風越しのゆったりとした調子のその声は、不思議な響きがした。

男の声なのか女の声なのか分からない。

年齢も若いのか年寄りなのかも判然としない。

声の主は名乗った。

「柳城流十三代宗匠、柳城武州です。屛風越しで失礼致しますが、何卒ご容赦下さい」

ヘイジは武州に言った。

「お招き頂きありがとうございます。ただ、どうして私が今この場にいるのか？　何故、お招き頂けることになったのか？　さっぱり分かりません」

ヘイジはきっぱりとそう言ってからさらに続けて言った。

「柳城流茶の湯の門人へのご招待ということですが、私は入門するかどうかも決めておりません。何故、私をここに呼ばれたのか？　まずそれを教えて頂けますか？」

武州は答えた。

「二瓶さまが柳城流茶の湯にお迎えするのに相応《ふさわ》しい方だと、当方で判断したからに他なりません」

ヘイジは笑った。

「私は一介の銀行員です。頭取でも社長でも大臣でも役所の長でもありません。吹けば飛ぶような人間です。柳城流の門人は、全てこの国を動かす政官財のトップばかりと伺っております」

少し間を置いてからヘイジは続けた。

「そんな柳城流に私が門人として招かれることはどう考えてもおかしい。理由は私が七ケ瀬ダム建設問題に関わり、先日当行の頭取とこちらにお邪魔したことにあるとしか思えません。そうですね？」

そう言ったヘイジに武州は意外なことを言った。

「定められたまま二瓶さまをお迎えしたまで」

「定められた？　何に定められているんですか？」

ヘイジの問いに武州はきっぱりとした口調になった。

「初代、柳城武州の定め。それに従って二瓶さまをお招きしたまで」

ヘイジには訳が分からない。

「その……初代、柳城武州っていつの人なんですか？」

「安土桃山時代から江戸時代にかけて生きた人間です」

ヘイジは笑った。

「そんな歴史上の人が定めたことと、銀行員がどう関係するんですか？」

武州は笑った。

「柳城流茶の湯には、およそこの国で起こっていることで知らぬこと、分からないことはありません。そして、定めに従って動いている。定めは二瓶さまを選んだということ」

ヘイジは頭《かぶり》を振った。

「訳が分かりませんね。その定めとやらはどういうものなんですか？」

武州はきっぱりと言った。

「初代の定めの内容は秘中の秘で一子相伝、代々の宗匠だけが知ることを許され、他言は出来ません」

ヘイジはそうですかと黙った。

だが少し考えてから訊ねた。

「先ほど柳城流茶の湯が途轍もない情報網をお持ちであることを明らかにされた。そうだという前提でお話を伺いたいのですが、私に七ケ瀬ダム問題を具体的にどうにかしろということでしょうか？」

武州は少し考えてから言った。

「自然のまま。自然の定めたままを柳城流茶の湯は求めます。七ケ瀬の清い流れ、その清い流れを求めるだけです」

ヘイジはそれは十二分に理解出来ますと言った。

「我々は我々の都合だけで考えてはおりません。この問題については軽々には動かないで徹底的に考える、いえ、悩むことを選んでいます。それが我々の理想だからです」

ヘイジの言葉に武州は何も答えなかった。

暫くしてから武州は出て行ってしまったようだ。

入れ替わるように若い男が入って来た。

「では、茶室にご案内します」

そうしてヘイジは待合を出て露地を男の案内に従って歩いた。

日はとっぷりと暮れて森の中は既に闇に包まれていた。
ヘイジは男が手に持つ蠟燭の灯りを頼りに歩いた。
ヘイジは頭取の岩倉の言ったことを思い出した。
柳城流茶の湯は宗匠が全て。宗匠と門人の一対多の関係だと言っていた……。
それは全ての門人の情報が、宗匠ひとりに伝えられていることを意味する。
先ほどの宗匠の話で具体的だったのは、七ケ瀬の清い流れを求めるといった一言。
そこに尽きるのだろうと改めてヘイジは思った。

躙《にじ》り口から茶室に入ると数寄屋造りの三畳の設《しつら》えだった。
「なんだ……目が慣れても畳の部分しか分からない」
茶室の中でも自然の闇が続いているようだった。
十三代柳城武州であろう亭主が現れたが、その姿形、顔も全く分からない。
ただ影としてそこにあるだけなのだ。
経験のないヘイジは茶事というものはこういうものなのだろうと思っていた。
だがそれは完全に亭主の存在を隠す茶事だったのだ。
茶碗に柄杓《ひしやく》で湯が注がれるのが分かった。

そして、茶筅《ちゃせん》の力強い音がしたかと思うと、すっとヘイジの前に茶碗が置かれた。

一瞬、亭主の手が見えた。

意外と華奢《きゃしゃ》な手だなとヘイジは思った。

亭主は何も言わない。

ヘイジは薄茶を飲み干すと言った。

「七ケ瀬の清き流れ……そのお言葉はしっかりと受け止めましたので」

亭主が深々と頭を下げる気配がした。

◇

翌日の日曜日、ヘイジは舞衣子の病院を訪れた。

舞衣子の主治医が指摘した舞衣子の病気の原因である孤独、それが夫である自分の所為だということをヘイジは深く理解し、仕事上のどんなことも舞衣子に報告し、二人でそれと向き合うことにしようと考えたからだった。

だが、ヘイジには不安があった。

「柳城流茶の湯のこと……訳が分からないだけに舞衣子を不安にさせないだろうか」

それでもやはり全てをさらけ出すことをヘイジは選んだ。

舞衣子とはいつものように病院の中庭で会った。

ヘイジは蜂蜜とレモンの入った紅茶をポットに入れて持って来ていて、それを二人で飲みながら話した。

ヘイジは今の状況を包み隠さず伝えた。

すると意外なほど舞衣子が落ち着いている。

「そう……ダムの問題がそんなに難しいことになっているの」

そう言ってからゆっくりと紅茶を飲んだ。

ヘイジは頷いた。

「柳城流茶の湯という謎の存在。日本の政官財のトップが門人とされる、ある種の秘密結社のようなもの。その存在との争いだから本当に難しいものになっているんだ」

舞衣子は少し考えた。

「でも、平ちゃんはその柳城流に門人として招かれた訳でしょう？　それだけ柳城流茶の湯が平ちゃんのことを高く買っているということでしょう？」

ヘイジは笑って首を振った。

「いや、そうじゃないよ。頭取のお伴でたまたま柳城流に行った時に僕のことを知って、七ケ瀬ダム問題におけるＴＥＦＧ側の担当者だからということだと思う。この問題の使い走りとして都合のいい存在だと考えたんだと思うよ」

舞衣子は首を傾げた。

「そうかなぁ……私はそうじゃないと思うな」

えっとヘイジは驚いた。

「だって、そうだとしたら事務的に平ちゃんを呼び出せば良いわけでしょう？　どうしてわざわざ平ちゃんを門人にして、そして宗匠が茶を点ててくれたの？」

それは……とヘイジは考えた。

「ＴＥＦＧという組織を背負っているからじゃ……」

そこまで言って、それであれば頭取の岩倉と直接やり取りすれば済むことだと気がついた。

ヘイジは考え込んだ。

「平ちゃんはもっと自信を持った方が良いんじゃないかな？　柳城流茶の湯の門人として招かれたのは平ちゃんの実力なんだよ」

それでもヘイジにはそうは思えない。

「いや、それはおかしいよ……やっぱり」

しかし、舞衣子は引き下がらない。

「絶対に柳城流は平ちゃんを頼りにしているんだと思うよ。だって私は平ちゃんを頼りにしてるんだから」

ヘイジは笑った。

「舞衣ちゃんにそう言って貰えると嬉しいけど」

それでも解せない。

「宗匠と平ちゃんはどんなやり取りをしたの？」

ヘイジはあの待合の場面を思い出しながら語った。

「具体的な言葉としては『七ケ瀬の清い流れを求めている』と言われたこと。そして、茶を頂いた後で僕が『お言葉はしっかりと受け止めました』と言ったら、深々と頭を下げられたのが分かったということだね」

舞衣子は合点がいったという顔つきになった。

「絶対にそうよ。平ちゃんは柳城流茶の湯に見込まれている。七ケ瀬の清い流れを平ちゃんが守ってくれると確信しているのよ！」

そこでヘイジは困った顔になった。

「いや、そうするとダムは建設出来なくなる。治水が出来なければ想定外の豪雨に流域河川が耐えられない。人の命に関わってしまうんだ」

環境と安全、そして古来の文化と現在の生活のどれを取って守れば良いのかというジレンマをヘイジは舞衣子に話した。

ヘイジは舞衣子が悩むのではないかと危惧したが、舞衣子の反応は意外なものだった。

「大丈夫。平ちゃんは必ず解決する。私には分かるの。平ちゃんならその難しい問題が解ける。だから柳城流茶の湯は平ちゃんを招いたんだと思う」

そこでヘイジは、舞衣子が本当に不安に思うだろうから、と口にするのを止めていたことを言った。

「グリーンTEFG銀行プロジェクト、グリプロだけど、TEFGは当初、消極的だったんだ。関東の三つの地銀を全て吸収してスーパー・メガバンクになろうとした。でも、それを何故か金融庁の工藤長官が直々に推進するように言って来た。金融界最大の黒幕とされている人物だ。前回の中国資本によるTEFG買収の後ろにもいたと言われる存在なんだ」

舞衣子は落ち着いた様子でじっと聞いていた。

「その人物が推進するように言って来たグリプロ……そして出て来た七ケ瀬ダムの問題。これには繋がりがあると思えるんだ。必ずこの問題でTEFGを窮地に陥らせようとしている。闇のような存在の工藤長官と秘密結社のような柳城流茶の湯は結びついていると考えた方がいいと思うんだ」

舞衣子は難しい顔をした。

ヘイジは舞衣子がまたパニック障害を起こすのではないかと心配しながら、その顔を見詰めた。

舞衣子は言った。

「平ちゃん、もっと信用した方が良いと思う」

ヘイジは舞衣子が何を言っているの良く分からなかった。

「もっといろんなことを信用し、信頼した方が良いと思うの。疑うんじゃなくて信用してみる。私が今の平ちゃんを信用し信頼しているみたいに……」

ヘイジは黙った。

「平ちゃんは今、全てを私に話してくれている。私を病気だと思わずに何でも話してくれている。私を信用し信頼してくれている。それが何より私には嬉しいし力になる。身体の奥底から何かが湧いて来るように思えるの」

「舞衣ちゃん」

ヘイジは驚きながら舞衣子を見詰めた。

「私は平ちゃんにずっと病気だからという目で見られてきたこと、心配されてきたことが何より辛かった。それで自分がどんどん駄目な人間になって行くように思えて」

ヘイジは言葉が出て来ない。

舞衣子の病気はヘイジの職場の環境が激変する中で起こった。弱小銀行の出身者として大銀行に次々呑み込まれることで味わう辛酸、その家族も同様の悲哀を感じ、それが舞衣子の病気を発症させた。

「でもその病気を深刻なものにさせて来ていたのは僕だったんだ」

ヘイジは舞衣子の主治医に言われたことが、今ここで本当に分かったと思った。

そして、人生の中で夫婦という人間の単位の中で、どれだけお互いが信用し信頼することが大事なのかが分かった。

ヘイジはグリプロを担当して、ある意味、周りの全てを全面的に信用、信頼していないことに気がついた。

ＴＥＦＧの頭取以下の役員、彼らを動かした金融庁の工藤長官……そして、一年で辞めていくことが分かっているグリプロ室のメンバーや三つの地銀から出向して来ている人間。

突然現れた柳城流茶の湯の存在。

どれもこれも心の奥底から信用、信頼など出来ないものばかりだと思った。

それでもヘイジは何とか皆でグリプロを成功させるように努力はして来た。

只管打坐や身心脱落など、自分が大事にしていることを話し、情報の共有などに努めることで皆で信用と信頼を創ろうとしてきた。

「でも……本当に大事な心を持っていなかったんじゃないか」

今日、舞衣子に言われてそれに気がついたのだ。

自分の周りに対して無条件で疑いを棄てて取り組んで行く。そんな思いはヘイジにはなかった。必ず裏に何かあると考え、周りの打算を慮って動いていた。

「平ちゃん」

舞衣子はじっと考えているヘイジに言った。

「大丈夫よ。平ちゃんは大丈夫。もっと周りを信用、信頼して大丈夫。私が保証する。私は何より、平ちゃんのその心で強く変わっていける気がしているんだから」

舞衣子は泣いていた。

ヘイジも涙を浮かべて言った。

「何もかも上手く行くことなんてあり得ないよね。でもそこで人を信用し信頼していくことが、人として一番大事だったんだね」

舞衣子は頷いた。

「大丈夫。絶対に平ちゃんは大丈夫」

ヘイジはありがとうと呟いた。

◇

JR上野駅中央改札口の前に、グリプロ室のメンバーが集合したのは朝七時半だった。ヘイジ以下、筆頭代理の桜木祐子、次席代理の今村良一、アシスタントの沢口悠馬と田所公子、そしてグリプロ室に出向して来ているスリーマウンテンズの古山恭二、頭山仁、深山誠一がそこに揃っていた。

全員トレッキング装備だ。

二週間前、ヘイジは七ケ瀬渓谷を実際に見に行くことをグリプロ室メンバーに提案した。

「百聞は一見に如《し》かず。一度その目で七ケ瀬の自然を見て、ダム建設の地も見て、考えて貰いたいんだ。強制はしない。有志だけで行こうと思う」

ヘイジの提案を全員が受け入れてくれた。

武蔵中央銀行に長期出張中の信楽満は、途中から合流することになっている。

上野駅から電車を乗り継いで二時間、七ケ瀬渓谷駅に着いた。

「二瓶室長！」

ヘイジたちが改札を出ると信楽が手を振りながら近づいて来た。

「ひと月以上も東京離れてたら、標準語も皆さんの顔も忘れてしまいましたがな」

信楽の関西弁に桜木が言った。

「信楽さんの標準語って誰も聞いたことありませんよ」

全員が笑ってお疲れさま、久しぶりと信楽に声を掛けた。

「北関東銀行さんのご厚意でマイクロバスをチャーターして貰えました。頭山さん、ご手配ホンマにありがとうございます」

信楽は頭山にそう言って頭を下げた。

「いえ、当行の案件の問題ですから当然です」

そういう頭山にヘイジもご厚意感謝しますと頭を下げた。

全員がバスに乗り込み、まずは七ケ瀬ダム建設地を目指した。

「ハイキングなんて高校生の時以来ですよ」

そう言ったのはアシスタントの沢口悠馬だった。

「沢口君、これは遊びじゃないのよ。銀行として大事な調査なんだからね」

そう言って沢口をたしなめたのは桜木だった。

ヘイジは笑いながら言った。

「良いんだよハイキング気分で。兎に角、現地を見て回る。そこでみんなが何を感じるかが大事なんだから」

ヘイジもダム建設現場は一度見に来てはいるが、柳城流茶の湯が水利権を持っている渓谷に入るのは初めてだ。

山道を走ること一時間、ダム建設現場に到着した。

「これですかいなぁ……なるほど実際目にすると異様でんなぁ」

信楽が関西弁でそう言った。

山肌が掘り起こされ関東ローム層の大地が剝き出しになったダム建設現場の全景の中に、ポツリと浮かぶように存在する柳城流茶の湯の瀟洒《しょうしゃ》な数寄屋造りの建物は現実感がない。

ヘイジは自分が柳城流茶の湯の門人として招かれ、宗匠の柳城武州と会ったことは誰にも決して口外していない。

「本当に不思議な存在ですね。柳城流茶の湯というのは」

桜木がそう呟いた。

「さぁ、それではここから渓谷を歩くことになります。柳城流が水利権を主張する領域を歩いて上流まで、ざっと二時間の道のりです。マイクロバスには先に行って貰うことになります」

そうして全員は渓谷に沿った道を歩き始めた。山側に道があるために川の流れる音だけが聞こえて来る。

涼しい風が渓谷を吹き抜けていく。

「何とも良い気分になりますね。気の良さを感じます」

アシスタントの田所公子がそんな風に言うと、皆が同じ感想を漏らした。

「マイナスイオンとかが豊富にある感じを受けますね。でもダムが出来るとこの辺りは水の底になるんですよね？」

アシスタントの沢口悠馬の質問に、今村がその通りだと返事をした。

「それじゃあ柳城流が立ち退かない訳も良く分かりますね」

そう言うと誰もが黙ってしまった。

それから暫く歩くと川の流れが見える所に出た。

「ん？」

ヘイジが七ケ瀬川を見た時、川が随分濁っていて驚いた。清流を想像していただけにその光景は意外だったのだ。

それを今村に訊ねると、なるほどと思える答えが返ってきた。

「このところ続いた大雨で、上流の崖が抉《えぐ》られて地肌が剝き出しになっているんです。それでしばしば水が濁るようになっています」

「それじゃあ、柳城流茶の湯が必要とする、清い流れの水はもっと上流に行かないと恒常的には手に入らないのかい？」

ヘイジが訊ねると、それは無理なのだと今村は言った。

「さらに上流となると、彼らの水利権が及ぶ範囲を越えてしまうんです。だから、彼らも懸命にこの辺りを毎日、澄んだ水を求めて歩いています」

ヘイジは驚いた。

「上流からの水そのものが濁っているんだから難しいだろう？」

今村は頷いた。

「その通りですが、彼らは昔からのしきたりにどこまでも従っているようです。だから毎日何度もこの辺りを歩いて澄んだ水が流れて来るのを待っています」

茶の湯とはそこまで徹底するのかとヘイジはただ驚くばかりだ。

「それだけ柳城流茶の湯にとっては七ケ瀬の清流の水が大事だということなんだな。何としても流れている水が必要ということか」

だが、地球温暖化という気候変動の影響から逃れることが出来ないのは事実だった。

「あっ、柳城流茶の湯の人間たちが下りて来ますよ」

今村がそう言って指差した。

作務衣姿の中年男性二人が、白木の水桶を手に提げて川沿いを下って来る。

「やはり今日も思ったような水が手に入らなかったようですね」

今村がそう言うのでヘイジは何故分かるのかと訊ねた。

「思うような水が汲めたら桶を抱えています。それほど神聖なものということなんです」

そういうものなのかとヘイジは思って、その二人を見ていた。

すると目が合った。

ヘイジは驚いた。

柳城流の二人が慌てて深々と頭を下げ、そしてそのまま動かないでいる。

「随分礼儀正しい人たちだな」

ずっとその最敬礼状態を続けている。

ヘイジたち一行は、そんな二人を後にして先に進んだ。

「あの人たち、いつもあんなに丁寧なの？」

ヘイジが訊ねると今村は首を傾げた。

「いえ、通常は会釈程度です。何であんなに丁寧だったのか……訳が分からないですね」

そう言われ、自分のことが既に柳城流の人間たちに知られているのだと思った。

(そうだとすれば……凄い情報網だ)

ヘイジは怖くなった。

そんなヘイジの心の裡を知らずに今村が言った。

「七ケ瀬の清い流れ、そうは言っても、もうそれが難しいことは現状から柳城流茶の湯も分かっていると思うんですがね」

ヘイジにもその言葉は納得できる。

「気候変動には勝てないよね。自然環境が清い水の流れを約束してくれなければ諦めるほかないと思うけれどな……」

そのヘイジの言葉を聞いた信楽が妙なことを言い始めた。

「二瓶室長、流れっちゅうのは目の前のもんだけやおまへんで。実はもっと別のところにホンマもんの清い流れがあるんですわ」

そう言って微笑む。

ヘイジは、信楽のその不思議な笑顔をじっと見詰めた。

◇

京都、下鴨神社のほど近くの道をヘイジは歩いていた。

隣にはグリプロ室の信楽満がいる。

日帰り出張で朝一番の新幹線に乗り、京都にやって来たのだ。

ヘイジにとって京都は特別な場所だ。

中学の途中から編入で京都の国立大学附属に入り、高校へもそのまま進んだ。

転勤族だった両親も、今は京都に居を構えて年金暮らしをしている。

色々な思い出の詰まった京都には、いつ来ても特別な感情を抱かされる。

ただ、今日は仕事だ。

「室長、ここですわ。このビルです」

高宮源井社《たかみやげんせいしや》、二人はそう看板が掲げられている建物の中に入った。

「流れっちゅうのは目の前のもんだけやおまへんで。実はもっと別のところにホンマもんの清い流れがあるんですわ」

あの七ケ瀬渓谷で信楽の言葉からそれは始まった。

「サクセイ？」

ヘイジには言葉の意味が分からない。

「そう、鑿井《さくせい》。簡単に言うと井戸掘りですわ。うちの母親の実家が京都で三百年続く鑿井業者なんですわ」

そこから信楽の話は続いた。

「私はちっちゃい時から夏休みになると京都の母親の実家に遊びに行ってたんですわ。祖父は私を井戸掘りの仕事場に連れてってくれるんです。これが面白いもんでしてな」

井戸はどこでも掘れるものではなく、そこは長年の勘がモノをいうらしい。

「だいたいは京都の町中での仕事が多いんですが、たまに山の中での井戸掘りもあります。そういう時が楽しぃんですわ」

信楽の話は、熱を帯びていく。

「山の中で濁った池しかないような場所でも、綺麗な地下水が流れているところがあるもんなんですわ。そこをうちの祖父がピタリと当てて掘ると……見事に湧いて出るんですわ、これが」

ヘイジはその言葉に興奮を覚えた。

「つまり、この七ケ瀬でも地下水脈が走っている可能性があるということか？」

信楽は頷いた。

そうしてやって来たのが、高宮源井社だった。

社長は信楽の叔父の高宮隆盛という人物で、父親譲りの井戸掘り名人とされている。

ヘイジは早速、高宮に七ケ瀬の地形図を見せた。

「なるほどなぁ。このところの尋常でない雨やと上流が荒れてしまうのがよう分かりますなぁ」

そしてヘイジは肝心なことを訊ねた。

「どうなんでしょう？　実際の川の流れの下を地下水脈が通っているなんてことがあるんでしょうか？」

高宮は頷いた。

「地層のあり方次第です。京都近辺の山の地層は細かいとこまで頭に叩き込んでありますが、関東のことは……実際に行ってみんと分かりませんわ」

ヘイジはこの高宮に賭けてみようと思った。


ヘイジは東京に戻ると頭取の岩倉にこのことを報告した。

「井戸から常時綺麗な清らかな流れの水が汲めるとしたら……柳城流茶の湯も納得するのではないでしょうか？」

ヘイジの言葉に岩倉は暫く考えてから決心した。

「よし、これでもう一度、先方に行こう」

こうしてまたＴＥＦＧを代表して、岩倉とヘイジは赤坂の柳城流茶の湯本部を訪れた。

しかし、結果は同じだった。

またも門前払いだったのだ。

「話ぐらい聞いてくれても良さそうなものなのに……」

帰りのクルマの中でヘイジは唇を噛んだ。

だが、その夜のことだった。

ヘイジに電話が掛って来た。

「次の土曜、午後四時にお迎えに上がります」

柳城流茶の湯からだった。

ヘイジは合点がいった。


黒塗りのハイヤーで前回と同じように柳城流の敷地の中に入り、ヘイジが降りると前回と同じ若い男に案内された。

そしてまたあの待合の中に入った。

やはり屏風が立ててある。

前回と同じように男が汲み出し茶碗の白湯《さゆ》を置いて下がると、暫くして襖の開く音がして人が屏風の向こうに座るのが分かった。

何も言わないのでヘイジが声を掛けた。

「宗匠の柳城武州さまですね。本日はお招きありがとうございます」

「こちらこそ、おいで頂きありがとうございます」

その声はやはり奇妙な響きで男なのか女なのか、若いのか年寄りなのかも分からない。

「先日も頭取共々こちらに伺いましたが、お会い頂けませんでした」

「申し訳ございません。ご容赦下さい」

ヘイジはその返事に対して言った。

「柳城流茶の湯はどこまでも影の存在。正面切っては物事を進めたくない。そういうことと受け取りましたが……その解釈で宜しいでしょうか？」

ヘイジは続けた。

「この度、私がお招き頂いたのは、私からの話をお聞きになりたいと宗匠が思っていらっしゃるからと拝察致します。そこで申し上げます」

そうしてヘイジは、七ケ瀬での鑿井の話をした。

「ご承知の通り、日本全土で記録的な豪雨が日常となった昨今、清き流れを川の流れだけに求めることは難しくなっています。地下水脈こそ真の清き流れと存じますが……如何でしょうか？」

暫くしてから武州は言った。

「二瓶さまにお任せします」

「ありがとうございます！」

ヘイジは屛風に向かって頭を下げた。


それから一ヵ月。

「二瓶さん、出ましたで!!」

七ケ瀬で鑿井作業を行っていた高宮からの電話だった。

「水質を調べましたら、最高のもんですわ。京都のどんな井戸よりもエエ水でっせ!!」

ヘイジは小躍りした。

そこから国と北関東銀行、そして柳城流茶の湯との間で話し合いが行われていった。

柳城流は、ダム建設現場の水汲み場を立ち退くことに同意した。

七ケ瀬川の水利権を、新たな井戸の所有権と交換する形となったのだ。

グリプロ室で、ヘイジは全員に報告した。

「これで七ケ瀬ダムプロジェクトは順調に動けるようになりました。皆さんのお陰です。本当にありがとうございました」

ヘイジは頭を下げた。

北関東銀行を担当する次席代理の今村が言った。

「室長がグリプロ室を始めるにあたって仰ったこと、理想を求めるということが一つ出来ました。僕も正直、この件は諦めかけていましたが、やってみるものですね」

その言葉を聞いて、筆頭代理の桜木が頷いてから言った。

「本当にその通りです。二瓶室長の言葉はしょせん夢だと思っていましたが、こうやって現実に出来た。グリプロ室に来て本当に良かったと思っています」

全員がその言葉に頷いた。

「ありがとう。でも、グリプロはこれからだ。まだまだ難関が待ち構えている。皆さん、宜しくお願いします」

そう言ってからヘイジは色々なことを考えていた。

柳城流茶の湯という謎の存在。

そこに何故ヘイジが招かれたのか……。

「謎の存在であることに変わりはない。そこにもし……金融庁の工藤長官が絡んでいたら……」

その不安は消えないでいる。

だがそれでも妻、舞衣子と交わした言葉が甦った。

「周りを信用し、信頼すれば良いんだ」

改めてそう思ったのだ。

その時だった。

「ん？」

先ほどから珍しく深刻な表情で電話をしている信楽満の顔が目に入って来た。

今回の柳城流茶の湯の問題を解決してくれた立役者の一人だ。

電話を終えた信楽にヘイジは声を掛けた。

「信楽君、どうした？」

そのヘイジを信楽は何とも言えない顔つきで見て言った。

「二瓶室長、えらいことですわ」

信楽の関西弁が響いた。

皆が一斉に信楽を見た。

「どうした？　何があった？」

信楽はずっと三つの銀行のシステム統合を進めている。

「今の電話で……どえらいことが分かりましたんや……これは事件ですわ」

その言葉で全員に緊張が走った。

ヘイジは腹に力を入れた。

第五章　システムの罠

東西帝都ＥＦＧ銀行、グリーンＴＥＦＧ銀行準備室、グリプロの室長代理、信楽満は京帝大学大学院工学研究科で修士号を、米国ＭＩＴで工学博士号を取得、帝都銀行ではシステム部門のエリートとしてＥＦＧ銀行とのシステム統合でリーダーシップを発揮してきた俊英だ。

グリプロでも武蔵中央銀行、北関東銀行、坂藤大帝銀行の三行のシステムを統合するために現地に行き、それぞれの銀行のシステム部門と協議を重ねて来た。

ＴＥＦＧ首脳陣は、都市銀行が合併によってメガバンクとなった過程でのシステム統合と同じことを、三行でも行うことを考えていた。

しかし、信楽はそれぞれの銀行のシステムを調べた結果、やはり違う提案をして来た。

「システム統合はしないで行くんだね？」

ヘイジの言葉に信楽は頷いて言った。

「そうです、しまへん。今のまんま三行のシステムは独立したシステムとして動かし続けますんや」

ヘイジは具体的理由を聞いた。

「まずコスト。統合する場合の三分の一で済みますねん。これはメンテナンス含めてのもんでっさかい議論の余地はおまへんわ。めちゃめちゃ安う済むっちゅうことですわ」

ヘイジは驚いた。

「そんなに違うのか」

信楽はニヤリと笑った。

「その上、統合で一番問題になるシステムトラブル。これもまず起きまへん。この点は大きな利点ですわ」

ヘイジにもその重要さは良く分かっている。

合併でメガバンクとなったやまと銀行がシステムトラブルを頻繁に起こした為に金融庁が激怒、時の頭取以下関係役員全員が辞任に追い込まれたことがある。それほどシステムトラブルは銀行にとっては怖い。

ヘイジは訊ねた。

「これまで当行のシステム統合を問題なくやり遂げた信楽君が、コストとシステムの安定性の両面から考えてベストと言うのだから間違いはないと思う。でも具体的にはどうやるんだい？」

　信楽は言った。

「決算だけです。通常は三行それぞれの既存システムを走らせといて、決算だけ統合しますねん。決算時に三行のデータを一つの銀行のシステムに送ってガッチャンコします。そんだけですから問題は殆どおまへん」

　ヘイジは信楽の関西弁に煙に巻かれているような気がしたが、システムのスーパーエリートが問題ないと言うのだからと納得した。

　そして直ぐに信楽にはシステム統合した場合としない場合、二つのケースでのコストと安定性を示した資料を作らせた。

　それを使って頭取の岩倉、専務の高塔、常務の瀬島というグリーンＴＥＦＧ銀行担当役員全員の前でプレゼンテーションをさせた。

　聞いた後で頭取の岩倉は言った。

「そうか、我々は銀行の合併というとシステム統合が当然だと思って来たが、そうではないということか……」

　その岩倉に、信楽が皮肉めいた表情をして言った。

「頭取、ホンマは当行も帝都、東西、ＥＦＧ、それぞれの銀行のシステムのまま走らせといた方が全然安く済んだっちゅうことなんですわ」

　エッと全員が驚いた。

「各銀行のシステム部門が生き残りのために、〝システム統合の正当性〟をでっち上げた。それがホンマのとこですわ」

　皆の顔色が変わった。

「ど、どういうことだ？　信楽君、事と次第によっては聞き捨てならんぞ‼」

　そう言ったのは専務の高塔だった。

　高塔は今のＴＥＦＧのシステム部門統括役員でもある。

　信楽は不敵な表情で言った。

「ほな、全部お話ししますわ。ここにいらっしゃる役員の皆さんは、当行が都市銀行からメガバンクに合併合併で大きゅうなっていく過程で、誰一人システム関係の仕事には携わってはりませんでしたやろ？」

　岩倉は全員の顔を見回し、皆が頷いた。

「つまり、過去のシステム統合のことを知ってる人間はこの場で私だけですわ。ちなみに役員としてシステム統合に関係した人物は、もう既に当行にはいてまへん」

　なんとも嫌な沈黙が流れてから、信楽が続けて言った。

「さっきも言いました通り、銀行合併の際には各行で重複するセクションの生き残り競争が始まります。中でも専門家集団で外からよう分からんのがシステム部門ですわ。それだけにサバイバルは熾烈《しれつ》を極めますねん」

信楽の関西弁が凄みを増すように思われた。

「技術屋が他の銀行のシステムよりもうちの方が安定性、拡張性に優れてますとか何とか、自分らの生き残りをかけて〝合理的説明〟をでっち上げますけど殆ど意味おまへん。ホンマはそれぞれの銀行のシステムそのまんま動かしといた方が全然良かったんですわ」

専務の高塔が語気を荒らげた。

「じゃあ、何故だ？　何故当行も含めて他行も全て都市銀行からメガバンクになる過程でシステム統合を行ったんだ!!」

信楽は笑った。

「そらぁ、皆さんが一番よう分かってはりますやろ。主導権を取るためですがな。合併後の銀行の主導権の行方は、『この銀行のシステムでいく』と決まった瞬間に勝負あったように見えますやんか。目に見える、いやシステムは目には見えまへんけど、はっきりどの銀行が主導権を取ったと分かる。そうですやろ？」

誰も何も言えない。

「当行は帝都銀行が圧倒的に強かった。それでＴＥＦＧのシステムは帝都銀行のシステムで統合しましたけど、僕ら専門家集団はＥＦＧ銀行のシステムの方が、ずっと使い勝手がエエし、安定性も拡張性もあるんが分かってました。そやけど、それは絶対に口にしてはならんと上からきつう言われましたんや」

全員ただ黙るだけだ。

「まぁそれでも当行は帝都のシステムで徹底的に行くとなりましたから、大きなシステムトラブルは起こさんといけました。ご承知のように金はかなり掛りましたけど……」

数千億円がシステム統合に使われた。

「そやけど、やまと銀行みたいにシステムの主導権争いを延々と水面下で続けながらやったとこは、ご承知のように大規模トラブルを起こしよった。そんで頭取以下関係役員は辞任ですわ」

そこから信楽は技術屋として独り言のように呟いた。

「システム統合ではオンラインは大したことないんですわ。兎に角、バッチ処理がえらいことになる。大きな銀行それぞれが一千万口座抱えてて三つ寄ったら三千万口座。三倍の処理を一気にやることになる。アプリケーションのアーキテクチャーの違いから『うちの方が大量処理に向いてる』とか何とか言うてやろうとするから絶対に無理が来てまう」

ヘイジは信楽の話を聞きながら、何故信楽がＴＥＦＧを辞める決断をしたのかが分かるような気がした。

（この男はどこまでも合理的なんだ。それで日本の銀行のあり方に嫌気が差した。システムの実力だけ、合理的な判断だけで生きられる外資系に行くことを決めたんだ）

信楽の発言は、ある意味、日本企業やＴＥＦＧへの反逆宣言だと思った。

（でも、良い意味での反逆だ）

ヘイジはこの時、信楽という人間が信頼できると心の底から思った。

頭取の岩倉が言った。

「分かった。信楽君の言いたいことは全て分かった。君が主張するように三行のシステム統合はしない方向で行こう。これで予定していたコストの三百億円は浮くわけだろ？」

そう信楽に訊ねると大きく頷いた。

「そうです。統合へ持って行くと想定外が必ず起こりますから、三百億では絶対に済みません。五百億ぐらいの余裕は欲しいとこでした」

そう真面目な顔で言ってから、信楽は何とも言えない笑みを浮かべて頭取の岩倉を見た。

「頭取、私に特別ボーナスとして浮いた分の百分の一で宜しいから貰えません？」

苦い顔で黙る岩倉に信楽は言った。

「これがアメリカの銀行やったら百分の一どころか十分の一のボーナスですねんで。それがグローバル・スタンダードでのシステムの仕事への考え方ですわ」

全員がさらに苦い顔をした。

「この話はここまでだ。システムはこれで進めてくれ」

岩倉の言葉でお開きになった。

◇

その信楽満が事件だと言い出したのは、七ケ瀬ダムの問題が解決した直後だった。

「一体何があった？」

信楽は言った。

「武蔵中央銀行、北関東銀行、坂藤大帝銀行は、私が行く前からデータの統合だけ始めとったんですわ」

そこに外部の業者が入ったのだという。

「データ統合時は人手が要りますからようあることなんですが、その際、外部業者が持ち込んだパソコン、そのパソコンに細工がされてたことに気がつきましたんや」

ヘイジは驚愕した。

「細工!?　どんな細工だ？」

システムの問題は武蔵中央銀行で起こった。

「たった一台のパソコンで！」

武蔵中央銀行本店会議室には頭取以下、システム担当の役員、部長以下が並んでいた。

ＴＥＦＧからはヘイジと信楽満、そして武蔵中央銀行を担当する桜木祐子、北関東銀行担当の今村良一が訪れての緊急の会議だった。

問題はシステム統合を前提としたデータ統合を、三行で行おうとしていたことにあった。

本来は信楽の指示で行うべきものであったのだが、ＳＲＢとして関東中央銀行が名目上出来上がった時に自主的に進めていたのだという。

「これは『北関東の闇』の名残か？」

ヘイジはその作業が北関東銀行から派遣された外部業者によって進められた作業だったことを聞き、確信はないがそう思ったのだ。

『北関東の闇』、それは中国の組織によって仕掛けられた罠だった。

北関東銀行がその罠にはまり、恐喝されカネを支払っていた事件だ。それは桂光義やヘイジたちの働きによって解決を見たが、中国の組織が別の形で北関東銀行に入り込んでいたのではないかとヘイジは思ったのだ。

そう思った理由の一つが、システム改修作業を受注した業者の話だった。

その外部業者は以前から北関東銀行が使っている企業だったが、業者が作業の為に持ち込んだ最新型パソコンに問題があったのだ。

それは超高性能で安価が売り物の中国製パソコンだった。

通常、銀行内での作業に使用するパソコンは、全てソフトウェアのチェックを行う。

「統合に向けた作業に使用する全てのパソコンのソフトは完全にチェックしたんです」

システム担当者は悔しそうにそう言った。

その後、信楽満がＴＥＦＧからやって来て、データの統合作業の進捗の確認を始めた。

信楽は念のためにとパソコンからの外部への送信を全て調べるように指示した。

その結果、不正に外部にデータが送信されていた事実が発覚したのだ。

「ソフトウェアのチェックは完璧だったのに何故そんなことになるんだ？」

ヘイジは信楽に訊ねた。

「ソフトやなかったんです。なんとハードそのものに仕込まれてたんです。パソコンが処理したデータを丸々全部転送する通信装置が」

データは全て見知らぬアドレスに転送されてしまった後だという。

「どのようなデータがそれで？」

銀行内部の勘定系に係わるデータはなかったが、銀行にとっての外部情報、顧客のクレジットカード情報と口座番号が全て転送された可能性があるというのだ。

ヘイジは目の前が暗くなった。

「い、一体何人分の情報なんですか？」

担当者は憔悴した表情で言った。

「ざっと百五十万人分の口座番号とクレジットカード番号です」

ヘイジはそこで腹を据えた。

「直ぐに警察への連絡とマスコミへの公表、そして顧客への連絡をお願いします。問題が起こる前に事実を明らかにしないといけない」

そう指示をして関係部門は直ぐに動いた。

ヘイジはＴＥＦＧの頭取、岩倉に連絡を取った。

岩倉もヘイジの指示が適切だと言い、ＴＥＦＧとしても声明を出す旨を告げた。

「問題処理の初動はこれでいい。だが、ここからだ」

数日後、ヘイジは信楽満、今村良一、桜木祐子と協議していた。

「すると警察は送信先は摑めないと言うんだな」

信楽は頷いた。

「海外のどこかのサーバーとまでは分かったのですが、そこまでです」

今村が言った。

「今のところ、各クレジットカード会社は顧客から不正使用の連絡は受けていないということです」

ヘイジは不幸中の幸いだなと呟いた。

そして、信楽が説明した。

「そのパソコンはシステム改修業者が香港の業者から仕入れた十台のうちの一台で他の九台も調べたら、もう一台から同じ装置が見つかったっちゅうことです。工場の出荷段階からランダムに改造品を紛れ込ませて、知らずに使うた世界各国のユーザーから色んな情報を収集しようとした〝インテリジェンス・ブービー・トラップ〟っちゅうやつですわ。大掛かりな組織的犯罪で国際手配されるらしいですわ」

香港という言葉でヘイジはあることが頭に浮かんだ。

『北関東の闇』のことはグリプロのスタッフには話していない。TEFGのトップの人間だけが知ることだが、ヘイジは三人には話しておこうと決心し全てを打ち明けた。

聞いた三人は驚いた。

「そんなことが……。ＴＥＦＧが中国資本に乗っ取られかけていたなんて」

今村も桜木も信楽も、信じられないという風に首を振った。

「あくまでも当行の極秘事項だ。これは三人とも墓場まで持って行ってくれよ」

皆、頷いた。

そこから信楽が言った。

「そやけど、そんな中国のどえらい組織がこの情報を手に入れてるとしたら、とっくにアクションを起こしてるんとちゃいますか？」

それを聞いてヘイジも考えた。

「やはり組織はもう壊滅したということか。それで送信されたデータだけが、どこかに残ったまま宙に浮いている？」

信楽は頷いた。

「そんなおっきな組織やったらクレジットカードでなんかするより、ＴＥＦＧに情報買い取れと脅して来る思うんですわ。その方が絶対に儲かりますもん」

合理的な信楽の考え方に、その通りだとヘイジは思いさらに考えを進めた。

「じゃあこれが、その組織とは全く関係のない連中の仕業だとして」

ヘイジはそう口にした。

「百五十万人分の預金口座番号とクレジットカード情報を手に入れたらどうする？」

桜木が少し考えてから言った。

「今回の情報流出事件は既に公表されましたから安易に使うことは難しいでしょうね。カード会社は相当な注意を払いますから」

信楽が首を捻りながらそれに続いた。

「やっぱりどっかへその情報売ろうとするんちゃいますか？　蛇の道は蛇でそういう連中には商売のルートがあって。せやけどそこは警察がしっかり見張ると思いますけどな」

ヘイジもその言葉を聞いて考えた。

「そうだな。簡単には悪用出来ない。考えてみたら重要情報とはいえあまりにも大量だ。結局は宝の持ち腐れになるだけかもしれない。この件はそう考えて警察に任せておくことにしよう」

ヘイジの言葉に三人は頷いた。

ヘイジはその週末、妻の舞衣子を病院に訪ねた。

「そう、システムって怖いね。たった一台のパソコンからそれだけの情報が盗まれてしまうんだもんね」

舞衣子にはどんなことでも話そうとしているヘイジは、今回の件も隠さずにいた。

「情報社会は便利なだけに怖いよね。人間を信じていても、機械が悪さをしていたらこれは分からないからね」

パソコンそのものが発信装置として使われていた今回のことを考えると、本当に恐ろしいとヘイジは改めて思った。

「トロイの木馬ね。パソコンだから簡単に中に入り込めてしまうんだね」

舞衣子の言葉に、ヘイジはあることが頭に浮かび考え込んだ。

「平ちゃん？　どうしたの？」

ぼんやりしたヘイジに舞衣子が訊ねた。

「あぁ、いや。トロイの木馬で思い出したんだ。前にＴＥＦＧにスパイとして入り込んでいた人間のことをね」

湯河原早紀《ゆがわらさき》、国際指名手配されているが、まだ逮捕されていない。

「人間には性格や見た目があるから、少なくともそういう面が〝信じる信じない。信頼するしない〟の判断材料になる。それでも善か悪かはなかなか見抜けない。ましてやパソコンのような機械は、見た目や性能から善か悪かは絶対に分からないからね」

ヘイジはそう言いながら、湯河原早紀がスパイだとは思いもしなかった自分のことを思い出していた。

「信用と信頼。善と悪。世の中は本当に難しいよ」

ヘイジはそう言って笑った。

そう言ったヘイジに、舞衣子が何か気がついたように訊ねた。

「平ちゃん、トロイの木馬。そのパソコンてたまたま改造されたものだったんだよね？」

何も知らない外部のシステム業者が持ち込んだものが、偶然改造されたパソコンだったとヘイジも他の全員も思っている。

「もしそれが、内部で改造されたものだとしたら？」

◇

武蔵中央銀行システム部・部長代理の袴田徹《はかまだとおる》は、国立関東大学工学部を卒業し地元の武蔵中央銀行に就職した。

システム畑一筋二十五年のベテラン行員で四十七歳の独身。髪は薄く小太りで眼鏡、どこからどう見ても冴えない中年男だ。

初代オタク世代である袴田はプログラムとゲーム、フィギュアにしか興味がなく、銀行での人間関係や生身の女性は苦手だった。

プログラマーとして特段優秀ではないが、興味のある仕事には異様な集中力を見せる。仕事に波があるため、組織としては使いづらい人材で出世も遅れた。今の上司である部長は袴田の五期下になる。

実家で両親との三人暮らし。土曜日に必ず秋葉原に行くのは二十五年間全く変わらない。

午前十一時に秋葉原に着くと、まず新しいパソコンがないか二時間ほど見て回る。

午後一時になると昼飯を取る。必ずカレーかラーメン。これも週替わりで同じ店の同じメニューを食べる。

食べ終わると次に電子部品を見て回る。パソコンのチューンアップは袴田の趣味だ。

そして午後四時になるとメイド喫茶で甘いものを食べる。現実味のないアニメ的な女性に惹かれる。

その後はゲームソフトとフィギュアを見て回る。途中で牛丼を食べ午後八時までは秋葉原にいる。

帰る時には肩から下げるショルダーバッグだけでなく、両手に紙袋も提げている。

給与やボーナスの殆どは秋葉原で消えている。貯蓄は入行してからの財形貯蓄だけ。実家暮らしでパソコンや電子部品、ゲームソフトやフィギュアを買うだけなら地方銀行の給与で十分だった。

日曜日はパソコンの改造やゲーム、アニメ三昧で過ごすのだ。

「袴田さん」

ある朝、出勤すると部長に呼ばれた。

「当行が北関東銀行、坂藤大帝銀行と合併することになったのは知ってますね」

袴田は無表情で部長の言葉を聞いていた。

「システム統合に向けた動きになります。その準備を三行の人間で進めることになります」

自分がその仕事を任されるのかと袴田は思ったが全く違った。部長は袴田を信用も信頼もしていない。

「システム統合準備室を当行に設けることになりました。他の二行、そして外部のシステム業者もこのフロアーに常駐します。それであなたに席を移動して貰いたいんです。場所は──」

そうして袴田は部屋の隅への移動を命じられた。

袴田は花形であるシステム構築などの仕事からは外されていて、メンテナンスだけを行っている。部内では窓際のやる仕事と見なされているが、袴田自身はそういう扱いには無感覚だった。

部長から言われ、淡々と段ボールに机の中のものを詰めて指示された場所に移動した。

翌日、見慣れない人間たちが大勢やって来た。

袴田の興味は人間にはない。

だが、外からの人間が持ってくるパソコンには異様なほどの興味を示した。

業者の一人が最新型の高性能パソコンを持って来ていた。それは袴田が知る特別なパソコンだった。

じっと見ているうちに、袴田はそれまで感じたことのない興奮を覚えた。

それは袴田徹という人間が、初めて人間らしい意志に目覚めた瞬間だった。

だが、それはとんでもない意志だったのだ。

その週末。

袴田は長年懇意にしている秋葉原の業者のオフィスにいた。古いビルの三階、周囲に段ボール箱が堆《うずたか》く積み上げられている狭い部屋で、袴田は社長と向き合っていた。

パソコン改造にかけては、秋葉原ナンバーワンと袴田が評価する裏業者だ。違法なことがお手のもので、袴田はかなりのカネをこの業者に落としている。

本来有料であるソフト、通信料金や様々な映像の視聴料金などを、袴田は支払ったことがない。それはこの業者の存在のお陰だった。

「オタクのこの前の話、本当だろうね？」

袴田は人と話す時、上目遣いになる。

「ハカちゃんにこれまでゴミを摑ませたことある？　分かってるでしょうがぁ」

社長がそう言うと、袴田も頷いた。

「で、本当にブツは入るの？」

社長は不敵な笑みを浮かべた。

「アドバンスが必要だけど、香港にある在庫は確実に仕入れられる」

袴田は頷いた。

「いくら？」

「前金が三十万、後で二十万」

袴田は苦い顔をした。

「正規品の倍以上じゃん！」

社長はそれじゃあと言った。

「万一、偽物摑まされたら半額はウチが持つよ」

袴田はそれならと決めた。

「月曜日に三十万振り込むから頼むよ」

翌週、袴田が業者を訪れると香港からそれは到着していた。

「チェックした。本物だよ」

袴田は後金の二十万円の入った封筒を社長に渡した。

「発信されたデータは、ウチが香港で契約している闇サーバーに送るようにセットした。そこから何ヵ国かのサーバーを経由してウチのサーバーに入って来るようになってる。足取りは絶対に摑まれないよ」

袴田は頷いてから訊ねた。

「オタクのサーバーの使用料は？　かなりの容量になるよ」

社長は考えた。

「じゃあ月に十万貰おうか。その代わり俺はサーバーを貸しただけで何も知らない。それでいいね？」

「あぁいいよ」

そうして袴田は真新しいパソコンを自宅に持って帰った。

武蔵中央銀行システム部での三行集まっての統合作業は本格化しようとしていた。

「来週にはＴＥＦＧからシステムの担当者がやって来ます。その前に出来る限りデータは揃えておきたいので宜しくお願い致します」

部長は大勢の関係者の前でそう言った。

袴田はそれを聞いているだけだったが、鞄の中に隠してあるパソコンのことを思うと何ともいえない興奮を覚えた。

その夜。

「お先に失礼します」

その声がいくつも響いた後でシステム部の中はしんとなっていた。

残業しているのは袴田一人だ。

システム部では持ち込まれたパソコンは、全て奥のロッカーに入れて施錠する。

当然、袴田も鍵は持っている。

完全に自分だけが部屋に残ったことを確認すると、袴田はパソコンが保管されているロッカーを開けた。

「これこれ」

中から取り出したのは、中国アクセラ社製の最新型パソコンＵＴＲ－Ｘ１だ。

そして、自分の鞄から取り出したのも同じＵＴＲ－Ｘ１だ。

袴田はまずロッカーに入っていたパソコンのシリアルナンバー・プレートを慎重に剝がした。綺麗に剝がすための溶剤や器具は、例の秋葉原の闇業者から手に入れている。

そして剝がしたプレートを自分が持ち込んだパソコンに貼り付けた。

「よし」

次に二つのパソコンを立ち上げてデータの転送を行った。

部内で使用されるパソコンのパスワードはプロジェクト毎に決められているが、プロパー行員の袴田は外部業者から難なく聞き出している。

データの転送を終えると、袴田が持ち込んだ方のＵＴＲ－Ｘ１をロッカーにしまって鍵を掛けた。そして業者が使っていたＵＴＲ－Ｘ１は自宅に持ち帰った。

「これでいい」

その週末は秋葉原には出掛けなかった。

フィギュアとゲームソフト、電子部品の箱に囲まれた自宅の部屋でパソコンに向かった。

「完璧だ。パソコンに入ったデータが転送されるようにセットされている」

こうして三行合わせて百五十万近い預金口座のデータ。そして、武蔵中央銀行、北関東銀行の預金システムのアプリケーション・プログラムが手に入った。

「これだけ手に入ればこっちのもんだ。データが盗まれたことが発覚しても、これだけあればいい。後は時間が俺を大金持ちにしてくれる」

袴田は三十代の大半を預金システムのプログラム作業に従事していた。システム部の中でも、袴田は預金システムのアプリケーションには最も精通している。

袴田はぞくぞくした。

「さぁ、やるぞ」

◇

袴田徹はメンテナンスに見せかけ、ずっと〝個人的作業〟を続けた。

武蔵中央銀行には入出勤を管理する外部システムがない。誰がどれだけ残業しているかは自己申告になっている。サービス残業を奨励する過去の銀行の遺物が、一地方銀行には存在し続けていたのだ。

その為に袴田がどれだけ遅くまで作業しようと、誰にも疑われることはなかった。

システム統合に向けて部全体が深夜まで残業を続けていることも幸いした。

「さぁ、当行の分はこれでいい」

袴田は武蔵中央銀行の勘定系のバッチ処理、預金利息計算のアプリケーションを書き換えることに成功する。

袴田がやろうとしていること。

通常、銀行で顧客から預かった預金の利息計算を行った場合、一円以下は自動的に切り捨てになるようプログラムされている。袴田はその切り捨てられる一円以下を、全て集めるようにアプリケーションを書き換えたのだ。

これによって武蔵中央銀行にある全預金口座の利息の一円以下が現金として誕生する。

しかし、銀行の勘定系の計算上それは存在しないものだ。ゼロとされた〝利息〟だから誰にも気づかれることはない。

「それを集めて外部口座に振り込まれるようにしておけばいい」

統合に向けて様々なシステムのアプリケーションの変更が準備されていたため、袴田は難なく作業を進めることが出来た。

袴田は慎重だった。

全てのカネの流れを目立たないようにするにはどうするかを考え抜いた。

システム・メンテナンスを長年やって来て、検査でどんなカネの流れが怪しいとされるかは熟知している。

袴田は集められた〝利息〟を、二十年以上使用された形跡のない休眠口座、十口座に分散して振り込まれるようにし、そこから外部の銀行口座に振り込みが行われるように細工をした。

「これで誰も気づくことはない」

そうして袴田はシステム統合を待った。

「次に北関東銀行、そして坂藤大帝銀行の勘定系の預金システムを同じように書き換えれば良いだけだ」

袴田はほくそ笑んだ。


武蔵中央銀行システム部にＴＥＦＧから担当者がやって来た。

信楽満という男で、年齢は袴田より一回り下だった。

袴田は直接、信楽とやり取りすることはなかったが、周りから関西芸人のような喋り方だが相当鋭いという声が聞こえて来た。

「どんなに鋭くても絶対に見抜けない」

袴田は自信を持っていたが、予想外のことが起こった。

「システム統合はしない？」

部長からの発表があって、袴田は呆然となった。

「コストとシステムの安定性を考えた上で、そういう結論になったということだ。これまで通り三行は独立したシステムを維持し、決算数字だけ当行のプログラムで集計することになった。皆が統合に向け事前準備をしてくれたからこそ、スムーズな結論に達することが出来たとＴＥＦＧの信楽さんは評価して下さった」

部長の言葉を上の空で袴田は聞いていた。

「統合されない？　そうなると北関東銀行、坂藤大帝銀行の分の〝利息〟は入って来なくなる。予定の半分しかカネが入って来ない？」

袴田は考えた。

「いや、どこかでチャンスがある筈だ。システムが統合されなくても一つの銀行にはなる。二つの銀行の預金口座のデータはあるんだ。何とか二つの銀行の預金勘定系システムにアクセスするチャンスさえあれば」

袴田はその機会を窺うことにした。

「それにしても、〝一円を笑う者は一円に泣く〟とはよく言ったものだ」

それは既に袴田が手に入れた〝利息〟のことだ。

初回となった先月、袴田の月の手取り給与額の倍近い金額が入金されていたのだ。

それを思い出し、袴田は気を取り直し笑顔になって呟いた。

「一円を笑う者は一円に泣く。一円以下で俺は笑う」

だが直ぐに心配な事態が起こった。


ある朝、袴田が出勤すると部内は大騒ぎとなっていた。

「どうしたんですか？」

顔色が変わっている次長に訊ねた。

「どうしたもこうしたもないですよ‼　情報が盗まれていたんです‼　統合する三行の預金口座とクレジットカードのデータ、百五十万ものデータが‼」

袴田は驚いた。

（もう分かったのか……）

だが、それは想定内のことだ。

袴田はわざと驚いた様子を見せて訊ねた。

「どうやってデータが盗まれたんですか？」

次長は苦り切った様子で言った。

「北関東ですよ。北関東銀行が連れて来た外部業者の持ち込んだパソコン。そこから全部無線で盗まれていたんです」

はぁと袴田は自失を装った。

そのまま袴田は自分の席に戻って考えた。

「大丈夫だ。俺が疑われるようなことは一切ない。ここまでは想定内だ」

そう言い聞かせた。


週末、袴田は秋葉原に出た。

ずっと欲しかったが、手が出なかったセーラームーンのビンテージフィギュアを買うのが今日最大の目的だ。

〝利息〟で得たカネを使うことにしたのだ。

最終的な〝利息〟の振込先は、袴田が闇業者から買ったメガバンクの他人名義の口座だ。

キャッシュカードを使って初めて現金を下ろす時には震えた。

そして、現金五十万円をポケットにねじ込むとフィギュアショップに向かった。

オタクの間では伝説のフィギュアを遂に手にして、袴田はヒーローになったような気がした。

「どうします？　配送はサービスしますよ」

店員にそう言われたが、持って帰って直ぐに眺めたい。

袴田はフィギュアを駅構内の大型のコインロッカーに入れ、ようやく息をついた。

大きな何かを成したという充実感がある。

そしていつも通りランチをカレーにするかラーメンにするかを考えた。

袴田にはカネが入ったからといって、高級なものを食べたいという欲求はない。

「カレーにしよう。今日はスペシャルカレーに鶏唐揚げをトッピングだ」

ハイカロリーなランチを取った後はいつものメイド喫茶に入った。

「いらっしゃいませ、ご主人様!!」

袴田は今日ほど『ご主人様』という言葉が自分に相応しいと思ったことはなかった。

「スペシャルパフェを」

ぼそりと注文する。

カレーもパフェもスペシャルにしたのは今日が初めてだ。

袴田は大きなパフェを口にしながら幸せを噛み締め、あることを考えた。

「何だったっけなぁ。なんとか言ったなぁ？」

それは以前どこかで聞いた〝利息生活者〟の高級な言い方だった。

スマホで検索すると〝ランティエ〟と出て来た。

「そうそうランティエ！　俺はそうなったんだな」

今日買った五十万円のセーラームーンも、ランチで食べたスペシャルカレーも、今食べているスペシャルパフェも全部、入った〝利息〟で支払いが出来てしまった。

「イヒヒ」

小太り丸顔、薄い髪の広い額に汗を光らせ、パフェのクリームを口の周りにつけながら袴田は笑った。

「これであと坂藤大帝銀行の預金アプリケーション・プログラムを手に入れたらどうしようかなぁ。銀行辞めようかなぁ」

だが、それでは怪しまれると思い直した。

「まぁいいか。定年まで勤めるのも面白いよな。自分の勤める銀行が、自分のために働いてくれているのを感じながらそこにいるのも。今、こうやっている間もカネは働いてくれている。そして〝利息〟は生まれて俺のところにやって来る。誰にも知られずに」

そこで袴田は、あることに気がついた。

「そうか！　俺は無から有を創り出したんだ。捨てられ消えていく一円以下の利息。それを俺はカネに、現実のカネに創り替えているんだ。俺は創造主だ！」

創造主という言葉が袴田を興奮させた。

「さてこれから何にカネを使おうかなぁ」

メイドの一人と目が合った。

ニッコリと営業用の笑顔を見せる。

「メイドでも雇おうかなぁ」

袴田は本気でそう思った。

◇

週明け、袴田はいつも通り出勤した。

「袴田さん、ちょっと」

部長に呼ばれた。

部長の隣には、見知らぬ男たちが立っていた。

「室長、どうかなさったのですか？　このところずっと、何か考え事をなさっているようですが」

桜木祐子と行員食堂で向かい合わせになって昼食を食べていたヘイジは我に返った。

箸が停まっていて上の空だった。

「あぁそうなんだ。僕は神経質な方ではないんだけどどうも気になるんだ」

桜木はそれが何か分かった。

「例の百五十万人分のデータ漏洩ですね」

ヘイジは頷いた。

妻の舞衣子を病院に訪ねた時に出た言葉、トロイの木馬が気になってしょうがない。

桜木はヘイジに言った。

「でもあれは、外部の業者が知らずに持ち込んだパソコンに、たまたま発信装置が付けられていたもので誰にも悪意はなかった。信楽さんの早期発見のお陰で、データが悪用された形跡もない。銀行としては失態ですけれど、顧客に実害は出ていないんですから、もうお気になさらないでも良いのではないですか？」

ヘイジは頷いた。

「桜木君の言う通りなんだが」

そこでヘイジはトロイの木馬の話を出した。

「確かに誰にも悪意はなかった。そしてデータが悪用されている形跡もない。だが、データはどこかに送られ、誰かが手に入れている可能性があるのも事実だ。それで、もしも、もしもそのデータを悪意のある内部の人間が手に入れていたとしたらどうなるか？　それをつい考えてしまうんだ」

桜木もアッと思った。

「そうですね。内部の人間ならどんなことが出来るのか」

ヘイジはそれが心配になっていると正直に告げた。

「室長、信楽さんとその仮説で話し合ってみませんか？　それが良いと思います」

そうして信楽が別件の打ち合わせで東京に戻って来た時、この話になった。

信楽は言った。

「室長の心配は分かりますけど、パソコンは外部の業者が持ち込んだもんですし、その業者は全くのシロで被害者やったことが警察の調べで分かってます。運悪く十台買ったうちの二台が改造パソコンで、たまたまそのうちの一台が武蔵中央銀行システム部に持ち込まれた。状況からはそうとしか考えられませんから」

ヘイジは難しい顔になって言った。

「なぁ、信楽君。もしもだよ。もしも、そのパソコン、業者が持ち込んだものでなかったら、どうなる？」

信楽には意味が分からない。

「いや、室長。この事件は業者が何も知らんと改造パソコンを持ち込んだとこから始まってますねんで、それが事件の発端ですわ」

そう言って笑ったが、ヘイジは表情を変えない。すると、信楽の顔色が変わった。

「待って下さい。もし、もし内部の人間が改造パソコンを別に持ってて、それと入れ替えてたとしたら。アッ‼　その可能性は否定出来まへんな‼」

ヘイジは頷いた。

「パソコンはまだ警察にあるんだな」

信楽はそうだと言った。

「パソコンのシリアルナンバーから実際にその外部業者が買ったものだとなっているが、もしプレートを取り替えていたら全て話が変わるぞ！」

ヘイジの言葉に、信楽は直ぐに関係部署に連絡を取った。

翌日、警察から連絡があった。

「室長‼　どんぴしゃです！　シリアルナンバー・プレートは剝がされた形跡があることが

判明しました」

　こうして秘密裡に武蔵中央銀行システム部に出入り出来る人間全ての調査が行われることになった。

　ここからヘイジと信楽、今村と桜木の四人で徹底的に考えを出し合った。

「もしも、自分が銀行員として百五十万の預金口座とクレジットカードのナンバーを手に入れたら、どうやって儲けようとする」

　ヘイジの問いかけに三人は様々なアイディアを出した。

「やっぱりクレジットカードを利用するでしょうね。色んな形で使い道がありますから」

　今村がそう言った。

「だが、もうブラックリストに載っているカードナンバーを使うと、直ぐにばれてしまいます」

　桜木がそう反論する。

　ヘイジが少し考えてから言った。

「百五十万人分のクレジットカード情報だ。高額でなくて怪しまれずに何かやることは出来ないのか？」

　信楽がアッと声を出した。

「そうや!!　ごく少額、例えば月に百円を怪しまれんように、もっともらしい手数料として課金するっちゅう手がありますわ！　百五十万×百円、それだけで月に一億五千万円の収入ですわ!!」

ヘイジは直ぐにそれをクレジットカード会社に問い合わせた。

「今のところ不審な新規の少額引落しはどの口座にも設定されていないということだ。今後は徹底的にモニターすると言っている」

それで三人はホッとした。

一安心はしたが、桜木がふと言った。

「クレジットカード情報だけですかね？　悪用して儲けられるのは」

ヘイジも考えた。

「クレジットカードの情報を悪用することは、銀行内部の人間でなくとも出来る。銀行内部の人間だけに出来ることはないかな？　百五十万人分の預金口座情報を得た人間が」

信楽がじっと考えた。

「そうや！　もし、内部の人間があのパソコンを持ち込んだと考えたら、それはシステムの人間でプログラムを悪用する筈や。普段はデータ分離されてる預金の口座番号が手に入ったんやから、預金システムを使えば百五十万人分の預金を自分のもんに出来るんや!!」

信楽はそう叫んだ。

「クレジットカードにばっかり頭が行ってたから気いつかなんだけど、預金口座が狙いやったとしたら、あり得る!!」

ヘイジは摑んだと思った。

そうして、四人は武蔵中央銀行に向かった。


「預金のバッチシステムを調べろ?」

ヘイジの言葉に、武蔵中央銀行システム部の部長は驚いた。

「はい。普通預金の利息計算システムを調べて頂きたいんです。それも部長が絶対的に信頼できる人間と我々だけで」

ヘイジのただならぬ様子に、部長は同意せざるを得なかった。

その週末、システム部に誰も出勤しないのを確認すると、ヘイジと信楽、桜木に今村、そしてシステム部の部長と次長の六人が集まった。

「ではお願いします」

ヘイジの言葉で預金システムが立ち上げられた。全員がメインのプログラムを動かす端末のモニター前に集まった。

　そして、次長がキーボードを操作し、普通預金の利息計算プログラムのチェックが行われた。

「最新のシステム・メンテナンスはいつ行われていますか？」

　ヘイジの質問に次長はメンテナンスは三ヵ月に一度でそれは二ヵ月前だと言った。

　そう言った直後だった。

「あれっ？　臨時メンテナンスが入って、プログラムの書き換えが先月行われています。部長、何かありましたか？」

　部長は首を振って言った。

「いや、それはおかしい。預金プログラムの変更なんて、利息変動時以外で臨時に書き換えることはない。誰がやっている？」

「メンテナンス担当は袴田さんです。ＩＤは袴田さんのものですから間違いないですね」

　ヘイジが訊ねた。

「袴田という人は？」

　部長が自分の五年先輩だが、未だに部長代理だと語った。

「問題ある人なんですか？」

「とりたてて優秀ではないです。目立たない男です」

怪しいとヘイジは感じた。

信楽が言った。

「すんませんけど、一円以下の利息の切り捨て処理が、どうなってるか調べて貰えませんか？」

部長と次長は怪訝な表情になった。

「そんなベーシックな部分を見てどうするんですか？」

「そこが狙われた可能性が高いんですわ！」

信楽の勢いに驚いて、次長は直ぐにプログラムをモニターに呼び出した。

「ちょっと失礼しまっせ」

そう言って信楽が次長からキーボードを奪うと、もの凄いスピードでチェックを始めた。

「やっぱりや!!　これ見て下さい！」

全員がモニターを覗き込んだ。

「こ、これは!?」

部長と次長は、そのあり得ないプログラムを見て絶句した。

「一円以下の利息が、纏められている」

信楽はさらにプログラムを調べた。

「纏めた利息はこれら十口座に分散入金されるようになってますわ」

調べるとそれら休眠口座から、都市銀行の口座に自動送金されていることが分かった。

「まさか袴田さんが」

茫然自失で呟く部長に、ヘイジは言った。

「まずは警察に連絡して下さい。そして週明けに袴田さんが出て来たら事情をしっかりと聞くことにしましょう」

そう言ってヘイジは安堵のため息をついた。

第六章　ＳＲＢの旅

桂光義は東京駅にいた。

博多まで新幹線の旅になる。

「東京から九州まで一度線路を走って来いよ。そうすれば今の日本が良く分かるぞ」

そう電話で言ったのは、九州全土でＳＲＢ（スーパー・リージョナル・バンク）を展開する大九州銀行の副頭取、寺井征司だった。

桂の大学時代からの友人で大九州銀行を創り上げるのに共に闘った。

「実際にお前のところのＳＲＢがどうなっているか見てみたいんだ。それと同時に今の日本が、地方がどうなっているのかもな」

桂が寺井にそう言うと二つ返事だった。

「桂がこっちに来るなら俺のクルマで九州を縦断しよう。そうやって実地に見て回るのが一番良い！」

桂は投資顧問会社フェニックス・アセット・マネジメントを持っているが、運用の大半はＡＩを使ったものにしている。

「勘と度胸が必要な時が来ればまた俺が前面に立つが、これからはＡＩにやらせた方が着実に結果を出せる」

桂は自分の運用ノウハウをコンピューター・プログラマーと協力しながらどんどんＡＩに移植して行き、ディープラーニングを併用することで運用成果が挙げられることに確信を持っていた。桂の分身ともいえるＡＩが日々、運用能力を向上させるために切磋琢磨していることに桂は感慨を抱いている。

「巨額の資金運用はもう人間のやる仕事ではない」

相場師としての桂は事実上の引退をしたと言って良かった。

そして桂自身、自分の能力は別の形で発揮し、日本経済に貢献できるようにしたいと考え様々な模索を行っていた。

そんな時、自分が現実の日本について何も知らないことに気がついたのだ。

三十年以上、金融市場を相手にして来たのだから当然だが、それではこれからの自分は駄目だと思った。

「残りの人生を日本のためにどう使うか。それには日本の現実を見ないと駄目だ」

そう思い立っての今回の行動だった。

ＳＲＢ、大九州銀行がどのような活動をしているのか、それぞれの地域が実際にどのようなものなのか、それを親友の寺井の案内で見られることは千載一遇のチャンスだと思った。

「寺井に言われて新幹線にしたが五時間はさすがにきついな」

車窓から日本の姿を見るとしても、何だか手持ち無沙汰な気がする。

「よし！　弁当は豪華なものにしよう!!」

健啖家の桂らしい車内での楽しみ方だった。

そして桂は普段入ったことのない東京駅に隣接するデパートの地下を歩いた。

「はぁ～凄いものだなぁ」

東京駅の地下は、日本で一番弁当の品揃えが充実していることを桂はその目で知った。

「そうか！　こうやってデパ地下を見ることで今の日本経済の一端が摑めるな」

そんな風に食いしん坊の桂は様々な弁当が揃う売り場を歩いて行った。

「目移りするとはこのことだな」

和洋中、様々な弁当が趣向を凝らし、そして値段も様々に分かれて揃っている。

桂は迷いに迷った。

「どれもこれも旨そうに見えるなぁ」

そうしてそろそろ全てを見終わろうとする時だった。

「ん？」

列が出来ている店がある。

それは牛肉の専門店が出している弁当店だった。

「ほぉ、いい値段だなぁ」

高価なハンバーグやステーキの弁当を、買い求めようと人が並んでいるのだ。

「高くても並ぶということは旨いということだな。よし、ここにしよう！」

そうして桂は列の最後に並んだ。

そして、弁当のメニューを見て驚いた。

「何っ!?　最高級ステーキ弁当が一万ッ!!」

一万円の弁当がこの世にあるとは信じられない。

「そうか、これが今の日本の現実の一つなのか……」

経済の二極化が言われて久しいがその一端を桂は見たと思った。

だがそこからが桂らしい。

「物は試しだ！　これを一度食ってやろう！」

食いしん坊の桂は、食べたいと思うと値段など関係なくなる。

そうしてその弁当と冷えたシャンパンのハーフボトルを買って、午前十一時三十分発の新幹線に乗り込んだ。

新横浜駅を過ぎた所で桂は弁当を開けた。

「これは凄い!!」

ステーキが二種類、シャトーブリアンとサーロイン、それにハンバーグと御飯。これでもかと肉料理が詰まった弁当だ。

桂は隣の席が空いていて幸いだと思った。

「こんな弁当を食っている人間を他人が横で見たらどう思うか」

そうして桂はステーキを口に入れた。

「おぉ旨い!!」

値段だけのことはあると桂は納得しながら箸を進めた。あっという間に御飯はなくなり、ステーキをおかずにハンバーグを食べているのか、ハンバーグをおかずにステーキを食べているのか分からない状態になった。肉好きの桂は嬉しくてしょうがない。

「贅沢も悪くない」

完食してシャンパンを飲みながら、車窓から富士山を眺めてそう呟いた。

ふと珠季が隣にいればと思ったが考え直した。

湯川珠季。銀座のクラブのマダムで桂の恋人でもある彼女は巨額の資産を持っていて、桂はそれを運用している。

「あいつは桁違いの金持ちだが常識人だからな。一万円の弁当は買わないな」

その珠季とは、九州での仕事を終えて東京に戻る途中の京都で落ち合うことになっている。

「九州では仕事だ。景色を見るのも仕事だ」

満腹になった桂は、急に仕事モードに切り替えた。

そう思って車窓から見ていると、桂はあることに気がついた。

「どこも今やチェーン店ばかりなんだな」

目にするのは、同じ大型量販店やスーパー、コンビニの看板ばかり。

「何だかこの国で違うのは地名だけで、あとはどこに行っても同じように見えるな」

東京生まれ東京育ちの桂は地方を全く知らない。だが、目にする景色に地方色らしいものはない。

「そうか、これが日本の現実なんだ」

どこもかしこも小さな東京のようなものになっているのだ。

「山河のあり方は違うが人の住む場所、生活するところ、集まる街は皆、殆ど似た景色になっているんだな」

何だか寂しい気持ちが桂はした。

この旅で、日本の何が得られるのか不安になった。

そしてふと、東京駅地下の弁当売り場を思い出した。

「その一方で、あれだけの多種多様な食べ物が揃えられるようになっている」

どこも変わらないような街の景色とのギャップをどう考えればいいのかと桂は思った。

「俺はなにも知らないうちに年を取ったのかもしれない。金融マーケットと格闘しているうちに、日本の本当の変化など知らずに年を取ってしまった」

だがそこで思い直した。

「こんな風に思いを巡らせられるのが旅なんだ。だから旅は大事だ」

そうして、九州での時間を充実させようと考えた。

数時間後、新幹線は博多駅に着いた。

「桂ッ！」

寺井がホームまで迎えに来てくれていた。

「すまんな。大九州銀行の副頭取にお迎え頂いて」

桂が申し訳なさそうに言った。

「よく来てくれた。取りあえずホテルまで行こう。チェックインして荷物を置いたら出よう。

何が食べたい？」

桂はそう言われてあの豪華ステーキ弁当を食べたことを思い出したが、もう腹が空いている自分が可笑しくなった。

「博多かぁ。鶏の水炊きがいいなぁ」

寺井がそれなら、と直ぐに携帯から電話を掛けた。

「人気店だが運よく予約が取れたぞ。高級店は他にもあるが、そこが一番旨くてそれでいて安い。桂はそういう店が好きだろ？」

桂は頷いた。

「学生時代から俺の大食いと食い物の嗜好は熟知している寺井だ。楽しみだよ」

桂たちは駅からタクシーで十五分ほどの商業施設、キャナルシティ博多にあるホテルに向かった。

荷物をベルキャプテンに渡しチェックイン手続きを済ませると、寺井と一緒に再びタクシーに乗った。

車窓からの風景を桂は眺めて言った。

「なぁ、寺井。福岡って若い女性が多いな」

ほうという顔をして寺井が言った。

「さすがの観察眼だな。九州中の女性が福岡に就職で出て来る。大阪や東京より同じ九州ということで親御さんたちも安心するからな」

「なるほど。それでか」

やはり旅には出てみるものだと桂は思った。

「九州は楽しみだ。そして、ＳＲＢとしての大九州銀行、じっくり見せてもらうからな」

◇

スーパー・リージョナル・バンク、大九州銀行。

元々は地方銀行としてあった筑洋銀行と九南銀行が合併して出来たＳＲＢだ。

九州の北半分を営業基盤としていた筑洋銀行と、南九州全体と沖縄で営業を行っていた九南銀行が一緒になっての銀行だった。

大九州銀行誕生に当たっては桂が深く関わり、桂としてはその経営には大いに関心がある。

福岡での最初の朝、桂は旧筑洋銀行本店、現在の大九州銀行北本部にタクシーで向かった。

途中、朝の出勤風景を見ながら桂は思った。

(福岡は活気があるな。ビジネス街として丸の内と比べても見劣りがしない)

そうして大九州銀行の前に着いた。

金融街の一角に聳えるその建物は福岡の街のランドマークでもある。

受付を通すと直ぐに寺井の秘書が現れて案内された。

「ほう、ＳＲＢとしてのあり方を寺井はしっかり実践しているな」

そう感じさせられたのは、寺井の仕事場が特別な個室ではなく、営業部の一角に設けられたガラス張りの部屋だったからだ。

(経営陣が雲上人になるのではなく、営業と常に一体感を持つ。そのためには自分の姿を常に全員に見せるようにする。地域と密着するには、職場の人間が一体となっていなくてはならない。そのことがちゃんと分かっている)

そう思いながら部屋に入った。

「おう桂。よく眠れたか？」

「あぁ、腹いっぱい食ったし飲んだからな。本当に昨晩はご馳走になった。ありがとう」

そう言って東京から持参した土産を渡した。

「オッ！　銀座さくらいの花林糖か、これは嬉しい！」

そう言ってから応接用の椅子に桂を促した。

直ぐに秘書がお茶を持って来た。

桂は一口飲んでから言った。

「旨いな。福岡は良い茶が採れるんだな？」

寺井はその通りだと言った。

「八女茶《やめちゃ》といって福岡のブランドだ」

「深みがありながら爽やかな味わいだ」

寺井はそれを聞いて満足そうに頷いた。

「味にうるさい桂にそう言って貰えると嬉しいよ」

桂はゆっくりとその茶を味わいながら言った。

「茶というのは大事だよな。出された茶が旨かったら、それだけでその組織が立派に思えて来る。一事が万事だからな」

「そういう意識は重要だ。仕事というものは、全てに緊張感を持っていないといけない。特に外の人間と接する時はそうだ。その意味での第一歩になる茶は本当に大事だ」

寺井も桂に褒められて満足そうだった。

「それと、このガラス張りの部屋。これもいいなぁ！　一番偉い人間の部屋がガラス張りになっている。メガバンクでは絶対にあり得ないが、こうやって視覚でトップがフラットに存在を示しているのは素晴らしいよ」

「これは英断だったが良かったと思っている。それと大九州銀行では本店というものを置かずに北本部、南本部という風にした。それも出来る限り組織をフラットにというＳＲＢの考え方からだ」

桂は嬉しかった。

「寺井は立派だ。日本人は従来あるものを大事にして変えないものだが、ちゃんとＳＲＢという理念に従って行動している。この姿勢があれば大丈夫だよ」

寺井は笑った。

「お前にそう褒められると気持ちが悪い。相場師、桂光義の鋭い目でしっかりと大九州銀行を見て貰わないと困るんだぜ」

「それは分かっている。せっかくここまで来させて貰ったんだ。ＳＲＢとしての可能性をしっかりとこの目で見せて貰う」

その桂に寺井は、表情を曇らせて言った。

「ＳＲＢ、スーパー・リージョナル・バンク。地方というもののあり方、地域に密着した銀行としてのビジネス。だがな、桂。そこにある日本の地方の現実、これは本当に厳しいぞ」

その寺井の言葉は、桂にも響いた。

「寺井に新幹線に乗って道中の景色を見て来いと言われ、今回そうした。それで見えて来た日本の今というもの。ある意味、新幹線沿線の地域は栄えている場所だ。そこに見える恐ろしいほど画一的な風景、そして、その奥にある少子高齢化で衰えた日本の姿。地方であればまさにそれに直面している筈だと思う」

寺井は頷いた。

「それも桂にしっかりと見て貰う。その上でＳＲＢが何をしなければならないか、一緒に考えて欲しいんだ」

桂は望むところだと言った。

そうしてその日一日は、寺井から大九州銀行のＳＲＢとしての具体的な進捗を聞いた。

夕方、レクチャーは終了した。

「明日からは、二人でロードムービーのように九州を見て走る旅だ」

寺井は嬉しそうに言った。

「今夜はウチに遊びに来てくれと言いたいところだが、実家にいる認知症の母親の介護に家族総出の交代制で女房がいなくてな」

「そうか。我々の世代は皆、そんな生活が当たり前なんだな」

桂はこれも日本の現実だと思った。

桂は銀行を出て繁華街を歩いた。

「この景色を東京と言われても分からないな」

同じ珈琲チェーン店、グローバル展開するアパレル店、家電量販店。

「ひょっとしたらこの景色は世界のどの大都市に行っても同じじゃないか」

桂はそう思いながら歩いた。

「それにしても中国語、韓国語の表示が充実してるなぁ」

目新しいものを見るように桂は感心した。そして数多い外国人旅行者の様子を見ながら、寺井の今日のレクチャーを思い出した。

「今の福岡の発展の全ての鍵は交通インフラ、特に空港にある。世界でも類を見ないほど、空港と繁華街との距離が近い。地下鉄で十五分という利便性、これが九州で福岡独り勝ちと言われたりする所以《ゆえん》だ」

海外に何度も出掛けている桂も納得の便利さが福岡にはある。

（出張で福岡に来て、その後で食事をしたり飲んだりしても余裕で飛行機に乗れる。まぁ、それだけではなく、空港に近いというのは、色んな意味で大きなアドバンテージだな。あらゆる産業の発展にそれは繋がる）

桂はそこで日本の戦後のインフラ作りについて考えてみた。

「高度経済成長を成し遂げるのに鉄道網、高速道路網の整備は上手くやったが、空港だけは本当にこの国は失敗したな」

環境面の配慮や土地の買収の難しさもあったのだろうが、日本全国どの地方空港も利便性に欠ける。

「福岡や羽田は戦前の軍用空港だったということで、立地の良さが際立つがそれにしても」

外国人観光客によるインバウンド消費が日本で極めて重要になっている今、福岡の賑わいを見ると、戦後日本の空港インフラ政策の失敗は大きいなと桂は思った。

「この国は大きな絵を描いて物事を進めることが出来ない。目の前のことに行き当たりばったりが殆どだ。だがもう一度今、その点を地方から考え直していかないと駄目だな」

桂はここでもＳＲＢのあり方の重要性を思った。

いつの間にか屋台が沢山出ている場所に来ていた。

「ラーメンでも食って行くか」

だが何となく気分にならず、桂はタクシーをつかまえホテルに戻ることにした。

ホテルのプールで泳いで汗を流してから再び街に出ようと思ったのだ。

その時、タクシーのラジオからニュースが聞こえてきた。

「スーパー・リージョナル・バンクとして統合が予定されている武蔵中央銀行、北関東銀行、坂藤大帝銀行の三行で先月、クレジットカードと銀行口座のデータ、およそ百五十万人分が外部流出した事件で本日、武蔵中央銀行の行員が逮捕されました。逮捕されたのは……」

桂も心配していた事件だ。

直ぐにヘイジに携帯から電話を掛けたが、繋がらない。

（今は大変だろう）

ホテルに戻って桂は、懇意にしているマスコミの記者に連絡を取って情報を収集した。

実害も出ておらず、情報の漏洩が先月分かった段階で、直ぐに関係先に知らされていた為に大きな問題にはならないだろうと聞き安堵した。

「二瓶君のことだ。初動からちゃんと対処したのだろう」

メガバンク、東西帝都ＥＦＧ銀行の二瓶正平という人間が、ＳＲＢという新しいプロジェクトを推進している。

ことの難しさに加え、思いもよらぬ問題が起こっている中、ヘイジがどう成長していくかが楽しみではある。

「そして俺もその成長を支えなくてはいけない。その責任がある」

桂は安心したら腹が減っていることに気がついた。

「やっぱりラーメンを食おう」

こうして、桂は福岡の夜の街に出たのだった。

◇

翌朝、寺井征司は自分のクルマ、メルセデスのCクラスを運転してやって来た。カジュアルなファッションで、桂も同様にジーンズ姿だ。

これから二人で九州を縦断する形で見て回りながら、SRBとしての可能性を考えることにしている。

「学生の時、卒業直前に二人で吉祥寺でレンタカーを借りて中央道を走ったよな。そして大月から富士吉田を通って、御殿場から東名で戻って来て横浜を回ったのを思い出すな」

桂は助手席に乗り込むとそう言った。

「あぁ、あの時借りたのはトヨタのスターレットだった。確か一日借りて三千九百円ぽっきり。俺のラジカセを後部座席に置いてカセットテープで音楽を聞きながら走ったな」

寺井は懐かしそうにそう言った。

「あれから四十年か」

桂は学生時代を思い出した。

「あの頃の大学生は本当に気楽だったな。高度経済成長は終わったが、まだ日本経済は右肩上がり、未来は明るいと皆が思っていた」

寺井が頷いた。

「一九八〇年代前半、バブルが始まる前だったが、色んなものが輝いていた。そんな光景を今の日本に残せなかったことは俺たち世代の責任でもある」

桂も同意した。

「寺井の言う通りだ。『俺たちは逃げ切れる』などという五十代以上の同世代の連中を見ると本当に腹が立つ。若い世代が希望を持てる日本にするために、自分たちで今何が出来るかを真剣に考えて行動しないといけない」

「今から桂に一つの現実を見て貰う。俺の実家にまず寄って貰う」

桂はそのことは事前に聞かされていたが、母親の介護を家族交代でしているという話は昨日が初耳だった。そして、地方の現実と寺井の実家に、どんな繋がりがあるのか全く見当もつかない。

そうして高速道路に入って二十分ほど走り一般道に下りた。

そこは福岡の西に当たり、郊外のニュータウンという雰囲気の所だった。国立大学のキャンパスが移転して出来た学園都市だ。

「この辺りは『魏志倭人伝』に出て来る伊都国《いとこく》だよ。昔は狸の出る山しかなかったのが、今はピカピカのキャンパスに囲まれている」

桂はその光景を見ながら、地方の新しい息吹を感じた気がした。

そして、そんな中にも昔からの集落を感じさせる場所に着いた。

「ここだよ」

「へぇ」

寺井の実家は江戸時代から続く造り酒屋で、現在は寺井の弟が跡を継いでいる。

桂は古くからの立派な酒蔵の佇まいを見ながら、土地に根付いている力強さを感じた。

その桂を驚かせたのが、酒蔵に隣接する広い敷地にある建物を見た時だった。

「なんだ!?」

そこには真新しいキャビン風の建物が並んでいる。

寺井が言った。

「五年前に地ビールを造り始めたんだが、これが良い出来でな。今や日本酒の売上げを上回っているんだ。去年ここに直売場を作り、土産物屋とカフェを併設したら予想外の人気でな。週末には観光バスを連ねてやって来る。ちょっとした人気スポットになってるんだ」

桂は感心した。

「地ビールで成功するまでは弟も廃業を真剣に考えてたんだが、起死回生の一発でこの通り。商売というのは分からんよ」

そう言いながら母屋の方に桂を案内した。

古い屋敷の中はしんとしているが、玄関や廊下に手すりが付いていて介護の様子が窺えた。

「弟のカミさんとウチの女房が平日は交代で、俺や弟が週末にと、身内で介護を続けている状態なんだ」

寺井の父親は十年前に亡くなり、母親が五年前から認知症を患い、今年、になって足腰が弱って来た為に介護の手が多く必要になったというのだ。

寺井夫婦は福岡の中心、大濠《おおほり》公園そばのマンションに住んでいるが、平日の月火は寺井の妻が、週末の土曜は寺井本人が、実家に介護のために詰めているという。

「まぁ、上がってくれ」

そう言われて座敷に通された。

大きな仏壇があり、先祖代々の写真がずらりと並んでいる。

「よくいらっしゃいました。いつも寺井がお世話になっております」

お茶を持って挨拶に出て来てくれたのは寺井の妻だった。

小柄で綺麗な人だが、やはり姑の介護疲れからかどこか沈んだ感じを受ける。

「奥さまもご苦労ですね。寺井から聞いています」

桂がそう声を掛けると寺井の妻は苦笑しながら頷いた。

「病気ですからしょうがないですけど、何回、何十回も同じことを訊ねられたりしますから。精神的に参ってしまいます」

寺井が妻を見ながら諦めたような感じで言った。

「俺のことも弟のことも息子だと分かってない。そうやって何もかも忘れて気楽だと思っていたが、そうではないんだな。周りが知らない人間だらけの毎日は、認知症である本人もストレスなんだと、そばにいると分かるよ」

桂は介護の難しさを垣間見たように思った。

そうして桂は、寺井と母屋を出た。

「俺は運転するから飲めないけど、お前は地ビールを飲んでってくれよ」

寺井にそう言われて、桂は笑いながら「悪いな」と嬉しそうにカフェに向かった。

平日の午前中にもかかわらず、席は八割がた埋まっている。

「凄いなぁ」

メニューも充実していて、本格的なハムやソーセージなどのスナックも出されるようになっている。

「大学の学生さんや先生方も随分来てくれるよ」

それらしい外国人も目にする。

そして桂がオーダーしたエールビールが運ばれて来た。

「これは旨い！」

繊細な味わいに桂は声をあげた。

桂は地ビールを味わいながら、日本の今の姿をここで認識させられたと思っていた。

少子高齢化、地方活性化の二つが同居した姿。それに戸惑いながらも先を見なければいけないと考えていた。

◇

桂光義と寺井征司の二人は、西九州自動車道を走っていた。

福岡から佐賀、長崎へと今日一日で進むことになっている。

早めに昼食を取ることにしようと寺井が言い出したので桂は訊ねた。

「大食いの俺じゃなくて、お前が飯のことを言い出すとは珍しいな」

寺井が笑った。

「もう少し先に地元のチェーン店だが、旨いうどんを出すところがある。お前といると俺も何だか腹が減って来るから不思議だよ」

桂は嬉しくなった。

「福岡のうどんって讃岐うどんのような感じなのか？」

寺井は違うと首を振った。

「いや、あんなにコシはないが、俺は福岡のうどんが出汁も麺も一番好きだな。考えてみれば、うどんや蕎麦、ラーメンなど麺類は本当に土地土地で違う。日本という国は面白いもんだよな」

桂も麺類は好きだ。

相場で大きな勝負の時は、有楽町のスパゲティー店『ニッポン屋』のナポリタンのジャンボ、超大盛を食べる。

桂は寺井の話を聞いて、唾が湧いて来るのを感じた。

「そこはうどんだけじゃなくて御飯ものもあるのか？」

訊ねながら桂は、腹がぐっと減ってきたように感じた。

「いわゆる丼物はないが、いなり寿司や、かしわ飯がある」

エッと桂は声に出した。

「かしわ飯って何だ？」

寺井が笑った。

「そうか、桂は東京の人間だから分からないな。鶏肉のことを福岡ではかしわと言うんだ」

へぇと桂は感心したように言ってから訊ねた。

「それで？　かしわ飯というのはどういうもんなんだ？」

寺井が鶏肉の炊き込みご飯だと答えた。

「それは楽しみだ!!」

そうしてその店に着いた。

駐車場には二十台近くの乗用車やトラックが停まっている。

桂と寺井は広い店内に入り、テーブルに着くと早速メニューを見た。

「なるほど、うどんに色々とのせることが出来るんだな！」

子供のように目を輝かせている桂を、寺井は呆れたような表情で言った。

「本当にお前は食うことが好きだな。俺たちの年齢でそんなに食欲のある人間はいないぞ」

桂は笑った。

「俺が食欲ないなどと言ったら、それは死ぬ時だ。さぁて、どんな組み合わせで食べようかな」

メニューを見て桂は訊ねた。

「寺井、肉うどんとあるが？　これは豚肉か牛肉か？」

「牛肉だ。東京のように肉というと豚肉じゃない」

ふぅんと言ってから、桂は注文を決めた。

「肉うどんの大盛にコロッケをのせてもらって、あと、かしわ飯にしよう」

呆れた顔の寺井がそれを聞いてから店員に注文を告げた。

寺井はごぼう天うどんを注文した。

直ぐに注文した物が運ばれて来て桂はうどんを一口食べて言った。

「なるほど!!　讃岐うどんとは全く違うが旨い！　出汁は甘めだが俺は好きだな。これは良いッ!!」

コロッケにかぶりつき、かしわ飯を頬張り、なんとも満足げだ。

「桂は子供と同じだな。いや、今の子供はお前のようにたくさん食べなくなっている。お前の食欲は今や天然記念物だよ」

そんな寺井の言葉など聞いていない桂が言った。

「いやぁ、幸せだ。これは旨い！」

ただ食べることに集中している。

「お前って奴は」

寺井は笑った。

そうして二人は、午後には佐賀県に入った。

「何だか福岡と雰囲気が違うな」

桂はどこかキチンと整理されているような雰囲気を、高速道路から見える唐津《からつ》の景色に感じた。それを寺井に言うと寺井は首を傾げた。

「そうか？　俺はそんなふうに感じたことはないな。福岡県民は、どこか地味な目立たないイメージを佐賀には持っているからな」

桂は唐津や伊万里《いまり》など焼き物が盛んな地だから、洗練されたものを感じるのかと思った。

「昨日のお前のレクチャーにあったファンドで投資している新しいセラミックの研究、あれは佐賀だったよな？」

大九州銀行では融資には向かないベンチャービジネスに、ファンドによる投資を行っている。ＳＲＢとしての一つの目玉だった。

「唐津と伊万里の丁度中間に施設がある。ファンドでは五億円の投資をしている」

桂は訊ねた。

「セラミックは色んな有名な会社が既にあるが、そのベンチャーの特色は何なんだ？」

寺井は自分も詳しくは分かっていないのだと言いながらも説明した。

「土壌改良インフラ事業への売り込みを、最終的に考えている製品開発なんだ。特殊な浸透圧を持つセラミックを創り出して大型のフィルターにする。それも杭のような形に成形し、汚染された土壌に打ちこむ。すると短期間で完全な除染が広範囲で可能になる。そういう製品を開発中だと聞いている」

桂は興奮した。

「それは面白いな。どうなんだ見込みは？」

寺井は難しい顔をした。

「ベンチャー投資は千三つと言われるからな。直ぐにでも製品が出来るなら今日、桂と一緒にそこを訪れる予定を組んだだろうが」

その言葉で桂は納得した。

「でもSRBとして様々な金融のあり方は広がっている。そこは楽しみだ」

寺井のその言葉に、桂も頷いた。

そして、長崎県に入った。

「長崎と言っても、今向かっているのは平戸市だからチャンポンやカステラの長崎とは方向が違うからな」

寺井は、桂の食いしん坊ぶりの機先を制するようにそう言った。

「でも、海の幸は豊富なところなんだろ？」

当然だと寺井は頷いて言った。

「今日は平戸の先の美月島で一泊する。俺のお袋の里だ。今はお袋の弟の長男である従弟《いとこ》が家を継いでる。子供の頃は夏休みにはずっとそこで過ごしたんだ。今日は従弟夫婦が海の幸をどっさり料理して出してくれる筈だ」

桂は頭を下げた。

「本当に世話になるな。ありがとう！」

寺井の運転するメルセデスは、長崎サンセットウェイと呼ばれる道を走って行った。

そうして二人は、平戸大橋が見えるところまで来た。

「漁協に勤めている従弟が橋の手前にある商業施設で働いている。先に彼に挨拶していくからな」

二人は平戸瀬戸市場という名前の施設でクルマを降りた。

「平日なのに結構な賑わいだな」

桂は驚いた。

乗用車や観光バスで、駐車場はほぼ埋まっている。

一階は食料品や土産物を売る店舗になっていて二階はレストランだった。

二人は二階に上がった。既に午後二時を過ぎているがレストランは観光客で一杯だった。

「ちょっとここで珈琲でも飲んで待っていてくれ」

桂はそう言われてテーブルに着いた。

窓から海が見える。

「これだけ道路や橋も整備されていれば、風光明媚なだけに観光客も増えるはずだな」

だが同時に桂は、寺井が来る途中にポツリと呟いた言葉を思い出した。

「この四十年、福岡からここまでの道、高速道路が延びてどんどん快適に早く来られるようになった。そして橋も架かって便利になった。でもな、地元住民の数はどんどん減っている。それが地方の現実なんだ」

桂はもう一度レストランを見回した。

(ここはこうやって賑わいを見せている。やり方次第で人が集まるようになる。地方というものが持つ強み。結局そこにしかないものが最大の強みじゃないのか。そこにしかない景色やその土地でしか獲れないもの。良いものはどこにあってもちゃんと価値を持っている。それをどう全国、いや全世界に知って貰うか、分かって貰うかということだ)

そう思っているところへ、寺井が従弟を連れて上がって来た。

「紹介する。従弟の吉富勉だ」

桂は挨拶をしながら思った。

（笑顔の素敵な人だな）

◇

寺井征司の母の里は、吉富家といって江戸時代から代々、美月島で鯨捕りを生業とする網元の家だった。

美月では捕鯨と共に定置網漁や潜水漁が盛んで、明治になってから鰯巾着網漁が始まり、昭和にそれは遠洋巻網漁へと発展した。

海に出ての仕事には、悲劇もある。

「吉富の家でも漁に出て亡くなっている者がいる。海は怖いものだとずっと思って来た」

桂と寺井は、美月島の港でクルマを降りていた。

港の大きな観音像が、海に臨んでいるのを見上げながら寺井は言った。

「だがその漁業も縮小している。俺が子供の頃には港には船が溢れていたもんだ」

桂が目を向ける港の中には小さな漁船が数隻、係留されているだけだ。

二人はそこからまたクルマに乗り込むと、坂道を上って行った。

港から数分の距離にその建物はあった。

「ここへ来ると島の歴史が全て分かるんだ」

桂が寺井に連れてこられたのは、島の館という大きな二階建ての博物館だった。

一階で美月島で行われて来た勇魚《いさな》とり（捕鯨）の歴史が紹介されている。江戸時代から昭和五十年代で消滅するまでの捕鯨の手法や技術、その進歩のあり方が分かる。

鯨という巨大な生き物が、頭から尾っぽまで、残すところなく資源としての恵みを人間に与えて来たことが良く分かる。そして鯨から恩恵を受けて来た先人たちが、鯨に対し畏敬の念を抱き続けていたことに桂は深い感銘を受けた。

そしてもう一つ、博物館の二階に桂の心を揺さぶる展示があった。

美月の歴史にある大きな存在、かくれキリシタンだ。

『二百六十年間、厳しい弾圧に耐えて受け継がれた信仰の奇跡』

そう題された展示が続いている。

「浜の方は少ないが、山の方にはかくれキリシタンの人たちが少なからずいたんだ。明治になって禁教解除された後、教会も建てられているが、嘗ての信仰様式をずっと守っている人たちもいる」

　そう寺井が言った。

　桂は展示されているかくれキリシタンの御神体や聖母子のお掛け絵などを見ながら、様々なことを考えた。

　日本人にとって信仰とは何か。

　目の前のかくれキリシタンという信仰の形に触れると、深く考えさせられる。

　桂自身、信仰心など持ち合わせていない。

　ただ相場の神様というものは信じている。それは桂が相場を畏れることに繋がっていた。

　相場の神様とは、古今東西、相場にたずさわった人間たちの様々な喜怒哀楽が渦巻くエネルギーのようなものだと桂は思っている。

「昔から無数の人間が相場で、天国や地獄を見て死んでいった。彼らの高揚、彼らの絶望。何もかもの感情が一つの巨大な塊のようなものになっている。それこそが相場の神様だ」

　桂はその神様を感じることが出来た。そして、相場の神様と対峙する時、桂には欲も得もない。ただ畏れるだけである。

　フェニックス・アセット・マネジメントという自分の運用会社では、ＡＩに自分のノウハウを移植して運用を行っている。

「カネによってカネを殖やす。巨額資産運用はもう人間のやる仕事ではないんだ」

　ＡＩの進化によって、桂は資産運用の世界は後戻り出来ない変化を遂げたと思っている。

「それはこれまでの相場とは言えないものだ。既に相場の世界には本当の〝神〟が出現しつつある」

　ＡＩという〝神〟。

　無数の財務数字・経済数字を変数として確率過程を考える仕事も、ビッグデータを処理しての深層学習を軽々と行うＡＩには、敵うものではなくなっていると桂は確信していた。

「では人間がカネを使って出来ることはなんだ？」

　それを見つける一つの糸口が地に足のついた銀行業務、スーパー・リージョナル・バンク、ＳＲＢなのではないかと桂は思っている。

　日本に真のＳＲＢを誕生させることに貢献した桂は、その成長に対して強い義務感を持っていた。

「俺は銀行に入ってずっと相場師として過ごして来た。それを変えるんだ。相場ではなく目の前の人間を相手にしたカネの仕事、それをＳＲＢを通して成し遂げることに貢献していく」

　目の前にあるかくれキリシタンたちの様々な歴史やその信仰の様式を知って、桂はその思いを強くするのだった。

桂は寺井と共に美月島をクルマでぐるりと回った。

「なんて美しいところなんだ!!」

桂はサンセットウェイと命名されている海岸沿いの道からの景色に息を呑んだ。

玄武岩の荒々しい岩肌が連なる海岸線、そしてその姿を創り出した海と波。

最北端にある灯台から東シナ海を望みながらの夕日には声も出ない。

「子供の頃はこの景色が当たり前に感じていたが、今はこれがどれほど貴重なものかが分かる。これをもっと多くの人に良い形で知って貰いたい。それが俺の望みなんだ」

寺井は言った。

その言葉はある具体的な計画があってのことだった。

「実は大九州銀行は美月島に生涯学習センターと大学生のセミナーハウスを建設、運営することをクラウド・ファンディングで始めようとしている。この美しい場所でじっくりと時間を掛けて学ぶ、そんな教育を実現しようとしているんだ」

桂はそれを聞いて嬉しくなった。

「まだある。瀬戸内海の直島や豊島《てしま》で成功しているように、アートを地域活性に繋げるというプロジェクトも策定されている。美術館やホテルは島全体の自然を美しいまま残すように建設し、新しい健全な地域の発展を目指す。建物の大半は地中に埋めて景観の美しさを保ちつつ、現代美術など最先端のアートに触れられるようにする。そんな場所を九州の端の島で実現させたいと思っているんだ」

寺井が桂をここに連れて来た理由はそこにあったのだ。

「それには桂、色々とお前にも知恵とカネを出して貰いたいんだ」

桂は大きく頷いた。

「喜んで協力させて貰う。こんな素晴らしい場所をさらに良い形で新しく活性化する。それは本当にSRBとしてなすべき事業だ」

寺井は頷いた。

「桂、俺がそれで実現したいことの一番は、若い人たちが故郷で働きたいと言って地元に残ってくれることなんだ。そして外に出て行った人を呼び戻し人を定着させる。経済的にも精神的にも地元にいることでの充足感が得られる。そんな地域にしたいと思っているんだ」

桂は寺井の望みが良く分かった。

そうしてその夜は、寺井の母の里である吉富家の屋敷で夕食となった。

寺井の従弟にあたる勉さんが、手ずから包丁を握って様々な魚を刺身にし、古伊万里の大皿に盛ってある。

「おぉ、凄いな!!」

クエや鮃《ひらめ》、マグロの赤身とトロ、そしてぼたん海老と鮑《あわび》。

桂は地元の日本酒でそれらを賞味して唸った。

「素晴らしい!!　本当に旨い!!」

勉さんが笑顔でその桂に言った。

「実は京都の三つ星料亭に直接うちの漁協から卸しているんです。それで私も年に数回、京都に出向いていているんです」

桂は刺身の旨さからそれが納得出来た。

そして、頃合いを見て勉さんの奥さんが鮑のバター焼きと平戸牛のローストビーフを出してくれた。それもまた極上の旨さだった。

桂は大満足になって言った。

「勉さんは幸せですね。綺麗な奥さんがいて美味しいものが毎日食べられて！」

勉さんの笑顔は倍になり、寺井の方に顔を向けてから言った。

「征司さんが大九州銀行、ＳＲＢでやろうとしている美月島プロジェクト、それがこの地域で本当に実現したら、どれほど自分も嬉しいかと思いますね」

桂は大丈夫ですよと言った。

「私も協力して日本を良くします。ＳＲＢを使って日本の未来を良くします」

その桂の顔は輝いていた。

第七章　坂藤市の謎

ヘイジは電話で指定された店へタクシーで向かっていた。

「六本木通りを西麻布の交差点で広尾方面に曲がって、二つ目の信号で降りると直ぐだ」

声の主は桂光義で、色々と話がしたいということだった。

「この界隈は隠れ家的な店の多いところだったな」

桂が指定した店も入口が分かりづらい。

古いマンションの一階、小さなランタンのような看板が置かれ、京都の路地のようにアプローチには打ち水がされている。奥まで歩くと階段があって二階が入口だった。

硝子の扉を開けると、直ぐに若い着物姿の仲居が現れた。

「桂さんで予約が入っていると思いますが」

女性は直ぐに部屋に案内してくれた。

店の中はバーカウンターと完全な個室の席に分かれている。

「お連れ様がいらっしゃいました」

ヘイジが靴を脱いで部屋に上がると、桂が待っていた。

「二瓶君、よく来てくれた」

「こちらこそ、ありがとうございます」

席に着くと掘りごたつのようになっていて落ち着く。

部屋の中は和の趣で統一されている。

「良いお店ですね。よく使われるんですか？」

ヘイジが訊ねると桂は頷いた。

「ここのオーナーは古くからの知り合いでな。実は最初は野坂証券のアナリストだったんだ」

ヘイジは驚いた。

「こんな立派な店のオーナーが!?」

桂は頷いて続けた。

「野坂証券から米マックスブラザーズ証券にヘッドハンティングされて、携帯電話会社の上場の時、副幹事の地位を取った。その時にがっぽりボーナスを貰って、そのカネで副業としてこの店を開いたというわけさ」

ヘイジは目を丸くした。

「ちょっと前まで日本にはそんな稼ぎのある奴がいたということだ。その男の人脈でこの店には霞が関や本石町《ほんごくちょう》、そして日系、外資系を問わず銀行・証券の人間が使うようになったんだ」

ヘイジは合点がいった。

「だからこういうしっかりした個室になっているんですね。話が漏れないように」

桂はその通りだと頷いた。

仲居がおしぼりを持って来て、飲み物を訊ねた。

「ここの名物に黒ビールのウィルキンソン割りというのがある。最初の一杯には最適だがどうする？」

「じゃあそれを頂戴します」

そうして大振りのグラスにハーフ&ハーフで作られた食前酒が出て来た。

「グリーンTEFG銀行に乾杯！」

桂の言葉にヘイジが小さく頷いた。

「グリーンTEFG銀行に」

二人とも旨そうに飲んだ。

料理は先付が出て、直ぐにしゃぶしゃぶの準備がされた。

「相変わらず桂さんは肉がお好きですね？」

ヘイジが少し呆れ気味に言うと、いつもの桂の言葉が返って来た。

「そして馬鹿の大食い。それは変わらんよ」

食前酒が終わって桂は冷酒、ヘイジが麦焼酎のお湯割りに替えた時だった。

「どうだいグリーンTEFG銀行は？　やはり問題が色々出てきているようだが」

ヘイジは頷いて、これまでに対処してきた問題を順を追って話していった。

七ケ瀬ダムプロジェクトの土地買収問題、百五十万人分の預金情報の漏洩、これは行員の犯罪と判明した。

「だが、どちらも二瓶君のチームがしっかりと対処して次に進めている。大したもんだよ」

桂は心からそう言った。

「正直もうあとは何事もなく、統合に向けて進んで欲しいと思っています」

ヘイジの本音だった。

互いに手酌の気さくな酒の席だが、特別な二人の間に良い意味での緊張感はある。

しゃぶしゃぶを賞味しながら桂が言った。

「僕の方から話がしたいと言ったのは、この前、大九州銀行のSRBとしてのあり方をこの目で見たいと思って九州縦断の視察旅行をして来たんだ」

へぇとヘイジが驚いた。

「どうしてまた桂さんが？」

相場師、桂の行動とは思えない。

「君にＳＲＢを、グリーンＴＥＦＧ銀行を任せた張本人は俺だからな。その責任がある。それに俺自身がこれからの人生の糧のようなものをＳＲＢに求めている」

ヘイジには、桂の真意が分からない。

「どういうことですか？　桂さんは相場師として人生を全うされるのでは？」

ヘイジの正直な疑問だった。

そこから桂は自身のフェニックス・アセット・マネジメントでのＡＩによる運用の現実について語った。

「桂さんがＡＩに敵わないと思っているなんて、そこまで進んでいるとは想像もしていませんでした」

桂は資産運用と相場の世界の違いはあるとは言いながら、顧客から預かった資金を運用するにはＡＩの方がずっと安定した結果が出せるのだと説明した。

「相場師をやめるわけじゃない。ただ俺の今の立場、顧客の金を運用する立場では、切った張ったの相場からは離れてものを考えなくてはいけない。顧客を考えた長期的運用ではＡＩの方が優れている」

どこか寂し気だが、清々しい感じは桂ならではのものだとヘイジは思った。

「それで？　資産運用のお仕事はＡＩに任せるとして、生きる糧をＳＲＢにお求めになるというのはどういうことですか？」

その桂は、旨そうに肉を頬張っている。

山盛りだった牛肉もあっという間になくなりそうな勢いで食べる桂を見て、本当に若者のようだなとヘイジは思った。

桂はナプキンで口を拭ってから語った。

今までの相場人生とは違う形で金融の世界、いや日本経済に恩返しをしなければならないと言うのだ。

「今のような低成長を脱せない日本にしてしまった責任の一端は、俺たちの世代にある。少なくとも俺はそう思っている。明日に希望の持てる新たな未来を創る。それを可能にする道具の一つがＳＲＢだと思ったんだ」

ヘイジには素直にその桂の言葉が嬉しかった。

自分もこれから自らに与えられたＳＲＢという仕事に一生を賭けるつもりがあるからだ。

　そこから桂は、九州で自分が見た大九州銀行によるSRBの具体的なあり方を話していった。

「長崎の美月島での総合プロジェクト！　それは素晴らしい話ですね」

　SRBがリーダーシップをとってのクラウド・ファンディングによる資金調達、金融というものが有機的に地方活性化に繋がること。

　そしてそれが文化の育成と地域の雇用の増大に繋がるということを聞き、ヘイジは体が熱くなるのを感じた。

「SRBという器を創ると、様々な所から色々なアイディアが『地域密着』の枠組みで浮かんで来るんだ。中央集権的金融では絶対に浮かばないような案が次々と出て来ている」

　桂の言葉はヘイジを勇気づけた。

「今はSRBを創る前段階ですが、そうやって大九州銀行にSRBの先鞭をつけて貰えれば、我々もその背中を見ながら走ることが出来ます」

　桂はそのためなら何でも手伝うとヘイジに約束した。

　桂は肉をお代わりし、さすがに二人とももう十分というところまで食べた。

「締めはこのスープでのラーメンだ。どうだい？　俺は別腹で入るが？」

　ヘイジは笑った。

「僕も頂きます。ここで桂さんに負けたくありませんから」

そうして二人は最後まで食べきった。

桂の九州での話は様々に展開していった。

「俺が一番驚いたのが、大九州銀行の南本部がある鹿児島だった。頭取の瀬戸口英雄がいるんだが、そこでも実はＡＩを使った取り組みが進められている」

桂は鹿児島にある大九州銀行のシステムセンターを見て来たという。

「鹿児島は昔から進取の気性に富んだ地域だ。大九州銀行全域での金融商品、投資信託、保険などの販売コールセンターを、ＡＩによってバックアップを全面的に行おうとシステム会社と共同で研究している」

もしそれが出来れば、それまで十年選手のベテランでないと対応出来ないやり取りが、入って半年の新人でも出来るようになるという。

「コールセンターというのは非常に離職率が高い。しかし顧客からの難しい質問をＡＩを介することで、回答が一瞬で出て来る。そうやって顧客の方も充実した対応を受けることが出来るんだ」

ＳＲＢという大きな銀行の存在があってこその、ＡＩコールセンター・プロジェクトだと桂は言った。

「グリーンＴＥＦＧ銀行でも是非そのようにしていきます。その際は色々とご指導をお願いします」

「今日は二瓶君に俺の視察旅行談を述べたが、二瓶君のこれからはどうだ？　正直、あとは問題なく行けそうか？」

ヘイジは曖昧な返事をして、少し曇った表情になった、

それはなんとも捉えようのない霧が掛ったような存在があるからだ。

坂藤大帝銀行だ。

◇

ヘイジはグリーンＴＥＦＧ銀行準備室の桜木祐子と坂藤大帝銀行から出向している深山誠一を伴って初めて坂藤の街を訪れた。

ＪＲ坂藤の駅を降りた時、ヘイジは奇妙な雰囲気を感じた。

地方都市ではあるが、他の街とは明らかに景色が違うのだ。

「ナショナル・チェーンの店がない」

まったく別の国にやって来たように思える。

ヘイジの言葉を聞いた深山が言った。

「僕ら坂藤の人間にすると、他の日本の都市の方がおかしい気がします。こうやって坂藤に戻って来て『坊条』や『ＢＪ』の文字を見るとほっとして嬉しくなりますよ」

小柄で捉えようのない性格から鵺のようだと思っていた深山が地元自慢をする。ヘイジはそんな深山に初めて人間味を感じた。

「深山さんの言う通りですよ。日本の何処へ行っても同じロゴの店舗、同じマークの企業ばかりなんて個性も何もないですからね」

それにしても、とヘイジは思うのだ。

グリーンＴＥＦＧ銀行準備室で、坂藤大帝銀行への訪問を前に行った打ち合わせをヘイジは思い出した。

「坂藤には元々二つの銀行がありました。国立銀行、第四十六銀行が一九三〇年に改変されて坂藤銀行となったもの。そして戦後、一九五〇年に誕生した大帝銀行の二つです。坂藤銀行の方が規模はずっと小さかったのですが、バブル期に地域外の不動産案件で莫大な不良債権を抱えて破綻の危機を迎えます。それを吸収合併する形で救ったのが大帝銀行でした。坊条グループ系列の銀行で、地元密着の堅実な経営を続け地方銀行の中でも財務内容はトップと言われていた銀行です」

ヘイジは有価証券報告書を見ながら深山に訊ねた。

「今の役員の中に坂藤銀行出身者はもういないんですね？」

深山はその通りですと言った。

「頭取、副頭取、二人の専務は大帝銀行の出身者で、常務以下は坂藤大帝銀行になってから入行した人間です」

ヘイジはその財務内容を見ながら感心した。

「本当に地方銀行のあるべき姿を見せられている内容ですね。この健全経営、グリーンTEFG銀行が目指すべき手本となる銀行です」

深山はまんざらでもなさそうな顔つきをした。

次に桜木祐子が質問した。

「でも銀行としては不思議な資産内容ですね。貸出しは少なくて資産の殆どが有価証券、それも国債を中心に格付けの高いもので揃えられている。少ない貸出しは住宅ローンが殆どで、地元坊条グループ企業への貸出しはゼロ」

言われてみると確かに妙な感じがヘイジもする。

深山が笑っているのか泣いているのか分からない独特の表情でそれに答えた。

「坂藤の地ならではなんです。借金を恥とし貯蓄に励む。ですから銀行の役割は徹底的にお預かりしたお金を守ること。ある意味、大帝銀行はそれをやり続けていたということです」

自慢げに深山は言って、話を続けた。

「信じられないでしょうが、坂藤市には過去も現在も消費者金融は一軒もありません。誰も借りないのだから当然ですが。そして今の坂藤大帝銀行には、カードローンのサービスもありません」

それにはヘイジも桜木も驚いた。

「そんな地域が日本にあるなんて」

深山は微笑んでから言った。

「それが坂藤なんです」

そこから坂藤市の産業についての説明になった。

「坂藤市の産業は、坊条グループに尽きると言っても過言ではないと思います。坊条建設、坊条倉庫、坊条運輸、坊条石油瓦斯、坊条化学、坊条商事、ＢＪストア、ＢＪレストラン等々、坂藤の市民の生活の全てを賄っているといえます。坊条グループの存在のお陰で失業率も全国で最も低い。域内就職に至ってはほぼ百パーセントです」

ヘイジは頭を振った。

上手く行き過ぎている感が否めない。

そして桜木が、坊条グループについて説明をした。

「全て非上場企業なので深山さんから頂いた資料からの情報になりますが、ビジネス需要、売上げは坂藤市内とその近郊からが殆どです。信じられないのですが、ずっとそれでやって来ています。例外は坊条化学と坊条薬品で、全国展開している企業向けに売上げを持っています」

ヘイジは考え込んだ。

「まるでおとぎの国のようだ。でもどうしてそんな魔法の国の銀行が？」

そう呟いた時、深山が言った。

「当行は本当は株式の上場をしたくなかったんです。上場していた坂藤銀行が破綻の危機を迎え、株価がタダ同然となって外資系ファンドに株式の大半をあっという間に買い占められてしまった。その後、大帝銀行が救済に入った後も何故か株を買い戻すことが出来なかったんです。そのファンドがどうしても株を手放さなかったと聞きます。その株が例のスーパー・リージョナル・バンク騒動とメガバンクによるＴＯＢの時には動いた。彼らはそれを御行に売却して今に至った。本当は我々が買い戻し非上場にしたかったんです」

深山に、ヘイジが言った。

「大丈夫ですよ。グリーンTEFG銀行はより良い銀行にします。お約束します。それには深山さんたち、坂藤大帝銀行の方たちのご協力が必要なんです」

深山はそのヘイジを見詰めて言った。

「坂藤に行きましょう。百聞は一見に如かず。皆さんに坂藤を見て貰いたい」

そうして一行は、坂藤を訪れたのだ。


ヘイジたちは、坂藤大帝銀行からの迎えのクルマに乗り込んだ。

ヘイジと桜木が後部座席に、深山が助手席に座った。

窓外の景色も日本離れしている。

道幅は広く碁盤の目のように整備されているのが分かる。

そのことを言うと深山が説明した。

「昭和三十年代から都市再開発が始まって、このように整然とした形になっています。これも坂藤の特徴ですね」

そしてヘイジはあることに気がついた。

「パチンコ店が見当たらないですね。駅前にもなかったし、普通なら当たり前に見るのに」

「坂藤市にパチンコ店はありません。文教地区に市の全体が指定されていますからないんです」

ヘイジは驚いて訊ねた。

「昔はあったんですか？」

深山は首を振った。

「僕が子供の頃からパチンコ店は見たことがないですね。他の街に行ってその存在に驚いたぐらいでしたから」

ヘイジは隣の桜木に呟いた。

「不思議な都市だね。知れば知るほどここが日本とは思えない」

桜木も頷いて小声で言った。

「私も担当になって銀行や坂藤市のことを色々と調べていくうちに、だんだん不思議な気分になってきました。最初は優等生で何の問題もない先だと思っていました。でも、坂藤市も含め何かしっくり来ません。全てが出来過ぎている気がしてしまうんです」

ヘイジにもその言葉が理解出来た。

車窓からの景色も、あるようでないものばかりだ。

坊条建設や坊条化学の看板、見慣れたカーディーラーの看板にも坊条商事の名前が併記されている。

「全てが坊条グループに支配されている。本当にそうなのか？」

だが、ヘイジは視点を変えてみようとも思った。

「坂藤大帝銀行は模範のような銀行だ。美し過ぎる嫌いはあるが、グリーンTEFG銀行が目指すべき姿のひとつでもある。地元企業、地域住民にとって必要な金融機関として、その幸せに貢献するという意味でお手本かもしれない」

消費者金融がこれまで存在せずカードローンもない。そしてパチンコ店が一軒もない。

「日本全体でこれまでどこかおかしいと思いながらも歪んでいった部分が、全くない都市といえる。地域性あってのこととはいえ、その徹底したあり方は間違っていないかもしれない」

だが、とも思う。

「デオドラントされ過ぎている気がする。まるで住宅展示場のようだ。それでは自然とはいえない」

ヘイジがそう思っていると遠くに大きな建物が見えた。

「深山さん。あの建物は何ですか？」

深山はヘイジの指さす方を見た。

「あぁ、あれは坊条化学の敷地内にあるもので、地元の人間が『体育館』と呼んでいる建物です」

アリーナのような大きさだ。

「工場施設なんですか？」

深山は知らないという。

「ずっとあそこには大きな建物があるんです。いつからか『体育館』と呼ぶようになったんでしょうね。今の建物は数年前に新しく建て替えられたものです」

ヘイジはその不思議な建物を眺め、妙な心もちを拭えないでいた。

◇

坂藤市はＪＲ坂藤駅を中心として北と南に向かって放射状に二本ずつ広い道路が延び、その道路を繋ぐように碁盤の目状に道が設けられる形で都市が形成されている。

航空写真で見ると大きなＸの中心に駅が位置しているのが分かる。

市の北側には官庁、ビジネス街、繁華街があり、さらにその北は工場群になっている。南側には野球場やサッカースタジアム、広大な市民公園があり、隣接する住宅街のさらに南に田んぼや畑が広がっている。

坂藤駅からは路面電車が縦横に走る形で市民の足となっている。

戦前は陸軍の広大な演習場があった坂藤の地を、整然とした都市として甦らせる大規模開発工事は高度経済成長が頂点に達した一九七〇年代初頭から始まったという。

「その後、日本中が石油ショックで大変な時も坂藤市は開発工事のお陰で不況知らずだったんです。模範的公共事業といえると思います」

坂藤大帝銀行本店に向かうクルマの中で深山誠一はそう言った。

車窓から景色を見ながらヘイジは路面電車が懐かしいと呟いた。

「僕は転勤族の息子で京都に住んだ中学生の頃、路面電車が走ってたんです。こうやって見ると何とも良いものですね」

そのヘイジに桜木も同意した。

「ヨーロッパの様々な都市でも路面電車が交通インフラとして重要な機能を果たしています。一度廃止した路線を復活させたり、環境面も含めて再評価されていますね」

ヘイジは頷いた。

「なんかしっくりくるんですよね。路面電車って。乗っていて落ち着くというか、乗り物と人間の関係が丁度良い気がする」

「本当にそうですね。私も子供の頃、サンフランシスコで路面電車に乗るのが楽しみでした。

あの乗車感覚は特別なものがありますね」

二人の言葉を聞いて深山が珍しく笑顔らしい笑顔を見せた。

「褒めて貰って自分のことのように嬉しいです。後で是非乗ってみて下さい」

クルマは坂藤市のメインストリートに入り北へ進んでいた。道路の両側には広い歩道と商店が並んでいる。

ヘイジが商店の並びに目をやると、やはり全国チェーンの店が全く見当たらない。それを深山に訊ねた。

「地元の商品や製品、そして個人商店を応援・支援するのが坂藤市の方針なんです。それが地元ならではの商圏を作り、地元ならではの景色と空気を作ります。だから、私などは坂藤の外に出るとどこに行っても同じに見えてしまうんです」

深山はそう言った。

ヘイジも商店街の個人商店の連なりを見ていると京都を思い出した。だが、深山の続いての説明に違和感を覚えた。

「大型の店、百貨店やスーパーは全て坊条系です。個人商店の仕入れなど流通面で援助しているのは坊条商事ですから、どの商店も坊条チェーンといえないこともないです」

ヘイジは少し考えてから呟いた。

「坂藤市は桃源郷なのか、それとも閉鎖された管理都市なのか」

そうして一行は坂藤大帝銀行本店に着いた。

「これは！」

ギリシャ神殿風のその建物を見て、ヘイジは超高層ビルに建て替える前の帝都銀行本店を思い出した。

古き良き銀行が持っていた重厚な印象そのままの石造りの建物。決して大きくはないが、威厳という言葉を思い出させるそれはザ・バンクという雰囲気だ。

「旧大帝銀行本店の建物です。イングランド銀行本店を模して造られたということです」

ヘイジたちは迎えに出た年配の頭取秘書に先導されて、玄関から中に入り大理石の床やイオニア式の柱を見ながら奥へ進んで行った。

古めかしいエレベーターに乗り込むと三階の頭取室に向かった。

「どうぞこちらへ」

秘書に促されて、ヘイジたちは頭取応接室に入った。

現在のメガバンク、ＴＥＦＧの頭取室よりも立派だなとヘイジは思った。

重厚な内装、格天井《ごうてんじょう》には装飾ギリシャ文字が描かれている。

マントルピースが設えられていて、その上には歴代頭取の肖像画がずらりと並ぶ。

「どうぞお掛けくださいませ」

英国の執事のような秘書に促されて、ヘイジと桜木祐子は上座に当たる応接椅子に座った。

深山誠一は立ったままである。

秘書が次の間へのドアをノックしてから中に入った。

少しして頭取が現れた。

枯れ木のように痩せた中年の男性、どこか陰気な感じを受ける。銀行の頭取とは正直思えない。

（本当にこの人が頭取なのか？）

ヘイジは頭を下げながらもそう思った。

「坊条です」

その声は、容姿同様か細いものだった。

坊条哀富《あいと》、坊条グループ総帥、坊条家当主である坊条雄高《ゆたか》の三男。大帝銀行の頭取であったことから合併後の坂藤大帝銀行でも頭取を務めている。

「東西帝都ＥＦＧ銀行役員、グリーンＴＥＦＧ銀行準備室長の二瓶です。御行から出向して頂いている深山さんには、大変お世話になっております。こちらは準備室で御行担当の桜木です」

そして名刺交換を行った。

「どうぞ」

ヘイジと桜木は席に着いた。

秘書と深山は直立不動である。

(なるほど、これがこの銀行、いや坂藤のあり方なんだな)

坊条家の人間と同席する時の、絶対的階級差の存在をヘイジは感じた。

合併合併で大が小を呑み込む銀行の嵐を何度も経験し、階級差というものを嫌というほど見せつけられたヘイジはここでのあり方も分かる。

(坊条家とは神のような存在なんだろうな)

女性秘書がお茶を運んで来た。

ヘイジは「頂戴します」と茶碗の蓋を取り一口飲んだ。桜木もそれに続いた。

坊条は、じっとその二人を見詰めていた。

喉を潤してからヘイジが言った。

「今日から五日間、こちらにお世話になります。統合に向けて関係各所と打ち合わせをさせて頂きます」

坊条は何も言わない。

気になったヘイジが深山を見たが、視線を合わせようとせず、じっと前を向いたまま立っている。

沈黙が続く。

ヘイジは坊条頭取はお飾りで、お目通りは儀式のようなものなのだろうと解釈した。

早々に退出するのが礼儀なのだろうと思った時だった。

「止めて頂けませんか？」

突然、坊条がそう言った。

「はっ？」

ヘイジは意味が分からない。

坊条は枯れ木のような体から、振り絞るような声でもう一度言った。

「止めて頂けませんか？」

ヘイジは微笑みを作ってから訊ねた。

「何を？　どういうことを頭取は仰ってるのでしょうか？」

次の瞬間、その場の全員が凍った。

唖然としてヘイジはその坊条を見詰めた。

泣いているのだ。

大の大人がさめざめと涙を流している。

それは尋常な姿ではない。

「坊条頭取」

どうしていいのかヘイジには分からない。

坊条は体を震わせ泣いている。

「お願いです。止めて、止めて頂けませんか！」

そう繰り返して涙を流すのだ。

ヘイジと桜木は、顔を見合わせるだけで訳が分からない。

ただ深山と秘書は当惑しているものの、その光景を平然と受けとめているように思えた。

深山の目が、その状況を語ろうとしているのが分かった。

◇

坊条哀富は秘書に促されて頭取室に下がった。

応接室にはヘイジと桜木、深山の三人が残った。

尋常でない状況の後で暫く沈黙が続いた。

口を開いたのは深山だった。

「頭取はお可哀想な方なんです。今のような状況に立たされて」

ヘイジは訊ねた。

「状況というのは、ＳＲＢとして他の二行と統合されることを言っているのですか？」

深山は黙っている。

そこへ秘書が戻って来た。

「ご心配おかけしました」

そして深山の隣に座った。

秘書と深山が並んだ顔を正面で見てヘイジはアッと思った。似ている。

「ひょっとしてお二人は？」

秘書は名刺を差し出した。

「ご挨拶が遅れました。頭取秘書を務めます深山喜一でございます。息子、誠一がお世話になっております」

そうして深山親子は頭を下げた。

ヘイジも桜木も驚いた。

「深山家は親の代から坊条家の執事を務めております。その関係で手前ども親子も銀行にお世話になっております」

ヘイジは坊条家という特別な存在のあり方が、まるで旧い時代の日本のようだと思った。

父親の深山喜一は続けた。

「頭取、坊条哀富さまは本来、金融の仕事などなさるお立場の方ではないのです。名目上、頭取という立場に就いてらっしゃいますが、別の重職にあらせられる。私の本来の仕事もその職で哀富さまにお仕えすることなのです。ですので、銀行の仕事のことはこちらにおります息子、誠一に全て任せております」

ヘイジと桜木は驚いて息子の深山誠一を見た。その深山は頷いてから言った。

「改めて申し上げます。私、深山誠一が坂藤大帝銀行の全権を委任されている者です。TEFGに出向の形を取ったのは、御行の本当の姿を見ることが出来ると考えたからです」

桜木がその深山に訊ねた。

「すると事実上の頭取は深山さんということですか？」

その通りですと深山は言った。

「ここからは当行に関する話は、私が全責任を持って進めさせて頂きます」

ヘイジはそれに対して言った。

「深山さんが全権を委任されているということであれば、話はスムーズだと思います。我々のことも十分お知りになられたでしょうし、グリーンTEFG銀行をどのような銀行にしたいかということもお分かり頂いている筈だ」

深山はゆっくりと頷いた。

「二瓶室長がグリーンTEFG銀行を、誠実な姿勢でお作りになられようとしていることには感銘を受けています。そして一切の隠し事なしに全て進めてこられた。それにも非常に心を動かされました」

ヘイジはその深山をじっと見詰めていた。

深山は続けた。

「その二瓶室長の姿勢に対して、我々も隠し事なしに対応したいと考えました。今日、坊条頭取に会って頂いたのがその証です」

ヘイジはここで全てをハッキリさせておかなければならないと感じて言った。

「我々が勝手な先入観を持って先を急いではいけないと思います。しかしまず、私の感じたままにお話をさせて頂きます。先ほどの坊条頭取のあり様は普通ではなかった。あのような状態になられることをご承知で敢えて我々に面会をさせた？　そうなのですか？」

深山親子は頷いた。

ヘイジは続けた。

「坊条頭取は情緒不安定な方で、御行の頭取が務まるような方ではなく――」

そこで父親の深山喜一がヘイジを遮るように言った。

「それは違います。頭取は、坊条哀富さまはただ純粋なだけなのです。非常に高い見識と能力をお持ちで、銀行の業務のことも全て把握しておいでです。ただ、感情が先走ってしまう。哀富さま本来の貴いお仕事の方が、影響を与えてしまうのです」

ヘイジも桜木も意味が分からない。

桜木が訊ねた。

「一つずつ教えて下さい。先ほど坊条頭取は『止めて貰いたい』と何度も仰っていました。あれは統合をやめて欲しいという意味なのですか？」

それには息子の深山が答えた。

「その通りです。TEFGさんには、坂藤大帝銀行から手を引いて頂きたい。それが我々の真の願いです」

ヘイジも桜木も驚いた。

すこし間を置いてからヘイジが言った。

「しかし、既に我々は御行株の大半を取得している。金融庁もSRBへ向けた統合を促している。そのような状況を承知の上で仰っているのですね？」

深山は頷いた。

「無理を承知でのお願いです。一連の騒動の中での当行の株対応の甘さが全ての元凶です。それは認めます。特殊な地域の金融業務で資本が少なくても何の問題もなかったのが、坂藤銀行の破綻で全てが狂ってしまった。非上場の大帝銀行が外資ファンドに株を握られてしまった坂藤銀行の救済合併に動いた為に、がんじがらめにされてしまった」

ヘイジは訊ねた。

「教えて下さい。何故、坂藤銀行を救済しなければならなかったのですか？」

深山はもっともなご指摘ですと言った。

「坂藤銀行が破綻した場合、金融庁を中心とする中央の役人が入って来ますが、その際、表沙汰にされては困ることがあるからです。坂藤という土地の絶対的な秘密がそこにあります。それは坊条家と密接な関係があります」

ヘイジと桜木は大変な話になったと思った。

深山は続けた。

「こんなことをお話しするのも二瓶室長の誠実な姿勢があってのことです。そんな二瓶室長のことを父に話したところ、それでは全てをお見せしようということになったのです。そして、その上で我々から手を引いて頂くことをお願いしようと」

そこで父親の深山喜一が言った。

「我々は中央を、そしてその代表のようなＴＥＦＧを信用していません。ですが息子から二瓶室長の話を聞いて、この方なら全てをお話しすれば協力して頂けるだろうと思ったのです」

そこで桜木が訊ねた。

「中央省庁に知られたくない坂藤の秘密。それは当然、ＴＥＦＧにも知られたくないということですよね？」

その通りですと深山親子は言った。

「国の中でも極めて少数の最高レベルの方々は坂藤の秘密を知っています。知っているから決して手を出さない。やっかいなのはそんなことを知らない下の人間たちです。民間の、特にマスメディアなどと関係の深い人間には絶対に知られてはならないのです」

ヘイジはえらいことになったと思った。

明らかにしてはならないと皆が思い込んでいるものほどやっかいなことはないからだ。

上場企業である銀行に勤める者として、自分たちの仕事の中に公に出来ないものなどあってはならない。

しかし今、坂藤大帝銀行が持ち出してきたのはまだ何一つ明らかにされていないが、全てをベールに包まれたままにしようということだ。

（ベールに包むのが嫌なら手を引けということだ）

ヘイジは腹を括った。

「兎に角、全て教えて下さい。お二人がご存知の坂藤の秘密の全てを」

だが、そう言ったヘイジに二人はどこか当惑した表情になった。

父親の深山喜一が言った。

「我々も全貌は知りません。それがどこまでの広さ深さのものなのか。申し上げた通り深山家は代々、坊条家に執事として仕えて来ました。しかし、私たちが知るのは坊条家の中でも三男の坊条哀富さまのお仕事のことだけなのです。ご長男、ご次男のことは我々も知ることは出来ないのです」

桜木が訊ねた。

「先ほど坊条頭取の真の仕事は別だと仰いましたね？　その仕事に関わる秘密だけを深山家の方はご存知ということですか？」

深山親子は頷き父親の喜一が言った。

「そうです。我々は哀富さまの本当のお仕事をお助けするため、執事としてお仕えしてまいりました」

ヘイジが訊ねた。

「坊条家の他の方は？」

父親の深山が言った。

「ご当主、我々が御前さまとお呼びする坊条雄高さま、ご長男の美狂《みきょう》さま、ご次男の清悪《せいお》さまです」

桜木が訊ねた。

「資料によりますと長男の美狂さんが坊条商事始めグループの流通部門の長で、次男の清悪さんが坊条化学や坊条食品などの製造部門の長、三男の哀富さんは金融と教育関連部門の長となっています。その三人の方たちそれぞれが、坂藤の地に関する秘密を握ってらっしゃるということですか？」

親子はそうですと頷いた。

「しかし、お二人は三男の坊条哀富さんの秘密しかご存知ない？」

二人はゆっくりと頷いた。

ヘイジが強い調子で訊ねた。

「知っていることから教えて下さい。坊条頭取の真のお仕事は何なのですか？」

父親の深山喜一が言った。

「神官です。大帝神社の神主です」

ヘイジは驚いた。

「大帝神社？」

◇

ヘイジと桜木、そして深山誠一の三人は、クルマで坂藤市の北を目指して走っていた。

坂藤大帝銀行の本店のあるビジネス街を抜けると広い敷地を持つ工場群が見えて来た。

その景観はどこか近未来の都市のように見える。

「坂藤というところは本当にどこも整然としている。整然というかモダンアートのような感じがする。計画都市としてのあり方が徹底されているからなんですかね？」

ヘイジの言葉に助手席の深山が答えた。

「実は公表されていませんが、日本の名だたる建築家が坂藤市の都市計画にたずさわっています。匿名を条件に仕事をしてもらう代わりに高額の設計料を払ったと言われています」

桜木が驚いて訊ねた。

「建築家にとって都市計画にたずさわるのは最高の名誉。それを公にしないというのはかなり抵抗があった筈ですね。そこまでして坂藤というところは目立ちたくないということなのですか？」

深山はその通りだと言った。

「名よりも実。秘すれば花。自分たちのあり方を決して目立たせてはいけない。そんなあり方を坂藤は徹底しています」

ヘイジは呟いた。

「何故そんな風にしなければいけないのか。私には理解が出来ませんね」

深山は当然だと言った。

「でも、二瓶室長がこの地に生まれ育っていたら分かりますよ。坂藤に対する愛着と自負、それは途轍もなく強い。坂藤の地の持つ求心力は様々な有形無形の素晴らしさを内に秘めていることから来ている。自分たちだけのものだという特別な意識が生まれる」

ヘイジはそこに不自然さを感じると言った。

深山はいつもの表情で仕方がないですと呟いた。

「坂藤に生まれ育った者だけ、この地にいる者だけが共有できる感情のようなものだと思います」

そこから暫く沈黙が続いた。

クルマは工場群の間の道をさらに北上していく。

県境の山なみが近づいて来た。

山に向かって行く道に入ると辺りの様子が一変した。

「何だ？」

高いコンクリートの塀が延々と道に沿って続いている。

まるで要塞のような雰囲気になった。

「参道に入りました」

その深山の言葉が不自然に思える光景だ。

大帝神社。

それがこの道の先にある。

だが一般の神社の境内の様子とは全く違う。

（本当に神社があるのか？）

ヘイジがそう思っている間に前方に閉じられた鉄の門が現れた。

門の左右の扉には大帝神社の紋章が浮き彫りになっている。見たことのないそれは、まるで迷路が描かれたような紋様だった。

クルマは門の前に停まった。

少しして鉄の門は、重厚な音を立てながら開いた。

ヘイジは驚いた。

中は一転して真っ白な世界だったからだ。

クルマが通る路はグレーのアスファルトだが、その他は全てが白い。

草木は一本もなく、ただ白い砂と小石が敷き詰められた丘が広がっている。

その間をヘイジたちを乗せたクルマは、緩やかに曲がったアプローチに沿って進んで行く。

「この景色もモダンアートですね」

桜木がそう言うとヘイジも頷いた。

「不思議な空間だね。何もない真っ白な空間。何を考えていいのか分からなくなる」

そう言いながらもヘイジは改めて坂藤の地の謎を考えていた。

「何者でもない者、それになること。それが大帝神社の願いです」

深山が厳かな口調でそう言った。

「何者でもない？」

深山は深く頷いた。

「そうです。何者でもない者となる。そうなることを祈る。祈り続ける。そうすることで必ず新たな世界が現れる。それを我々は待っているのです」

ヘイジには分からない。

そうしてクルマは停まった。

「着きました。どうぞ降りて下さい」

ヘイジと桜木はクルマを降りて辺りを見回した。

やはり真っ白な丘が広がっているだけだ。

「社殿はどこにあるんですか？」

ヘイジが訊ねると深山はすっと指さした。

そこには一筋の長い影が出来ていた。

丘を真っ直ぐに削り、法面《のりめん》が白い大理石で造られた細い道がそこにあった。

深山を先頭にしてヘイジと桜木はその道の中に入った。

真っ白な大理石の壁が両側に迫る中を歩くと、まるで地底深くに入って行くように思われてくる。

そして社殿の扉の前まで来た。

それはあの参道の巨大な門と全く同じ造りで、ただ縮小されただけに見えた。

暫く立っていると内側から扉が開いた。

中も白い空間が広がっていた。

「ここからは最神域ですので靴を脱いで頂きます」

ヘイジたちは靴を脱いでから進んだ。

天井に穿たれたいくつもの大小の穴から自然光が差し込んでいる。

「グラスファイバーで太陽光を取り入れています」

深山が天井を指さしてそう説明した。

三人は奥へと進んだ。

自然光の揺らぎが、白く広い空間の中で心地良く感じられる。

「この中に一般の人は入れるのですか？」

ヘイジの質問に深山は首を振った。

「ここは神職に就いている者だけが、立ち入りを許されている場所です。深山家は代々、神職を務めています」

「拝殿はどこにあるんですか？」

桜木が訊ねた。

「あのコンクリートの巨大な壁に囲まれている白い敷地全てが神域で拝殿ということになります。白い丘全てに神が宿っていると大帝神社は考えています」

そうしてさらに奥に進んだ。

広い空間が先細りとなったところに来た。

「ここで止まって頂けますか？」

深山に言われてヘイジたちは立ち止まった。

すると深山がおもむろに合掌し深々と頭を下げた。

ヘイジたちもそれに倣った。

頭を上げてから深山が言った。

「あれが本殿です」

そこには巨大な金庫の扉のような設えがしてあった。

「あの中に御神体があります」

そう言った深山にヘイジが訊ねた。

「御神体は何なのですか？」

深山は何ともいえない表情になった。

「誰も知りません」

えっとヘイジと桜木は驚いた。

「中に何があるのか。神職を務める深山家の人間も見たことがないんです」

そして深山は扉を指さして言った。

「あの扉には三つの鍵穴があります。その三つの鍵は坊条家の三人のご子息、美狂さま、清悪さま、哀富さまが持っています。哀富さまの鍵は神宝として保管されています」

桜木が訊ねた。

「坊条家の三人のご子息が持つ鍵が揃えば御神体を見ることが出来るわけですね。三人は見たことがあるんでしょうか？」

深山は首を振った。

「それはないです。中に何があるかを知るのはただ一人、ここを封印し三人に鍵を預けた人物だけです」

ヘイジの目が光って言った。

「坊条家総帥、坊条雄高」

深山は頷いた。

「その通りです。御前さまだけがこの中に何があるのか、そして坂藤の地とは何なのかを知っていらっしゃるのです」

坂藤の正体を摑まないとグリーンＴＥＦＧは前に進めない。

「坊条総帥に会うことは可能なんですか？」

深山はそう訊ねるヘイジを黙って見詰めた。

第八章　坊条一族

坊条家の屋敷は坂藤の南、住宅街を見おろす丘の上に聳える。

五千坪の敷地に城のような天守閣を持つ最大の屋敷が当主、坊条雄高の住まいで、その屋敷を三つの点で囲むように息子たちの住まいが建てられている。

長男、美狂の屋敷は数寄屋造りの純和風平屋建て、次男、清悪はスペイン植民地風の白亜の二階建て洋館、そして三男、哀富は白木の寝殿造りの屋敷に居住している。

その夜、清悪の館のダイニングルームで三兄弟揃っての晩餐が持たれた。

純銀製のカトラリーがセットされた丸いテーブルに三人がつき、女中がシャンパンを抜栓しグラスに注いでいく。

「こうして三人水入らずは何年振りだ？」

美狂がシャンパンを口にしてから言った。兄弟の中で一番大柄で恰幅が良い。

「兄弟三人だけで食事というのは、記憶にないね」

　さっさとシャンパンを飲んでしまい、直ぐに女中に注いで貰いながら清悪が言った。

　清悪は中肉中背、俳優のような顔立ちをしている。

「そうだな。父上の姿がない中で兄弟揃うことなどなかった」

　そう言った長男の美狂は六十一歳、次男の清悪は五十八歳になる。

「何故、こうして三人だけで集まったか」

　美狂はそう言ってシャンパングラスを持ったまま三男の哀富を見た。

　五十二歳の哀富はシャンパンに口をつけず、両の手を膝の上に置いて視線を下に向けたまま黙っている。

　美狂はその哀富からふんという表情で視線を外してから言った。

「今日、班目が来た。東西帝都ＥＦＧ銀行の人間がやって来て、哀富、お前と会ったと深山から報告を受けたと言っていた。そして、その連中を深山の息子が大帝神社に連れて行ったと」

　清悪は驚いた表情になったが、哀富はずっと黙って表情を変えずにいる。

「父上からそうしろと言われたらしい。何を考えているのか。いまわの際で何をどうしようというのか、さっぱり分からん」

　美狂は頭を振った。

　前菜が運ばれて来た。稚鮎のフリットのサラダ仕立てだ。白ワインが注がれて、女中が下がると清悪が美狂に訊ねた。

「父上が死んだら坂藤の全てが謎のまま終わってしまう。我々三人が一つずつ、大帝神社の鍵と同じように持つ秘密。父上が亡くなって初めて明らかにして良いとされている秘密。どうするんだ？　兄さん」

美狂は黙った。

「うっ……うっ」

哀富は泣き出した。

「やめんか！　お前がしっかりせんからＴＥＦＧごときに坂藤大帝銀行を取られてしまったんだぞ!!　父上に余計な心配をかけているんだ！」

哀富は涙を拭うこともせずに言った。

「止めて下さいと言ったんだ。あの人たちに止めて下さいと」

美狂がそれを聞いてやれやれという表情になり、吐き捨てるように言った。

「お前の所為で坂藤に外の人間が入ることになったんだ。父上が造られた理想の地が、本当の日本の為の地が、これで外の人間に潰されるかもしれないんだぞ!!」

清悪がその美狂を制するように言った。

「兄さん、我々は普通の兄弟ではない。それぞれ二十歳になった時、父上から託された坂藤の地での役割と秘密を持っている。兄さんが託された秘密は、俺も哀富も知らない。俺の秘密は、兄さんも哀富も知らない。そして哀富の秘密は、兄さんも俺も知らない。哀富の背負った秘密が途轍もなく大きなもので、その為に哀富をこんな人間にしてしまったとしたら。そう考えれば兄さん、哀富を責められないじゃないか。全ての責任は父上にある。秘密を全て知る父上に。そして自分が持っていた秘密を三つに分けて我々に与えた父上に」

美狂は頷いた。

「俺にも分かっている。分かっているだけに歯がゆくてしょうがなく感じる。父上は何度もきつく言われた。我々三人の秘密を合わせると大変なことになる。三つが秘密のまま、分かれたままであるから坂藤の地は発展する。そしてそれは真の日本の未来に繋がると」

哀富はやっと前菜に手をつけた。

一口食べて落ち着いたのか口を開いた。

「銀行のこと、僕も必死に勉強したんだ。でも株や市場のことはどうにもならなかった。株を買い戻そうにもどうにもならなかった」

それを聞いて美狂が苦い顔をした。

「何とかなった筈だ！　何とか！」

その美狂に、清悪が鋭い視線を向けて言った。

「もう哀富を責めるのはやめようよ。それよりこれからのことを考えるんだろう？」

美狂は笑った。

「そうだ。そうだった」

そして前菜の稚鮎をまとめて口の中に入れた。

清悪が哀富に訊ねた。

「それにしてもどうしてＴＥＦＧの人間を大帝神社に連れて行ったんだ？　本当に父上がそうしろと言ったのか？」

哀富が頷いた。

「僕は父上の病室に呼ばれたんだ。深山と一緒に。深山の息子がＴＥＦＧから戻って報告を受けたと言って。ＴＥＦＧには知る限りのことを教えてやれと父上は言った。そして僕には、お前の出来ることだけしろと。お前はお前の感情のままに動けばいいと。父上は優しい。どこまでも僕には優しい。僕のことをよく知っているからだ」

美狂がその哀富に訊ねた。

「それでお前はどうしたんだ？　ＴＥＦＧの人間に坂藤大帝銀行を返してくれとでも言ったのか？　銀行の統合をやめて下さいと？」

哀富は頷いた。

「僕は自分の思うままにした。自然と言葉と涙が出て来た。これは大帝神社の御神託だと思った。その言葉が通じるように感じた。きっとＴＥＦＧの人間たちも分かってくれる筈だと」

「馬鹿なことを言うな!!」

美狂は大声になった。

スープを運んで来た女中が驚いて危うくボウルを落とすところだった。

暫く沈黙が支配した。

湯気の立った豆スープが、それぞれの皿に注がれる音だけが続いた。

清悪が呟いた。

「父上はどういうお考えなんだ？　外の人間に坂藤の秘密を教えるつもりなのか？」

美狂は首を振った。

「いまわの際の精神の錯乱かもしれんが班目が付いている。そして、我々三人が託されたものは父上の死後、三人の間だけで明らかにしろという御命令は生きている」

分からないという顔をして清悪が言った。

「兄さんの言う通り班目も付いてはいるが、一端とはいえ坂藤の秘密に外部の人間が触れたんだ。どうなる？　これから一体どうなると思う？」

哀富が言った。

「全ては父上のお考えあってのこと」

三人はそこで同じことを考えた。

——大帝神社の御神体として隠されているものは何なんだ？　父上が亡くなった時に三人が鍵を持ち寄って開かれるあの扉。あの扉の向こうに一体何があるんだ？——

それを言葉にしたのは哀富だった。

「三人が各々託された秘密、それが明らかになって初めて扉の向こうの意味が分かる。坂藤の過去、現在、未来が明らかになる。神主として大帝神社を守って来た私にはそれだけしか言えません」

清悪が笑った。

「奇妙な兄弟だよな。我々は常にそれぞれが託された秘密によって動き、そして、動けなくされて来た。この坂藤の地から出ようと思っても出られない。秘密がどこまでも自分をこの地に縛り付けてしまう」

美狂が呟くようにそれに続いた。

「あまりにも大きいのだ。父上が持っているものが。それによって坂藤は生まれた。それが何であるかは我々も知らない。しかし、その大きな秘密が三つに分けられ、我々三兄弟に託された。そのことで不思議な絆は出来ていた。ある意味、普通の兄弟以上に強い絆だ。別々に持っている秘密、それを合わせた時、途轍もないことが起きる。それが一体何なのか。それを知らず、想像することも許されず生きていく。その苦しさは分かっているつもりだった。だが、外の人間がその秘密の一端でも知ったと思うと我を失ったんだ。哀富、申し訳なかった」

哀富はその兄に優しい目を向けた。

「いいんですよ、兄さん。もし、兄さんが僕に託された秘密を知れば、きっと分かって下さる。僕がどうしてこんな人間になったのか。生きているのか死んでいるのか自分でも分からない人間になったのか……」

◇

ヘイジと桜木祐子は、宿泊先である坂藤ホテルのレストランにいた。

軽く夕食を取った後、これからの対応をどうするか打ち合わせていたのだ。

「君は今日のことをどう考える？」

ヘイジは珈琲を一口飲んでから桜木に訊ねた。

「銀行に来た初日に、神社に連れて行かれるとは思いませんでした」

そう言って苦笑する桜木に、ヘイジも頷いた。

「大帝神社。あそこが坂藤を知る起点だと、深山さんは教えてくれた。そして、彼と彼の父親は知る限りのことを我々に明らかにした」

桜木もその通りですね、と言った。

「室長のこれまでの誠実で正直な対応を見て、深山さんが感銘を受けてそのように行動された。それは間違いありませんね」

ヘイジは難しい顔になった。

「だけどそれで分かった彼らの本音は、坂藤大帝銀行から手を引けということだ。だが、『はい、そうですか』という訳にはいかない」

桜木は少し考えてから言った。

「謎めいたものを秘めているのは、坂藤の地であって坂藤大帝銀行そのものではありません。やはりここは粛々と統合に向けた作業を進めるべきではないでしょうか？」

そう言われてヘイジは、坂藤大帝銀行の財務諸表を出して見た。

資産の殆ど全ては安全資産で、日本の銀行の中でもトップクラスの内容だ。

「不思議なんだよね」

ヘイジは呟いた。

「地方都市で主力銀行なのに何故貸出しが殆どないのか？　坂藤を支配する坊条グループへの巨額の貸付けがあっても不思議ではないのに全くない。坊条グループはずっと無借金経営を続けて来たということなのか？」

桜木も資料を見ていた。

「貸出しの多くは優良な個人向け住宅ローン。それも坊条グループの企業に勤める人たちへのもので企業からの保証もついている。これ以上ない安全な貸付けですね」

ヘイジは首を捻った。

「坂藤大帝銀行は銀行というよりも坊条グループの貯金箱のようだ」

桜木は一つの仮説ですが、として言った。

「カネも情報も坂藤から一切漏れないようにしている。全てをこの地で囲い込む。カネが外に出る時には、そのカネに付随する情報も一緒に外に出てしまう。それを防ぐのが坂藤大帝銀行の務めで、坂藤で働く人間のカネと情報を堰き止める役割をしている」

ヘイジは考えた。

「カネと情報を堰き止める。そうだとしても限界はある筈だ。考えてみると坂藤の人口に比べると、坂藤大帝銀行の資産規模はかなり小さい。そこには何か謎がある筈だ」

桜木はそれでひとつ気になったことがあると言った。

「さっきホテルの外に出てコンビニで買い物をしたんです。その時、二つのことに気がつきました。殆どの商品がＢＪというプライベート・ブランドだということ。そしてもう一つ、周りの人たち全員が現金で支払っていないんです」

「地元優先のプライベート・ブランドは分かるとして、支払いは電子マネーを使っているということ？」

桜木は首を振った。

「みんなクーポンのようなものを出して支払いをしているんです」

ヘイジは驚いた。

「クーポン？　地域振興券のようなものかい？」

「おそらくそうだと思います。それぞれ色は違うんですが同じ意匠の大型の切手のようなもので支払っているんです」

ヘイジは難しい顔になった。

「また謎か。坂藤では円が通貨ではない？」

そう言ってアッと思った。

「もしも、もしもそのクーポンが、本当に通貨として坂藤では流通しているとしたら？」

桜木も目を見開いた。

「自分たちで通貨を発行していれば、地域の中では何でも出来てしまう？」

ヘイジのその言葉に桜木が呟くように言った。

「通貨は通貨であると人が思っているから通貨である。紙切れを通貨と思うのはそれを誰もが通貨と思っているから。どんなものであっても全ての人間がそれを通貨であると思いさえすればいい」

ヘイジはその桜木に訊ねた。

「この坂藤が市の予算規模に比べて不自然なほど栄えている。もし、市民が日常の消費生活を坂藤だけの通貨、そのクーポンで賄うことが出来ているとしたら？」

そこでヘイジは気がついた。

「だからだ！　坂藤にとっては銀行はそれほど大事なものではないんだ」

そうすると、今日の坂藤大帝銀行での出来事もどこか合点がいく。

「坊条哀富のように子供みたいな人間を頭取に置く。それは銀行など坂藤にとっては取るに足りない存在だということの証なんだ。坂藤の市民にとっては子供の貯金箱ぐらいの存在。それが円を扱う銀行の坂藤での存在なんだ」

桜木の目が鋭くなった。

「ある意味、坂藤は日本の中にあって日本ではないということですね。全く別の国ということ。そして円で見るべきその真の経済規模は統計から隠されてしまう」

ヘイジは考えた。

「何故だ？　全てを閉じた空間、坂藤の中だけのものにしておくということか？　隠蔽された都市にしておく」

厳しい顔つきになったヘイジは続けた。

「銀行の持つカネ、円は大事ではないが、銀行の持つ坂藤の情報は大事。それがＴＥＦＧのような日本そのものという存在に知られることは絶対に嫌だということか」

ヘイジは暫く考え込んだ。

そのヘイジに桜木が言った。

「明日は朝一番で深山さんとの打ち合わせになっています。クーポンの件を確認して、坊条グループの流通部門の長である坊条美狂氏に面会できるように頼んでみましょう。クーポンの発行は、流通部門が取り仕切っているのは間違いないでしょうから」

そうしようとヘイジは頷いて坂藤での初日は終了した。

翌朝、ヘイジと桜木裕子は、坂藤大帝銀行の役員会議室で深山親子と対峙していた。

「クーポン、ですか？」

息子の深山誠一が、やはりそれを持ち出されたかという表情をした。

そして胸ポケットから自分の長財布を取り出した。

「これが坂藤で使われている商品券、大帝券。通称、D券です」

テーブルの上に赤、緑、黄色の三種類の大きさの違う切手のようなものが並べられた。

「D券？」

ヘイジが訊ねると深山は言った。

「普通の円紙幣がJ券、それと区別してD券と呼んでいるんです」

ちょっと拝見とヘイジはそれを手に取った。

赤が一万、緑が五千、黄色が百と表示されていて、その全てにあの大帝神社の紋章が印刷されている。

「これを坂藤の人たちは日常生活で通貨として使用している？　そういうことですか？」

桜木の問いに深山親子は頷いた。

ヘイジは深山に真剣な表情で訊ねた。

「深山さん。『これは単なる地域振興券です』などとは仰らないで下さいね。全てを正直に明らかにされる深山さんです。このD券は坂藤では、円よりも重要な通貨としての存在感がある。そういうことですね？」

深山はじっとヘイジを見て言った。

「坂藤の経済の根幹をなすもの。それがこのD券であることは間違いありません」

ヘイジも桜木もその言葉に頷いた。

桜木が訊ねた。

「教えて下さい。このD券はいつから存在しているんですか？」

それには父親の深山喜一が答えた。

「大帝銀行が創立されてからです。昭和二十五年からあります」

桜木は怪訝な顔つきになった。

「大帝銀行はJ券、つまり円通貨を扱うだけではなく、D券を発行する銀行であったということですか？」

深山喜一は首を振った。

「発行は違います。別の存在が発行権限を持っています。我々はD券の印刷を委託されているだけです。古いD券を回収し、回収分を新しく印刷するのみ。券の増刷は発行元から指示があった時だけ行います」

ヘイジがそれに訊ねた。

「D券の発行権限を持っているのはどこなんですか？」

「坊条グループ流通本部です」

やはり、とヘイジと桜木は思った。

「流通本部とは？」

「坊条グループの流通業全てを取り仕切る存在です。坊条商事、坊条百貨店などの坊条グループ流通部門のトップで構成されています」

ヘイジは訊ねた。

「本部の長は坊条美狂さん？」

その通りです、と深山が答えた時だった。

会議室の扉が開いた。

深山親子はさっと立ち上がった。

入って来たのが坂藤大帝銀行頭取、坊条哀富だったからだ。

その哀富に、秘書の深山がヘイジたちと今話していたことを伝えた。

それを聞いて哀富は言った。

「私がお連れします。兄、美狂のところへ」

その声は木枯らしのように聞こえた。

◇

ヘイジたち一行は、二台のクルマで坊条商事本社ビルに向かった。

ヘイジと桜木祐子、深山誠一を乗せたクルマと頭取の坊条哀富と秘書の深山喜一を乗せたクルマの二台だ。

「五分ほどですが、歩くには距離がありますので」

深山がヘイジにそう声を掛けた。

車窓から見える坂藤のビジネス街は、どこまでも穏やかで整然とした雰囲気が覗《うかが》える。

隣の桜木にヘイジは言った。

「坂藤は知れば知るほどそのあり方が分からなくなる。でも、この景色はどこか懐かしい穏やかさがある。最初は不自然な感じがしたが、だんだんその雰囲気の良さのようなものが分かって来た気がするんだ」

桜木も同感だと言った。

「私もそうなんです。様々なことが普通ではない、普通ではないんですが、決して気味の悪いものではない。室長が仰るどこか懐かしい古き良きものを感じてしまうんです」

それを聞いた助手席の深山が喜んだ。

「お二人にそう言って頂けると本当に嬉しいですね。私が坂藤に戻って来るとホッとすると言ったことがお分かりになるでしょう？」

二人とも頷いた。

だが謎が多すぎるとヘイジは内心で思っている。

大帝券、D券と呼ばれる坂藤だけで通用している通貨。ヘイジもその日の朝、ホテルを出て近くのコンビニで買い物をしてみた。

確かにヘイジの前後の客はレジでD券で支払っていた。ヘイジが普通に五千円札を出すと「お仕事で坂藤ですか？」と店員に訊ねられた。地元の人間が円紙幣を使うのは稀なのがそれで分かった。

クルマは坊条商事ビルの地下駐車場に滑り込んだ。

役員専用エレベーターがあるエントランスの前で、二台のクルマは停まった。

先のクルマから秘書の深山が降りてドアを開けると、頭取の坊条哀富が降りた。続いてヘイジたちも降りた。

全員が専用エレベーターに乗り込むと、役員フロアーのある最上階まで上がって行った。

扉が開くと廊下を歩き、役員会議室と記された部屋の前で坊条哀富と秘書の深山の二人と一旦別れた。

ヘイジたちは会議室に案内され、二人は先に坊条美狂のところに行くようだった。

大きな窓からは坂藤の街の南側が見渡せた。

ヘイジと桜木が席に着いて十五分以上が経った。

「随分待たせるね」

ヘイジが呟くと、立ったままの深山が申し訳ありませんと頭を下げた。

会議室の扉が開いた。

入って来たのは秘書の深山喜一だった。

「美狂さまは〝お狩場〟にお出かけになっています。哀富さまは、皆さんが良ければお連れすると仰っていますが？」

「お狩場？」

怪訝な表情のヘイジに息子の深山が言った。

「獣や野鳥を猟銃でハンティングする森があります。そこのことです」

「平日に悠長にハンティング？」

カチンと来たヘイジは毅然とした調子で言った。

「我々は遊びでこちらにお邪魔しているのではありません。今日は坊条グループの流通業のあり方について伺いたい。特に金券として流通している大帝券のあり方について伺いたいのです。遠足には行けません」

その言葉を聞いて深山親子の顔色が変わった。そして、息子の深山が警告のように言った。

「この坂藤の地で坊条家の意向に逆らう者はいません。坂藤で事をスムーズに運ぶためにはどうか」

凄みを利かせながらも言葉尻は濁す。

(郷に入っては郷に従え、か?)

ヘイジは迷ったが了承することにした。

地下の駐車場で哀富は待っていた。

「申し訳ないです。兄の行動は昔から読めなくて、銀行から連絡した時にはここにいたのですが」

その言葉を聞きながらヘイジはきっと何か、この一連の行動には裏があるのだろうと思った。

二台のクルマは並んで出発した。

助手席の深山がヘイジの疑念を読んだかのように言った。

「頭取が、哀富さまが仰ったことは本当です。美狂さまは神出鬼没、そして、次に何をなさるか、どこに行かれるか、全く誰にも分からないのです」

それに対してヘイジが明らかに気分を害しているという調子で応えた。

「この世は自分を中心に回っているということなんだね」

深山は黙っている。

だけどこっちは、と言いかけて止した。

自分の心の中にこちらはＴＥＦＧなんだという傲慢さを感じたからだ。

(僕もそんな風に思うように？)

相手の態度が気に入らないと、怒りで我を忘れ本性が出ているのではないかと恥じた。

クルマは幹線道路に入って南を目指している。

「その〝お狩場〟ってどこにあるの？」

深山は自分も行ったことはないのですが、と言いながら坂藤の西にあるという。

「そこが〝お狩場〟と呼ばれるということは坊条家専用の森ということなんだね？」

深山はそれはよく分かりませんと言葉を濁した。

「〝お狩場〟より西は結界です。その向こうの山には誰も立ち入れません」

それを聞いた桜木祐子が訊ねた。

「坂藤の北には大帝神社があって神域、そして西にはお狩場の森がありその先は結界。東や南にも何かあるんですか？」

その言葉に深山は頷いた。

♪

ヘイジと桜木は驚いた。

深山が歌を歌い始めたからだ。

日の本の♪へそは坂藤♪その里よ
北は大帝♪我が誉《ほまれ》
ミナミ南方♪茂葛寺《もくずでら》
ヒガシ日輪♪天界寺《てんかいじ》
西は寂しき♪我が涙
日の本の♪へそとならんや♪坂藤は

歌い終えて深山は言った。

「これは坂藤小唄といって、坂藤の人間なら子供の頃から歌って知っています」

深山はその歌詞をもう一度なぞるように言葉にして説明した。

「坂藤の東西南北になにがあるかこれで分かります。北には大帝神社、南には茂葛寺、東には天界寺がある。そして西には何もない。誰も行かない場所、ということを意味しています」

桜木が、持っている資料の中の坂藤の地図を見ながら訊ねた。

「あぁ、茂葛寺、天界寺というのがありますね。寺の縁起を深山さんはご存知ですか？」

深山は少し首を傾げてから答えた。

「天界寺は室町時代からある禅寺で、江戸時代に今の場所に移されたと聞いています。茂葛寺は戦後、坂藤の街が開発された時に出来た新しい寺です。宗旨の違う人のために造られた寺と聞いています」

桜木はそうですかと言って資料にメモした。

クルマは幹線道路を外れて西へ向かった。

少しすると里山の小高い連なりが見えて来た。それから十分ほどで〝お狩場〟の入口に到着した。

〝お狩場〟は高いフェンスで囲まれていて入口には、『立ち入り厳禁。ここより狩猟場で猟銃を使用。無断入場者の身の安全並びに生命は一切保証せず』と剣呑に記されている。

ヘイジたち一行はクルマを降りた。

空気が旨いと感じる。

桜木が深呼吸して言った。

「坂藤に来てから思ったんですが、東京よりも空気の美味しさを格別に感じますね。マイナスイオンが満ちているというか、そんな風に感じてしまうんです」

ヘイジも同感だと言った。

「桜木君よりずっと鈍感な僕も今それを感じた。何故なんだろうね？」

ヘイジはそう言って深山を見たが、さぁという風な顔つきをしている。

「我々坂藤の人間からすると、外の街に出ると本当に息が詰まって来るように感じます。それも坂藤に愛着を持つ大きな理由の一つかもしれません」

ヘイジには分かるような気がした。

坊条哀富も秘書の深山喜一と共にクルマから降りた。

「ここからはカートで行きます。十五分ほど行ったところに東屋があります。そこで兄と落ち合うことになっています」

そうして一行は電動カートに分かれて乗り、森の中に入った。ゴルフ場のようにカート道が整備されている。

次第に森はうっそうとしてくる。

ヘイジは心配になって訊ねた。

「間違って撃たれたりしないでしょうね？」

深山は笑った。

「私も初めてですが、カート道を走っている分には大丈夫ということでしょう」

次の瞬間、遠くで銃声がした。

ヘイジは何ともいえない気分になった。

◇

一行は東屋に着いた。

そこは東屋というよりキャビンと呼べる場所で、中の大きなテーブルにはサンドイッチが用意されポットに珈琲と紅茶も入れて置いてある。

「お昼には少し早いですが、良かったらどうぞ」

坊条哀富がそう言った。

執事である深山喜一が、それぞれに飲み物を訊ねてカップに淹れていく。

ヘイジは、では遠慮なくとサンドイッチを食べた。

「ホテルの朝食でも思ったんですが、坂藤の野菜や卵は美味しいですね。凄く味に深みがある」

そうヘイジが言ったので、桜木もサンドイッチに手を伸ばした。

父親の深山喜一が、ヘイジに珈琲の入ったカップを差し出して言った。

「坂藤は自然農法が盛んな地です。野菜は有機栽培で無農薬です。養鶏は放し飼いですから鶏は健康ですし飼料も有機のものを使っています。だからです」

その言葉を紅茶を飲みながら嬉しそうに聞いていた坊条哀富が言った。

「良いところなんですよ坂藤は。本当に良いところです。だから誰も外に出ようとしない。出ても直ぐに戻って来る。私たちはこの良さを守りたい。坂藤だけの良さを」

その表情は昨日の泣いていた時とは打って変わって明るいものだった。

ヘイジはその哀富に訊ねた。

「こちらにはよくいらっしゃるんですか？」

「えぇ、狩りはしませんが――」

そこから哀富がさらに言いかけたところで、秘書の深山が慌てて遮った。

何気ないやり取りに思えたが、深山が顔色を変えたのをヘイジは見逃さなかった。

「頭取は神主であらせられるお方です。殺生はなさいません」

その深山の様子に哀富は気がついたようになって黙った。

(何かあるのか？　お狩場と坊条家の間に)

ヘイジはその心の裡とは裏腹に笑顔を作って言った。

「何者でもない者、それになること。それが大帝神社の願いだと深山さんからお聞きしました。ただ、正直私には理解がしづらい。坊条頭取は神主であらせられる。是非、理解が深まるように教えて頂けませんか？」

哀富は遠くを見るような目になった。

「信じることは理解とは違います。我々はただ信じるだけ。大帝神社によって、何者でもない者として新たな未来を待つ。それだけです」

ヘイジは訊ねた。

「神主であられる頭取もあの扉の向こう、つまり御神体が何であるかはご存知ない。それを知るのはお父上だけと伺いましたが」

「二瓶さま!!　そこまでに！」

秘書である深山喜一が強い口調でヘイジを止めた。

哀富はやはり遠くを見るようにして続けた。

「私たちは何も知らない。ただ信じるだけ。信じて来ただけ」

そう呟く哀富からは彼が純粋な人間であることは伝わって来る。

しかしそこでヘイジは現実に返ろうと思った。

ヘイジは自分が銀行マンであること、東西帝都ＥＦＧ銀行の執行役員であり、グリーンＴＥＦＧ銀行準備室長であることを思い出そうとした。

（このまま坊条家と坂藤の謎に付き合わされていては仕事にならない）

その時だった。

「お待たせしました」

大柄な初老の男が、慌ただしく入って来た。

ハンティングスタイルで銃身を折った散弾銃を手にしている。

傍らには若い男が、同じように散弾銃を下げている。

二人は慣れた手つきで、銃をキャビンの棚にしまうとヘイジたちの前にやって来た。

「坊条商事社長の坊条美狂です。こんなところまでご足労頂いて申し訳なかったですな」

ヘイジは名刺を出して挨拶し桜木も紹介した。そして全員がテーブルに着いた。

「銀行のことでしたら、深山たちに聞いて頂ければ全てちゃんと対応しますのに」

美狂はヘイジの名刺を見ながら、どうして自分にという風に言った。

「この坂藤では銀行が扱う円通貨以上に、大帝券の方が重要だと分かりましたので」

美狂は笑った。

「ただの金券です。おもちゃのおカネですよ」

ヘイジは真剣な目を向けた。

「申し訳ありませんが、我々は坂藤大帝銀行のオーナーです。その生殺与奪の権を握っている存在です。そういう立場の人間を前にしているのだとご承知おき願います」

美狂の顔色が変わった。

「ふん！　生殺与奪を握っているだと！　あぁ、どうぞご勝手に！　坂藤大帝銀行ごときいくらでもくれてやる！　煮るなり焼くなり好きにしてくれ！」

ヘイジたちは、美狂の豹変ぶりに驚いた。

その美狂に哀富が言った。

「兄さん、我々はそんなことが言える立場でないことは先刻ご承知でしょう？　我々はちゃんと正直に丁寧にＴＥＦＧさんに対応しなければいけないんですよ」

哀富にしては珍しいほど強い口調だった。

暫く沈黙が続いた。

皆が驚いた。

美狂が突然、目の前のサンドイッチをもの凄い勢いで食べ始めたからだ。

「何だ一体？」

ヘイジは狂ったようなその姿に、目を丸くした。

哀富だけはそれを笑って見ていた。

ヘイジはその哀富を見ながら、今日は不思議な余裕を感じさせると思っていた。

(長男の美狂よりも、三男の哀富の方がまるで兄のようだな)

哀富が言った。

「兄は食べれば冷静になります。申し訳ありませんがもう少々お待ち下さい」

そうして、テーブルの上のサンドイッチは全て美狂の胃袋に収まった。

ピッチャーから水をカップに注ぐとぐいと飲み干した。

「ふう」

そうして何事もなかったかのように辺りを見回して言った。

「で？　大帝券の何を知りたいと？」

あまりの変わりように、ヘイジは内心驚きながら冷静に言った。

「全てです。どのようにそれが発券されているのか？　どのように坂藤市の人たちはそれを手に入れているのか？　そして、一番大事なのはどうやってこれまで混乱も起こさずに、そんな自分たちの通貨を使い続けて来られたのか？」

美狂は若い秘書に目配せした。

すると直ぐに秘書は、葉巻とライターを差し出した。

葉巻にゆっくりと火を点け、一吹かししてから美狂は言った。

「ひとつ覚えておいて欲しい。あなたたちをどうしてここに連れて来たか？」

そして壁の棚の散弾銃を見た。

ヘイジたちはドキリとした。

先ほどのどか食いの様子を見ている。何をしでかすか分からないと考えるのは当然だった。

だが、そこからの美狂の言葉は違った。

「東西帝都ＥＦＧ銀行のお二人。昨日はどこへ行かれました？」

それは丁寧だが、ドスの利いた訊ね方だった。

ヘイジは落ち着いて言った。

「昨日は坂藤大帝銀行本店をご訪問した後、大帝神社にご案内頂きました。そして、本殿の中まで見せて頂きました」

ふん、という表情を美狂はした。

「何故？　そんなところに連れて行かれたか？　お分かりになりますか？」

ヘイジは美狂を見据えて言った。

「それは頭取が、坂藤の全てを我々に誠実に見せようとされることの一環と考えておりますが」

きっぱりとしたヘイジに美狂は頷いて言った。

「それは私も同様なんですよ。ここは特別な場所だ。大帝神社以上に坂藤にとっては大事な場所ともいえる」

そして少し間を置いて言った。

「それを明らかにするのは後のお楽しみ。では、これから坊条商事ビルに移ってご説明致しましょう。大帝券、それがこの坂藤の経済をどう安定的に発展させてきたか」

◇

G県坂藤市。

人口三十万人。

平均年齢、三十五歳。

平均年収、三百万円。

平均貯蓄額、八百五十万円。

ヘイジはお狩場から坊条商事へ向かうクルマの中で、坂藤の資料を開いて見ていた。

「日本の平均年齢を十歳近く下回っている。人口動態を見るとバランスが取れていて、少子高齢の日本の現状とは全く違う」

それは住みやすい坂藤、人口が流出しない土地ということで説明がつく。

だが分からなかったのは、平均年収や貯蓄額の低さだった。

「それが大帝券の存在で説明がつく。何故、坂藤市民が統計では説明がつかない豊かさの中に暮らしているか」

日常生活の中での通貨の存在。

日本人は円という通貨によって生活しているが、もし全く別の通貨が通用するならそれを使って生活することは何の問題もない。

問題は別の通貨を誰もが通貨だと思うかどうかだ。

ヘイジは昨今、急速に普及しているインターネット上の様々な仮想通貨のことを考えた。

それも通貨として皆が認めれば通貨として流通していくのだ。

「大事なことは通貨発行者は途轍もない利益を得るということだ」

一万円札は紙切れに過ぎない。

日本銀行が一万円を製造するコスト。紙代、印刷代、印刷機の減価償却費、人件費、輸送費等々で約一枚二十二円だと言われている。

すると通貨発行者の日本銀行は、一枚刷る毎に九千九百七十八円の利益を得ることになる。

これが通貨発行者の利益というものだ。

「坂藤では大帝券が通貨として使用されているとすれば、それを発行している坊条グループが通貨発行者利益を独占していることになる」

そこにヘイジは、坊条家による坂藤の支配の全てがあると見ている。

「だが、どうしてそんなことが可能になったのか？　そして、それはこれからも続けることが出来るのか？」

その疑問と共に、大きくヘイジに伸《の》し掛かるものがある。

「そんな坂藤をグリーンＴＥＦＧ銀行はどうやってマネージメントしていくのか？」

果たしてそれは可能なのか、そしてそのことが、坂藤市民にとって利益となることなのかと考えてしまう。

ヘイジは出来る限り頭の中を整理しようと努めた。

そうしてクルマは、坊条商事ビルに着いた。

前回と同様、地下の駐車場から専用エレベーターで最上階まで昇り、役員会議室に通された。

そこには、弁当らしき箱が二つ置かれていた。

秘書の深山が言った。

「二瓶室長と桜木さまは、どうぞこちらでお昼を召し上がって下さい」

時計を見ると十二時を過ぎていた。

「午後一時にお迎えに上がります」

そう言って、深山親子は会議室を出て行った。

女性秘書が、お吸い物とお茶を運んで来た。

ヘイジと桜木は、松花堂弁当を食べながら話した。

「何なのだろうね？　昨日といい今日といい。坊条家の人間は、坂藤の謎を深めて我々に手に負えないものと思わせ、手を引かせようとしているのかな？」

ヘイジの言葉に桜木も頷いた。

「私も解せないですね。奇妙な二つの場所、大帝神社とお狩場に案内して、そこにさらに謎があることを教える。どうしてそんなことをするのか？」

ヘイジもそれが全く読めない。

「兎に角、分からないことのうち、仕事上大事なことから一つずつ、分かるようにするまでだ。この坂藤での経済と金融にとって最も重要だと思える大帝券、その存在をまず明らかにすることだ」

そうして二人は弁当を食べ終えた。

頃合いを見計らったように、女性秘書が珈琲を運んで来る。珈琲を口にしてからヘイジは改めて感心した。

「本当に坂藤というところは何を出されても美味しいね。素材そのものの美味しさが感じられるし、珈琲も凄く神経を遣って淹れられている」

桜木も珈琲を飲みながら頷いた。

「昔懐かしい風景、どこまでもナチュラルで美味しい食事。やはり桃源郷なのかもしれませんね」

半ば本気でそう桜木が呟いた。

「桃源郷。東京に戻ったら何年も経っていたなんてことが、本当にありそうに思えるね。でも我々の仕事は現実の金融、現実の銀行経営だ。実態をきちんと把握してしっかり対応しよう」

時計の針が、午後一時を回ったところで深山誠一が現れた。

「では、お連れします」

二人は深山に従ってエレベーターに乗った。

一つ下の階で降りると長い廊下を歩いた。

すると、ガラス張りになっている銀行のディーリングルームのような場所が現れた。

大勢の人間が、モニターを見ながら作業をしている様子が分かる。

「ここが坊条グループ流通本部、通称、Dルームです」

深山の言葉にヘイジが訊ねた。

「Dルーム？」

「はい。大帝券、D券のDです」

そうして部屋の中に入った。

そこは一見、銀行のディーリングルームのようだったが、よく見るとモニターが全く違っている。

金融市場の動向やニュースを映し出している銀行のそれとは違い、ヘイジが見ても一体何が示されているのか分からない。

深山が部屋の中を指さしながら説明した。

「Dルームの中は四つの島に分かれています。一つは――」

その時、坊条美狂が現れた。

深山は頭を下げ黙った。

ヘイジが美狂に訊ねた。

「ここは何をしている部屋なんですか？」

美狂は不敵な表情で言った。

「坂藤の経済を管理している。そう言って良いでしょうな」

ヘイジが怪訝な顔つきになった。

美狂が部屋の中を指さして言った。

「この部屋は四つのセクションで出来ている。一つは坂藤の外と物のやり取りをするセクションで『外国部』と言う」

桜木が訊ねた。

「それは海外との取引をしている。という意味ですか？」

美狂は人差し指を揺らしながらチチチチと言った。

「お嬢ちゃん言っただろ？　坂藤の外との物のやり取りだと」

失礼な奴だな、とヘイジは思いながら訊ねた。

「つまりどこであろうと、坂藤の外との物のやり取りを管理しているということですね？」

美狂は面白くもなさそうに、そうだと言った。

「物のやり取り。それは、坂藤で生産されたり消費されたりする原材料や商品ということですか？」

　美狂は頷いて言った。

「売買にJ券、円が必要な取引をそこで行っているということだ。そして、入って来たあらゆる物にはバーコードが付けられ、それが原材料なら何になるか、商品ならどこで販売されるかが管理される」

　桜木が訊ねた。

「原材料と商品の比率はどの位なんですか？」

　美狂はニヤリと笑った。

「良い質問だな、お嬢ちゃん」

　そこでヘイジが厳しい口調で言った。

「私の部下にお嬢ちゃんは止して下さい。彼女には桜木という名前があります」

　また面白くなさそうな顔つきに美狂は戻って言った。

「じゃあ、桜木ちゃん。答えてやろう。9対1だよ」

　桜木はメモを取ってから訊ねた。

「商品が9割、原材料が1割ということですか？」

「逆だ。原材料が9割、商品は1割。正確に言うと95％対5％だ」

桜木もヘイジも驚いた。

美狂は二人のその顔を覗き込むようにしてから面白そうに言った。

「分かったかな？　ここでは商品の付加価値は、殆ど坂藤で創造しているんだ」

ヘイジが訊ねた。

「それで？　バーコードを付けられた原材料は商品化される。それが流通網に乗って消費者に届く訳ですよね？」

美狂は大きく頷いた。

「工場から出荷された段階で、また新たなバーコードが付き管理される。個人商店、百貨店、スーパー、コンビニ。それを三つのセクションで管理して、最終的に消費者に届くまでの流通経路のどこにどのくらい在庫としてあるかがリアルタイムで分かるようになっている」

ヘイジたちは驚いた。

「つまり、坂藤での市民の消費は、完全に管理されているということですか？」

美狂は自慢げな笑顔を見せた。

「坂藤市は管理経済社会なんだ。しかし、消費は自由に行われる。それに合わせてＤ券を我々は供給する。需要は供給を生み、通貨供給もインフレやデフレを起こすことなく正確に行える。理想の市民社会がここにある」

第九章　雄高の夢

坂藤で二日目の夜。

ヘイジと桜木祐子は坊条商事社長の坊条美狂からのディナーの誘いを固辞し、ホテルに戻った。

強い疲労感がある。だが、二人はまたホテルのレストランで食事をしながら、打ち合わせをすることにした。

その日、〝お狩場〟から坊条商事に移動し、驚くべき坂藤の経済のあり方の説明を受けた。

「信じられない」

話の内容もさることながら、変化する美狂の様子が忘れられない。最初は粗野で無礼な男だと思っていたのが、説明を聞いているうちに、極めて聡明で鮮やかな論理性を持つ人物だと分かったからだ。

「何なんだ？　あの男は？」

それはまるでハイド氏からジキル博士への回帰のように思えた。ヘイジはその様子を思い出した。

「管理経済都市!?」

ヘイジはその言葉が美狂から出た時、俄かには信じることが出来なかった。

少し考えてからヘイジは訊ねた。

「それは嘗てのソ連のような社会主義国の計画経済と同じものということですか?」

美狂は首を振った。

「似て非なるもの。というより、それを完璧にしたものだ」

ヘイジも桜木も言葉が出てこない。

「ちなみに、ソ連の計画経済が何故上手く行かなくなったか知っているかな?」

美狂は二人を見て訊ねた。

桜木が答えた。

「国民の勤労意欲を失わせたこと。決められた通り、計画された通りに行動することは、人間には継続的に出来なかったということでは」

するとまた美狂は人差し指を立てて言った。

「その認識は間違っているんだよ、桜木ちゃん。一九三〇年代、世界が大恐慌に陥った時、ソ連は全く影響を受けなかった。その時に必要だったことは、完全に隔離された経済圏を作っていたということ」

「ソ連は自給自足をしていた？」

その通り、と美狂はヘイジを指さして言った。

「だがね、それだけでは計画経済は上手く行かない。何だと思う？　計画経済が上手く行く最大のポイントは？」

美狂に訊ねられて二人は暫く考えた。

「数字だよ」

ポツリと美狂が言った。

「数字？」

美狂は頷いた。

「そう、数字。正確な数字。計画が上手く運ぶには、経済のあらゆるプロセスでの数字が正しく把握されていないといけない」

ヘイジはアッと思った。

「そうか！　ソ連では様々な生産部門が、自分たちの都合の良いように出鱈目な数字を報告するようになって行ったんだ！」

美狂は微笑んだ。

「個別に積み上げられた出鱈目な数字は全体を破壊してしまう。悪貨が良貨を駆逐するように。だが坂藤にはそれがない」

そこからの美狂の説明は想像を超えたものだった。

坊条グループが成立していく過程で、全ての単品管理を徹底させたというのだ。

「現在のコンビニエンスストアがやっていることを、戦後すぐに始めたということですか？」

ヘイジが驚くと美狂はもっと進んでいたという。

「我々は商品の売り手である店の在庫管理だけでなく、買い手である消費者の購入商品に至るまで管理した。それによって真の正確な経済数字をミクロ単位で把握したんだ」

桜木がそれを聞いて目を剝いた。

「現在のインターネット通販会社が、顧客の個別購入情報を把握しているように？」

美狂は頷いた。

「どうして？　どうやったらコンピューターのない時代にそんなことが出来たんですか？」

そのヘイジを美狂はじっと見詰めてから言った。

「世界は両面から見なくてはいけない。そして様々なものは両面で出来ている。善と悪、正と不正、真実と虚偽。人間存在がある限りどんなものも両面で出来ている。我々はそれを知り尽くして管理経済を創り上げた」

面白いことに、興奮すればするほど、美狂の話しぶりがどんどん冷静になり論理的になっていく。

桜木が訊ねた。

「何かを利用して、消費者の個別購買情報を正確に把握しているということですか？」

美狂はここからが一番肝心なところだと言って、スーツの内ポケットから何かを取り出した。それは大帝券だった。

「これだよ。これを手に入れるには、正直にならなければいけないんだ」

ヘイジも桜木も分からない。

桜木が訊ねた。

「まず教えて下さい。大帝券は誰が発行しているんですか？　どうやったら手に入れることが出来るんですか？」

美狂は真剣な表情で言った。

「大帝券の発行は坊条グループ企業によって行われる。そして、受け取れるのは坊条グループの企業の従業員ということになる」

ヘイジが言った。

「つまり、大帝券は給与として支払われるんですか？」

そこで美狂はニヤリと笑った。

「そうなると厄介なことが出て来ると思わないかね？」

その問いに桜木が反応した。

「税金？」

その通りだと美狂は言った。

ヘイジは少し考えてから訊ねた。

「では、大帝券は何なんですか？」

「キックバックだよ。坊条グループ企業が製造・販売した商品を購入してくれたことに対する」

桜木が気がついた。

「そうか！　従業員が自分の消費支出を詳細に報告する。それに基づいた一定割合をキックバック、販売促進協力金として大帝券で交付する。それなら皆、正直に自分の購買情報を報告する」

美狂はその通りと頷いた。

「桜木ちゃんは鋭いね。全くその通り。当然のことながら、個人情報は全て暗号化されるから従業員の上司や同僚が知ることはない。暗号化された情報は、ここDルームに集められている。今はDルームと呼ばれているが、コンピューターのない時代は『統計部』と呼ばれて膨大な数の人間がいた。誰も知らないがコンピューターやPOS、バーコード、そして今だとAI。それらを日本で最初に導入したのは坊条グループだ。我々は常に最先端の情報機器を使用している。正確な情報を迅速に集めることで、管理経済が上手く行くからだ」

ヘイジと桜木は啞然とした。

そこから美狂は、今の大帝券の具体的な流れを語った。

「坊条グループ企業の従業員は前月の支出内容をDルーム宛てに報告する。その内容を分析し適正な金額の大帝券を給与とは別に発行する。発行した大帝券にはバーコードが付けられていて、いつ誰にそれが発行されたものか全て記録されている」

二人はアッと思った。

「そうか！　通貨そのものが管理記録装置の役割を果たしているのか！」

ヘイジの言葉に、美狂はニヤリとなった。

「完璧だろ。それなら」

そして続けた。

「そして通常の円通貨と違って、大帝券には使用期限がある。基本は三ヵ月。それを過ぎると金券として機能しなくなる」

それを聞いて二人は考えた。

桜木が納得したという表情になった。

「それなら通貨が貯め込まれて滞留することがない。確実に消費に回る」

それに美狂が付け加えた。

「給与として支払われる円通貨は坂藤市民にとっては貯蓄通貨だ。それは住宅ローンや貯蓄、投資のための資金として使われている」

ヘイジと桜木の二人は暫く黙った。

そしてヘイジが訊ねた。

「一体誰が？　いつ誰がこんなシステムを考え実行していったんですか？」

あぁという表情になって美狂が言った。

「親父だよ。坊条雄高」

ヘイジと桜木はホテルのレストランで食事を取りながら、今日の美狂の話を整理してもう一度考えていた。

「これで大帝券とは何かが分かった。いや、本当の意味で分かったとは言えないが、坊条美狂の説明は合点がいく」

そして、ヘイジは明日の予定表を見た。

「明日は坊条グループ製造業トップの坊条清悪と会う。これで、坊条三兄弟全員と会うことになるんだな」

桜木は頷いた。

ヘイジは言った。

「坂藤の人・物・金。その全貌が分かる」

◇

翌朝、ホテルの前に深山誠一が待っていた。

坂藤大帝銀行差し回しのクルマに、ヘイジと桜木祐子は乗り込んだ。

「おはようございます。これから坊条化学の本社へ参ります。社長の坊条清悪さまに会って頂きます」

ヘイジは資料を見ながら深山に訊ねた。

「坊条家の次男、清悪氏。彼が社長を務めている会社は、他にどんなものがあるんですか？」

深山は思い出しつつ答えた。

「坊条グループの製造業、加工業は全てそうですから、坊条薬品、坊条食品、坊条石油瓦斯、坊条金属、坊条機械、坊条繊維……あとは申し訳ありません。覚えられないほどの数です」

そして桜木が言った。

「昨日お会いした坊条商事社長の坊条美狂氏が流通と建設土木、不動産、交通のグループ企業の社長を務めている。でも、これだけのトップを務めて、ちゃんと経営の目配りが出来ているのかと思ってしまいますね」

その言葉に深山が反論した。

「昨日、坊条美狂さまとお会いになってお分かりだと思いますが、坊条家の人たちは極めて優秀です。それは当行の頭取も同じです。そしてこれからお会いする清悪さまは東帝大学で化学博士号を取得されています。そしてハーバード大学でＭＢＡも取得されています」

だが桜木の疑問にヘイジは別の考え方をしていた。

「今日は坊条グループ製造業の話を聞くわけだけど、昨日聞いた流通部門のように原材料、在庫、製品の単品管理が完全に出来ているのなら、経営も管理面では負担が少ないんじゃないかな？　今日大事なのはその業務の実務のあり方をきちんと把握することだ」

桜木が頷いた。

「銀行の融資の仕事は取引先の実態を知ること。特に資金繰りのあり方を正確に知ることにあるわけですが、物の流れこそがその源流ですから」

その通りだ、とヘイジは言ってからアッと気がついた。

「実態？　坂藤、坊条グループ、坊条家の実態。それこそ謎にされてきたじゃないか」

ヘイジは深山には聞こえないようにして、隣の桜木の耳元で呟いた。

「今日もどこかに連れて行かれるのかな。一昨日の大帝神社、昨日のお狩場のように」

桜木もヘイジの考えていることが分かった。

「そうでしたね。実態に近づこうとしても、どこか遠くへ連れて行かれる。そんな風に我々はされていたんですね」

そこに彼らの狙いがあるのでは、とヘイジも桜木も思っている。そうすることで最終的にTEFGに手を引かせようとしているのではないかと。

「謎がどんなものであれ、この坂藤が一体何なのかを知る必要はある。全てを知ってから結論を出そう」

クルマは幹線道路を北に進んでいた。

「繁華街を抜ける目抜き通りはこの時間帯は混みます。三車線のこの道を使った方が早く着きます」

深山がそう言った。

ヘイジが深山に訊ねた。

「深山さん、変なことを訊いていいですか？　深山さんは坂藤に生まれ育って幸せですか？」

深山は不意を突かれて黙った。

ヘイジは重ねて訊ねた。

「質問を変えます。どんな時に坂藤に生まれ育った幸せを感じますか？」

すると深山は頷いた。

「変わらないものに、囲まれているということじゃないでしょうか。坂藤の景色は本当に昔から変わることがない。ここを出ると見ることの出来ない昔ながらの街並み。懐かしさを感じさせてくれるものがあることが年齢を重ねると喜びになります。特に商店というものにはそれを感じますね。だから坂藤の人たちは個人商店での買い物を大事にする。そういう意味で、ビジネスというものが真の意味で地元に密着していると思います」

ヘイジは、ありがとうございましたと言った。

SRBという器で銀行の理想を創ろうとしているヘイジにとって、最終的な目標は地元に貢献し、愛される銀行になることだ。

深山の言葉から、坂藤の地は坊条グループによってそんな地元愛を形成されている所なのだと分かる。

(でも何か違う。そう、やはり不自然だ)

ヘイジは車窓からの風景を眺めた。

坂藤市の北側には、工場群が広がっている。

ヘイジはクルマの窓を少し開けて風を入れた。その空気に爽やかさを感じる。

そこでまたヘイジは不思議な感覚を覚えた。

ヘイジは窓を閉めてから桜木に言った。

「こんなに工場があるのに、どうして坂藤では空気が旨いと感じるんだろう？　桜木君はどう思う？」

そう聞かれて桜木も考え込んだ。

「室長の言われる通りですね。それも坂藤の謎ですね」

ヘイジも首を傾げた。

「見えてきました。もう直ぐ着きます」

長い塀に坊条化学の文字と、ＢＪＣのロゴマークが記されている。

そうして、門をくぐった。

坊条化学の本社は工場群の中にある。本社ビルは幹線道路にほど近い十階建てのビルだった。

ヘイジたち一行は、ビルの受付を過ぎてエレベーターで最上階まで昇った。

社長室までの廊下からは坂藤の街が一望できる。どこまでも穏やかな景色だ。

役員応接と書かれた部屋に深山が案内した。

「こちらでお待ち下さい」

そう言って深山は下がった。

「また待たされて、どこかに連れて行かれるんだろうか？」

ヘイジが冗談交じりに桜木に言った。

「いっそその方が面白いですね。毒を食らわば皿までという言葉もあります。とことん謎が現れた方が愉快です」

半ば本気で桜木はそう言った。

すると予想に反して、直ぐにドアがノックされ、壮年の男が入って来た。

「あぁ、ご足労頂いて申し訳ありません。坊条化学社長の坊条清悪です」

坊条清悪は一人で現れた。

椅子に腰を掛けると役者のような顔に、人懐っこい笑みを浮かべてから言った。

「色々と驚かれたでしょう？　坂藤は外の世界とは違いますから」

ヘイジはやっとまともな経営者に会えた気がした。

ヘイジは言った。

「坊条家の方々は本当に個性的ですね。坂藤大帝銀行の頭取の哀富さん、そして坊条商事社長の美狂さん。お二人とも非常に――」

そこで清悪が言った。

「おかしいでしょう？　二人とも」

ヘイジは何も言わず、その清悪を見ていた。

清悪は続けて言った。

「坊条家の人間は皆変ですよ。まぁ、普通ではないから坂藤に理想郷を築くことが出来た。私も色んなことを勉強して来たつもりですが、この坂藤のあり方はある意味、どこにも教科書がない。いや、正確には嘗ての社会主義国が理想とした経済社会とも言える。それを日本という国に造ってしまったんです。変な連中でないと、そんなことは出来ないでしょうね」

自虐とも自慢とも取れるような言葉を、清悪は笑顔で言ってから真剣な顔つきになった。

「中でも一番変なのは私ですよ」

そう言ってから笑った。

ヘイジは言った。

「坂藤という管理経済都市。その中で製造業全般を仕切っておられるのが社長ですね」

清悪は首を振った。

「仕切ってなどいません。数字の奴隷になっているだけ。兄からお聞きになったと思いますが、坊条グループの企業はあらゆる物を完全に単品管理して、リアルタイムで何が何処にどのように存在し、その原価や利益がどうなっているか把握できる。このシステムがあればどんな馬鹿でも経営は出来ます」

ヘイジはやはり、と思いながらも訊ねた。

「経営管理はその通りかもしれません。しかし、投資はどうやってなさるんですか？　計画はどうやって立案されるのか？　企業にとって一番の肝はそれだと思いますが？」

清悪は黙って少し虚空を見詰めるようにしてから言った。

「投資も、別に能力は要りませんね。私がやるのは守ることだけですから」

桜木が訊ねた。

「経営規模を一定にするという意味ですか？」

清悪は黙った。そして突然立ち上がった。

「外の空気を吸いませんか？　屋上にご案内します」

ヘイジたちは驚いたが、清悪に従った。

三人は階段を使って屋上に出た。煙突が何本もある工場群の中にいるのにやはり空気が旨く感じられる。坂藤を見渡せるその場所で清悪は言った。

「私が守っているもの。それはこの全ての世界です」

ヘイジが訊ねた。

「つまり坂藤の地ということですね？」

清悪は首を振った。

「違います。私は日本を守っているんです」

◇

坊条グループの総帥、坊条雄高は点滴を受けながら、顧問弁護士の班目順造からの報告を聞いていた。

「ＴＥＦＧの人間たちは一昨日の哀富さま、昨日の美狂さまに続いて、本日は清悪さまと面会しております」

ふんと鼻を鳴らすようにすると、坊条は少し考えてから言った。

「奴らが何を考えているか分かるか？」

班目はそれをＴＥＦＧの人間のことだと思った。

「やはり坂藤大帝銀行を自分たちでどう経営しようかと――」

坊条は手をひらひらさせた。

「違う。うちの息子たちのことだ」

班目は怪訝な顔つきになった。

「三人の御子息のことでございますか？」

坊条は頷いた。

「あの三人、何か企んでいるか？」

班目は何も言わず黙った。

「坂藤をどうしようとしているのか？　私が死ぬのを待てないと思うか？」

班目には坊条が何を言わんとしているのか分からない。

「班目」

「はい」

坊条は深い皺の奥にある鷹のような目を光らせて言った。

「坂藤というところをどう思う？」

少し上を向いてから班目は嬉しそうな表情になって答えた。

「この日本で最高の地、そう言っても差し支えないでしょうな」

それは班目の本音だった。

「お前がそう思う最大の理由は？」

班目は真剣な顔つきで言った。

「最大多数の最大幸福の実現。日本、いや、世界でそれがなされている唯一の場所だからです」

坊条は頷いた。

「それが、私が死んだ後も継続可能だと思うか？」

班目は少し沈黙してから言った。

「分かりかねます。私はこの坂藤の真の機密を存じませんので」

ふんと坊条は鼻を鳴らした。

「そこか、それはお前にも教えるわけにはいかん。私が死んだ時に分かる」

班目は訊ねた。

「その時に三人の御子息が一つとなって坂藤のために邁進されるかどうか？　それが気掛かりでらっしゃるのですか？」

坊条は笑った。

「奴らのことは分からん。ひょっとしたら、坂藤を売ろうとしているかもしれん」

班目は驚いた。

「ＴＥＦＧはその良いきっかけになったと奴らは考えているかもしれん」

班目は黙った。

その班目を坊条は手招きした。

班目は坊条の枕元まで近づいた。

「お前にやって貰いたいことがある」

坊条は真剣な目になっている。

班目も緊張した。

「いいか、これからお前にやって貰うことには坂藤の未来が掛っている」

そうして坊条はその内容を語った。

◇

ヘイジと桜木は坊条化学社長の坊条清悪から応接室に戻って話を聞いていた。

「坊条グループの各製造業は、グループ内部だけでなく外部への売上げもありますね？」

非上場である坊条グループ企業の決算数字は、ヘイジたちには大まかにしか把握出来ていない。

ただ、坊条化学と坊条薬品は全国的に有名な企業で、様々な製品や薬品の中間原料を手広くグループ以外の企業に販売している。

「そうですね。坊条化学と坊条薬品で外部への売上げがおよそ三分の二ということですから、坊条グループの中ではグローバル企業と言っても良いでしょうね。坂藤の外は別の国という意味でね」

そう言って微笑んだ。

「原材料から中間品、最終製品に至るまで個別単品管理が完璧に出来ていると仰いましたが、決算はどの位の頻度でなさっているのですか？」

桜木が訊ねた。

「坊条グループでの決算は信じられないでしょうが日次《にちじ》で行っています」

ヘイジたちは驚いた。

「物の動きを数字で完璧に押さえていますから、前日の貸借対照表（B／S）が翌日の朝にはきちんと出来上がっている。そして損益計算書（P／L）はその変化を積み上げたものですから、簡単に月次でも四半期でも年次でも決算は出来るということです」

桜木が感心して言った。

「企業の本来あるべき決算を実現してらっしゃるということですね。どこまでも細かくミクロの数字をリアルタイムでモニター出来れば、どんな管理数字も直ぐに手に入れることが出来る」

清悪は満足げな顔つきになった。

「この世で企業決算に不正があるのは、ちゃんと数字を管理していないところに全ての原因がある。単品管理を完璧にすれば決算で不正を行う余地はなくなるんです」

ヘイジは訊ねた。

「一体いつからそのような完璧な管理が出来るようになったんですか？」

清悪は一瞬惚けた表情になった。

「いつから？　戦後間もなく会社の創業の時からずっとですよ。その為に坊条グループは昔から莫大な資金を情報管理に使って来ています。目的は坂藤という管理経済都市をちゃんと機能させること。それには完全な個別数字管理が、絶対に必要だという信念があったからですね」

そう言う表情は、自信に満ちているように思えた。それからヘイジたちは、日次の決算書類を打ち出して貰い見ていった。

「凄い！　本当に鉛筆一本、コピー用紙一枚に至るまで日次で動きが把握されている」

桜木が感嘆の声を洩らした。

ヘイジは訊ねた。

「数字の中で坊条グループ内部との物や金のやり取りは、個別に全てDルームに送られるんですよね？」

清悪は頷いた。

「そうです。計表を見て頂ければわかりますが、数字の右肩にDの文字が記されているでしょう？　それがDルームに送られるものです」

ヘイジは貸借対照表を見ながら訊ねた。

「日本の化学会社のような装置産業は、ほぼみんな銀行からの借入金が多い。しかし、御社は無借金経営だし、坊条グループの企業は全て無借金だと聞きました。それと坂藤の管理経済とは関係しているのですか?」

清悪はニヤリとした。

「身の程を知った経営を、全社で行っているということです。坂藤の人口動態に合わせた生産計画がそこにある。確かに坊条化学、坊条薬品は外部の需要に応えているため、企業規模は坂藤のサイズを超えていますが、それ以外の企業は坂藤に合わせている。管理経済とはそういうことが可能で、利益の極大化を目指す通常の株式会社とは違う投資の考え方があるんです」

桜木が訊ねた。

「つまり坊条グループの企業は、利益を追求していないということですか?」

清悪は首を振った。

「利益は坂藤市民のために追求しています。常に市民のために付加価値を生み出すことを考えている。そうでないと坂藤での存在価値はない。我々には日本で最も幸福な市民生活を維持する義務がある」

その言葉にヘイジが訊ねた。

「先ほど屋上で坊条社長は『日本を守っている』と仰いましたね。それは坂藤の市民を幸福にすることが、日本を守ることに繋がるという意味で仰ったのですか?」

清悪の目が光った。

そして清悪はそれまでになく真剣な表情でヘイジを見た。

「違います。本当に私は日本を守っている。それが坊条家に生まれた私に託されたことなんです」

ヘイジと桜木は難しい顔つきになった。

「託された？」

清悪は頷いた。

「それは何なんですか？」

清悪は首を振った。

「今は申し上げられません」

これが坊条家の三つ目の謎だった。


坂藤での三日目が終わった。

ヘイジたちがホテルに戻った時だった。

「東西帝都ＥＦＧ銀行の二瓶さまと桜木さまですね？」

玄関で老紳士に声を掛けられた。

「坊条家の顧問弁護士を務めております班目と申します。突然で申し訳ございませんが、今からお連れしたいところがございまして」

ヘイジは差し出された名刺を受け取りながら訊ねた。

「どちらへ、でしょうか？」

班目は鼈甲《べっこう》縁の眼鏡を光らせて言った。

「坊条グループ総帥、坊条雄高さまのお屋敷でございます」

◇

金融庁長官、工藤進はスイス、ローザンヌの老舗ホテル、ボー・リヴァージュ・パレスに滞在していた。

前日までジュネーブで開催されていた世界金融会議への出席を終えてのことだった。

金融庁には、二日間の休暇を届けてある。

午後三時過ぎにホテルにチェックイン後、屋内プールで泳いでシャワーを浴び、スパでマッサージを受けて寛いだ。

そして、午後六時前にホテルのレストランに入った。

「予約した工藤だが」

直ぐに席に案内された。

二つ星レストランの窓の向こうには、美しいアルプスの景観が広がっている。

ペリエを飲んで待っているとその男は現れた。

工藤は立ち上がって挨拶した。

「まぁ、どうぞ。気楽に」

男はそう言って席に座った。

「ニューヨーク以来だね？」

工藤はその通りですと頷いた。

男は窓の外のアルプスを見ながら言った。

「なんだかんだあったが日本にスーパー・メガバンクが誕生し、これからの世界の金融の中では面白い存在になったんじゃないのかね？」

工藤は苦い顔をした。

「ジュネーブの会議に出て感じましたが、世界的に見ても、もう金融の主役は銀行や証券ではないように思います。ファンドが完全にイニシアチブを取っている。意思決定も早く動かす金額もでかい。そういう意味で奴らのほうに未来を感じますね」

そう言うと男が笑った。

「工藤君は若い。そう簡単に世界は変わるものではない」

男はそう言って自分もペリエを注文した。

工藤はその男を黙って見ていた。

「ブラックマンデーやリーマンショックのように市場が大暴落に見舞われたらどうなる？ファンドなど雲散霧消だ。その時、マネーの世界を救えるのは金融当局だけ。結局、恒久的に金融世界を支配するのが何者かはハッキリしている」

そう言われて工藤は苦笑した。

「そうですね。我々官僚には法や規制、保護と懲罰という武器がある。それを使って金融を支配することは昔も今も変わらない。主要先進国の中央銀行が、超金融緩和政策を続けての異常な金余りで上昇した市場はどこかでとんでもない形で破裂する」

男はその通りだと頷いた。

工藤は続けた。

「確かに表面では様々な自由化が進みましたが、見えないところではさらに規制当局の力が強まっている。それを忘れてはいけませんでした。申し訳ありません」

男はメニューを見ながらいいからと笑った。

「私はジビエにしよう。君はどうする？」

男は鹿肉、工藤は牛肉料理を頼んだ。

「君から呼び出されて久しぶりにヨーロッパに来たが、やはりどこか落ち着かないね」

工藤はどういうところがですかと訊ねた。

「どこもあまりにも外国人観光客で溢れすぎている。特にアジア各国からの観光客が凄い」

工藤も頷いた。

「時代は変わりますね。私が十代のころには日本人が世界の観光地を席巻していたのに」

その言葉に男は暮れていくアルプスを眺めて言った。

「ジャパン・アズ・ナンバーワンなどと言われ、バブルが来て崩壊、失われた二十年、三十年……未だにパッとしないな、日本は」

「その通りです」

二人は白ワインで前菜を食べ終え赤ワインを注文することにした。

「ピノ・ノワール、ブーケのぱっと華やかなものを頼む」

工藤はソムリエにそう伝えた。

「君はちゃんと僕の食べるメニューを考えてワインをオーダーしてくれる。そういう洗練された後輩の存在は頼もしいよ」

恐れ入りますと工藤は頭を下げた。

そうしてメインが出て食べている途中で、男は料理に目を落としたまま訊ねた。

「私を呼び出したのは仕事のことかね？　それとも？」

そこで男は目を上げて工藤を見詰めた。

工藤はワインを口にしてから言った。

「後者です。私も知らないことを教えて頂きたいのです」

男は鹿肉のグリエを食べ終え、ナプキンで口を拭ってから訊ねた。

「我々の組織のことで君が知らないことはない筈だ。今、表の世界で最も力を発揮できる君は私の後継者として……」

男がそう言ったところで、工藤は持って来た新聞をテーブルの上に置いた。

地方新聞に写っている写真を見て、男は少なからず驚いたようだった。

工藤は男に言った。

「こうして坊条雄高が表に出ました。これは我々への警告ですよね？」

男はじっと写真を見詰めた。

工藤は言った。

「日本でスーパー・メガバンクを誕生させる過程でＳＲＢ、スーパー・リージョナル・バンクを作りました。その際、SRBを構成する銀行の一つであった坂藤大帝銀行を、東西帝都EFG銀行が手に入れました」

男は知っていると頷いた。

「その前の動き、つまり坂藤銀行が破綻し、どさくさに紛れて外資ファンドに株を買い占められた時、私は焦った。その一連の動きに坂藤銀行の頭取だった我々の〝先輩〟の単独行動があったからだ。その後、坊条グループが救済に動き、坂藤大帝銀行が誕生したことで、遂に坂藤に蟻の一穴が出来た。完璧な筈の坂藤がミスをした。だが、我々はそれ以上は動かなかった。いや、動けなかった」

工藤は頷いた。

「坂藤には決して手を出さない。それが我々と彼らとの七十年以上に亘る協定。何が起ころうと坂藤の独立は侵さない。その不文律が生きていた」

男はその通りだと言った。

工藤は訊ねた。

「あらゆる官庁が坂藤は存在しないものと見なし、坂藤は行政上完全なタブーとされている。神聖にして侵すべからざるものとなっている。管理経済都市の坂藤というものが、我々官僚にとっての理想であるという事実がそこにあるからですね」

男は大きく頷いた。

「官僚が国を支配し、指導し、豊かにする。最大多数の最大幸福をもたらすシステムを創り上げること。それを求めるのが、官僚の官僚たる所以だからな」

工藤は訊ねた。

「なぜ坂藤がそうなったのか？　そして、表の官僚たちだけでなく、我々の組織も何故、協定を結んでまで坂藤を野放しにするのか？　知ってらっしゃる限りのことをお教え頂きたいのです」

男は暫く黙った。

工藤は新聞の写真に指を差してから言った。

「これを警告だと思いました。坂藤に対しては何もしてはならない。しかし私はこの写真を見て直感しました。坂藤大帝銀行をＴＥＦＧが吸収し、スーパー・メガバンクになること、つまりＴＥＦＧが坂藤に入ることを阻止しろと言われたと……」

男は訊ねた。

「それで？　君は動いたのかね？」

工藤は頷いた。

「ＴＥＦＧの頭取にグリーンＴＥＦＧ銀行という彼らのＳＲＢ構想を、金融庁としては全面的に支援すると言いました。それによって坂藤に一定のバリアを張れると思ったからです」

男はそれでいいと言った。

「君の行動は正しい。表の官僚として正しいことをしたし裏の官僚として、我々の組織の存在感も坂藤に示したと言える」

ありがとうございます、と工藤は言った。

その上で、と工藤は訊ねた。

「改めてお願い致します。坂藤について知っていらっしゃることを全てお教え頂きたいのです。それによって、私も適切な行動をここから取ることが出来ると思うのです」

男は暫く黙った。

そして新聞の写真を眺めた。

「この男が表に出たということは、彼らも何らかの行動に出ようとしているのかもしれない。TEFGの動きを阻止するだけでなく、何か別のことを考えている可能性がある。この男、坊条雄高が死んだ後のことを……」

そして男は工藤を見て言った。

「一度、日本に戻る。坂藤との協定に関わる書類は保管してある。それを君に見せよう。そして坊条雄高にも会うことにする」

工藤はありがとうございます、と頭を下げた。

男は言った。

「日本国のパスポートを至急用意してくれるか？」

「分かりました。スイス滞在中にお渡しできるようにします」

男は頷いた。

「日本に戻るのも悪くない。中国人でいるのも飽きた」

工藤は笑った。

「呉欣平も良かったと思いますが」

男は笑った。

「その名で前回は失敗した。改名するよ」

◇

「坊条グループ総帥、坊条雄高氏が我々に会いたいと？」

「そうです」

ヘイジも桜木も驚いた。

坊条グループ顧問弁護士だという班目という男は、鼈甲縁の眼鏡を光らせながらそう言う。

「屋敷に晩餐を用意してございます。どうぞ今からお連れします」

そうして三人は黒塗りのレクサスに乗り込んだ。クルマは幹線道路を南に進んだ。

「坂藤の南に行くのは初めてだね」

ヘイジがそう言うと桜木が頷いた。

「ほらあれ、なんでしたっけ？」

そう言ってから桜木は坂藤小唄を思い出して口にした。

北は大帝　我が誉
ミナミ南方　茂葛寺
ヒガシ日輪　天界寺
西は寂しき　我が涙
「よく覚えてるね」

ヘイジは笑った。笑いながらも緊張していた。

坂藤の様々な秘密を握る人物、坊条雄高に会うのだから当然だった。

「鬼が出るか蛇が出るか」

ヘイジが呟くと、桜木も緊張しますと言った。

「資料によると誰も会ったことがない人物です。ただ、今年、市制七十周年祝賀祭の際に出席し、その姿が新聞に出ています」

そう言ってからクルマの室内灯を点けて、鞄の中から資料を取り出した。

車椅子に乗った白髪の老人がそこに写っていた。

クルマは坂藤の南の端に近づいて行った。坊条家の屋敷は坂藤の南、住宅街を見おろす丘の上に聳えている。

「あの小高い丘の上に見える灯りが、坊条家の屋敷群です」

班目がそう言った。

五千坪の敷地に城のような天守閣を持つ最大の屋敷が当主、坊条雄高の住まいで、その屋敷を中心に三つの点で囲むように息子たちの住まいがあると説明した。

「そうか、あの三人もそこに住んでいるのか」

そうしてクルマは丘を上って行った。

坂藤の街の夜景が、眼下に広がっていく。

暫くすると、大きな門を潜って坊条屋敷群の敷地の中に入った。

数寄屋造りの純和風平屋建てが見えて来た。

「あれはご長男、美狂さまのお屋敷です」

ヘイジはその落ち着いた佇まいに、美狂の印象とは違うように感じた。

次にスペイン植民地風の白亜の二階建て洋館が現れた。

「そちらはご次男の清悪さまのお住まいです」

桜木が素敵ですねと呟いた。

そして白木の寝殿造りの屋敷が見えて来た。

「あれが坊条氏のお屋敷ですか？」

班目が哀富の住まいだと言ったのでヘイジは驚いた。

「じゃあ、当主の住まいはどんななんだ？」

一行を乗せたクルマは、さらに坂を上って行った。

「あぁ、凄い！」

天守閣を持つ勇壮な武家屋敷が現れた。

一行は唐破風《からはふ》がそびえる玄関前でクルマを降りた。執事と女中頭の二人が出迎えた。

執事が言った。

「どうぞこちらへ。班目さまは先に御前のところへ」

班目は、では後ほどと言って廊下の奥へ消えた。

ヘイジと桜木は巨大な沓脱石《くつぬぎいし》のある玄関を上がって女中頭の案内で二間ある応接室に入っ

た。

そこは、格天井の和洋折衷建築になっている。大きな椅子に二人は、並んで腰を掛けた。

お茶が出されたが、二人は口をつけず辺りを見回した。

華美な装飾はなく家具や調度品も全て落ち着いたもので、主の趣味の良さが偲ばれた。

マントルピースの上に古い大陸の地図が、額装されて飾られている。

ヘイジがそれを眺めていると女中頭がやって来て、二人は座敷に案内された。

そこは蔵座敷で十畳と十二畳の二間あり、ヘイジたちは奥の十二畳の洋間に通された。

メダリオン紋様のペルシャ絨毯が敷かれ、マホガニーのダイニングテーブルが設えられている。

二人が座ると二人の女中が膳を運んで来た。

杏子《あんず》の果実酒が食前酒で出された。

執事が現れて恭《うやうや》しく礼をして言った。

「主は病気療養の身ですので晩餐をご一緒出来ません。お食事の後、ご一緒させて頂きますので何卒ご了承の旨、お願い致します」

そう言って下がって行った。

直ぐに会席料理が始められた。

ヘイジも桜木も酒は控えながら食事を進めた。

「美味しいですね。やはり坂藤の地のものは、土地の人たちが自慢するだけのことはある」

桜木が舌鼓を打ちながらそう言った。

八寸、椀のもの、炊き合わせ、そして焼き物と進んだ。

「坂藤牛のローストビーフでございます」

女中が説明してくれた。

ホースラディッシュを溶いたソースを掛けて食べたヘイジは、その美味さに緊張も忘れていく思いがした。

「本当に美味しいね。僕のような高級なものを食べつけない人間でも、この素晴らしさはよく分かる」

桜木がその言葉に微笑んだ。

それにしても、とヘイジは桜木のことを考えた。どんなものにも精通している教養人でかなり贅沢な育ち方をしているのが分かる。

ヘイジは口には出さないが、ずっと桜木に感心していた。

そうして食事となる山菜炊き込み御飯を食べ、水菓子が出て薄茶になった。綺麗な作法で飲む桜木を見ながら、ヘイジはふとあの柳城流茶の湯を思い出した。あの出来事がずっと昔のことのように思える。

　頃合いを見て、執事が現れた。

「では、主のところへご案内します」

　二人は立ち上がり、執事の後ろを歩いた。長い廊下の奥にその部屋はあった。

「どうぞこちらです」

　二人は書斎と思えるその部屋に通された。二十畳はある広さの洋間、高い天井まで書棚が設えられていて古今東西の書物がぎっしりと詰まっている。

　ロココ調の椅子とテーブルが置かれていて、二人はそちらに座るように促された。

　直ぐにその老人は車椅子で現れた。

　白髪で深い皺、面長で端整な顔、鋭い目の持主だが鼻から酸素吸入のチューブが入れられている。

　隣に医師が控え、班目も一緒にいる。

　老人は口を開いた。

「坊条雄高です。ご足労頂き恐縮です」

　ヘイジは頭を下げて自分と桜木を紹介し食事の礼を述べた。

　坊条は珍しいものでも見たかのように、二人を暫く凝視してからおもむろに言った。

「夕食はお口に合いましたかな？」

「大変美味しく頂戴致しました。坂藤のものは何もかも美味しいです」

坊条は笑った。

「坂藤大帝銀行もそうやって美味しく食べたいものだ。違いますか？」

坊条は皮肉めいた口調だった。

ヘイジは首を振った。

「そんな思いは微塵もありません。ただ良い銀行を、地域に密着した、地域の人たちの銀行を創りたい。それだけです」

坊条はヘイジと桜木を交互に見て言った。

「三人の息子から話を聞かれましたかな？」

ヘイジは頷いた。

「管理経済都市、坂藤。そのあり方には驚きましたが実態は謎のままです。お三方からは、ただ謎かけがなされただけ。そんな風にここまではなっております」

坊条はそのヘイジの言いようが気に入ったようだった。

「二瓶さん、あなたは正直で誠実な方のようだ。私も色んな人間を見て来たからそれが分かる。だがあなたはTEFGというものを背負っている。我々にはそれが邪魔なんです。巨大な資本といらぬ力、中央が坂藤に入って来ることは至極迷惑なことなのです」

ヘイジはその坊条も正直だと感じた。

「全てを教えて頂けませんか？　坂藤という存在の全てを。その成り立ちから今も隠されているもの全てを。その上で私は判断します。場合によってはＴＥＦＧ経営陣に手を引くよう進言することも考えています」

そのヘイジをほうという表情で坊条は見た。そして、暫く沈黙が流れた。

「お話しします。ただ申し訳ないが今日は病院を抜け出したから疲れてしまった。明日の午後、もう一度おいで頂けますかな？」

ヘイジは「承知致しました。どうかご無理なさらず」と答えた。

そうして執事が坊条の車椅子を押して、出て行こうとした時だった。

坊条が振り返りしみじみした口調で言った。

「随分大きくなられた……」

そうして奥に消えて行った。

ヘイジにはその意味が分からなかった。

第十章　闇と関東

坊条雄高と会った翌日、ヘイジと桜木祐子は坂藤大帝銀行本店の会議室でこれまでの情報を整理し、今後の対応を協議していた。

「一番大事なことを考えよう。坂藤大帝銀行という存在をどうするか？　このまま他の二行と統合させ、ＳＲＢとして経営していくことがスムーズに出来るかどうか？」

桜木は難しい顔をしてから応えた。

「この特別な坂藤という土地。そのあり方を考えると、私は大きな懸念を持たざるを得ないんです」

「何かな？　それは？」

桜木は坂藤大帝銀行の資産内容、負債内容を細かく記した資料を見ながら言った。

「もし、全ての預金者が預金を引き出してしまったらどうなるかと考えたんです。これだけ管理された土地です。預金者の殆どが坊条グループの人間であれば、号令一下、一瞬で預金が抜けてしまう可能性があるのではと考えてしまうんです」

ヘイジもアッと思った。

「その通りだ！　資産は殆どが流動性のある国債などの安全資産、僅かな貸出資産は旧坂藤銀行の貸出先を引き継いだものと住宅ローンだけだ。仮に預金が抜けても処理は可能な額だ。坊条グループとその従業員は財布代わりに坂藤大帝銀行を使っているだけだ。銀行がなくなったとしても新たに財布を替えればいいぐらいの意味しかない」

二人はもしそれが実行されたらどうなるかをシミュレーションしてみた。

桜木がその結果を出した。

「そうなったら坂藤大帝銀行の価値はゼロに近い。大帝券の発行と回収というサービス業務が残るだけです。大帝券が市民経済を支配している坂藤では、円を扱う銀行の価値は経済上殆どないのと同じです」

ヘイジは考え込んだ。

「大帝券が生活通貨であり続ける限り、貯蓄通貨である円を扱う銀行は単なる貯金箱だ。貯金箱は付加価値を生まない。つまり、銀行に価値などないということなんだ」

ヘイジはそう言って桜木を見た。

「あのDルームが機能している限り、つまり、大帝券の発行が完璧に管理されている限りそれがどこまでも可能ということなんですが、実は解せない部分があるんです。情報が完全に公開されていませんからザックリとした計算の結果ではあるんですが、坊条グループによる大帝券発行には、莫大な資産の裏打ちがないと不可能な筈なんです」

ヘイジは訊ねた。

「でも、紙切れを皆が通貨と思って使ってくれればそれで通貨になる。そこに管理経済の全てがあるし、そうやって皆が通貨だと信用しさえすればいいだけの話じゃないのかい？」

桜木は首を振った。

「どう考えても限界があるんです。坂藤の外に出ての購買は、円で行わざるを得ない。そして国への税金の支払いも円です。そうなると、生活を維持する為に円の補てんが何らかの形で行われないといけない。そしてもう一つ。坊条グループは坂藤外と円を使って売買を行っています。その入りと払いの推定額から考えると大きくはありませんが円では赤字になります。そこでも何らかの補てんが行われているとしか考えられないんです」

ヘイジは考えた。

「大帝券をどこかで円と交換している可能性はあるかな？」

桜木はそれはないと否定した。

「最長三ヵ月の有効期限の大帝券を円と交換するとなると、相当低いレートになる筈ですから現実的にそれはあり得ないですね」

ヘイジには分からない。

「そうすると坊条グループはどこかに円と交換出来る何らかの資産を持っているということ？」

桜木は頷いた。

「そうとしか考えられません。これは仮説ですが、坂藤が出来た当初からこの管理経済システムが機能していると見せかけるために、その資産を使っている。大帝券という紙きれを皆が通貨だと思って使い続けるには、その通貨を使う中での経済の安定が必要になる。そのため要所要所で、その資産が円に交換されて全体の安定化に使用されて来た」

そして桜木は言った。

「単品個別管理の徹底化による管理経済があるから大帝券が可能なのではなくて、大帝券が通貨として使用されるから、管理経済が可能なのだという逆説がそこにあります。あくまでこの坂藤を隠蔽された都市とするためにそうしているのではないでしょうか？　最大多数の最大幸福ではなく、本当はこの坂藤を日本から孤立させたままにする。しかし、そのためには莫大なコストが掛る。それを大帝券とその隠された資産の二つを使うことで可能として来た」

ヘイジはそこで気がついた。

「今の桜木君の説明で坂藤の二つの謎が、明確に浮かび上がった。何らかの目的があって、坂藤という都市を実質的に日本から孤立した存在にする。その理由がまず一つの謎だ」

桜木は頷いた。

「そしてもう一つの謎。それは孤立都市・坂藤を安定的に維持出来る莫大な資産を隠し持っているということ。その資産は、いつの時代でも簡単に換金できるものだということ」

桜木は言った。

「坂藤のシステムは物凄く巧妙に出来ていると思うんです。だから不思議なんです。何故、銀行の問題の時だけミスをしたのか？　坂藤銀行という戦前の官製銀行の流れをくむ地方銀行がバブル期の不良債権で実質破綻し、それを坊条グループ系列の大帝銀行が資本を注入して救った。しかし、上場されていた坂藤銀行株は、その前に外資系ファンドにタダ同然で買い占められてしまっていた。大帝銀行はそれを買い戻せず、結局その株は巡り巡ってTEFGのものになった」

ヘイジもそのことが不思議だったことを改めて思い出した。

「まるで大帝銀行が坂藤銀行の罠に嵌ったように見える。坂藤銀行のことは調べてくれたんだよね？」

桜木は資料を見せた。

「その時の坂藤銀行の頭取は大蔵省のＯＢです。そして、株が外資系ファンドに買い占められた直後に自殺しています」

ヘイジは驚いた。だがその瞬間、何かに似ていることに気がついた。

「桜木さん。その頭取はどんな風に自殺している？」

桜木は新聞記事のスクラップを取り出した。

「これです」

そう言ってヘイジに見せた。

「……やっぱり」

頭取は焼身自殺し、遺体は殆ど炭化していたと記事には記されていた。それはあの前金融庁長官、五条健司の最期とそっくりだ。

「桜木さん。これは大変なことになっているのかもしれないぞ」

桜木はヘイジの不安げな表情に驚いた。

「恐ろしい闇の力が働いているのかもしれない」

桜木は怪訝な表情になった。

そこからヘイジは、ＴＥＦＧの経営陣がＳＲＢに関して金融庁長官の工藤進に翻弄された事実を語った。そして、その工藤は、大きな力を持つ闇の組織の人間である可能性があることも話した。

桜木は暫く考えた。

「その組織は、坂藤に入り込もうとしたのかもしれませんね。隠蔽された管理経済都市である坂藤と坊条グループに。その為に銀行を使った。坂藤銀行に罠を仕掛け、大帝銀行を誘い込んだ。坂藤銀行に不良債権問題を起こさせ、霞が関が坂藤の地に入り込むことを恐れる坊条グループに金を出させ救済させた。しかし、坂藤銀行は株を坊条グループに譲渡せず外資系ファンドに引き渡した。恐らくその外資系は、その組織の言いなりになる存在なのでしょう。それで組織は坂藤大帝銀行の生殺与奪の権を握った」

ヘイジは頷いた。

「しかし、坂藤大帝銀行は株を握っただけではビクともしない存在だと分かった。預金を全部引き出されたら終わりで、本来的に坂藤大帝銀行には貯金箱ぐらいの価値しかないことが分かった。だが、ＴＥＦＧがそこに絡んで来たことで何か出来ると考えた。だが待てよ。それならＳＲＢではなく、ＴＥＦＧ本体に丸呑みさせればいいんじゃないのか？」

ヘイジは分からなくなった。

じっと考えていた桜木が言った。

「何かあるんじゃないでしょうか？　その闇の組織が恐れる何かが坂藤に。その為、組織を含む中央は、ずっと坂藤には入って来なかった。嘗て一度その組織は勇み足をして坂藤の虎の尾を踏んでしまった。しかし、その何かを恐れ、中央組織といえるメガバンク・ＴＥＦＧには坂藤に深入りさせないようにしたのでは」

ヘイジは、桜木の洞察力に感心して言った。

「その何かが坂藤の第三の謎だな。それを坊条雄高から聞かせて貰おう」

◇

その日の午後、ヘイジと桜木祐子は深山誠一と三人で坊条の屋敷にクルマで向かった。

桜木も緊張しているのが分かる。

ヘイジはクルマの助手席の深山に、冗談めいた調子で大事なことを訊ねてみた。

「深山さん。坂藤大帝銀行の全預金者が、預金を引き出したらどうなりますかね？」

エッと深山は驚いたようだった。しかし、少し考えてから落ち着いて言った。

「特にどうということもないでしょうね。坂藤にとっては銀行など大事なものではないですから」

ヘイジは深山は正直だと思った。そしてさらに訊ねた。

「深山さんにとって一番大事なことは何ですか？　やはり坂藤の地が変わらないで欲しいということですか？」

深山は頷いた。

「その通りですね。本当にその通りです。私も私の家族もずっと変わら……」

そこまで言ったところで深山の表情が翳《かげ》った。

ヘイジはその深山に訊ねた。

「深山さん、失礼ですがご家族に何かあったのですか？」

深山は少し考えてから答えた。

「実は昨年、妻が流産しまして。初めての子供だったので喜んでいたのですが……」

「そうだったんですか。それはお気の毒なことでしたね。申し訳ありません。無神経なことを訊いてしまって」

そう謝ったヘイジに深山は意外なことを言った。

「坂藤で流産は珍しいことではないんですよ。だから、ある程度は覚悟していましたから」

桜木がその言葉に驚いた。

「どういうことですか？　流産が珍しくないって聞き捨てならないことですが？」

深山は首を振った。

「男の私はあまり深く考えたことはないんですが、坂藤では妊婦の二人に一人は流産を経験すると言われます」

ヘイジも驚いた。

「それは昔からなんですか？」

深山は頷いた。

「戦前からずっとそうだと聞いています。坂藤の風土病として皆は当たり前に受けとめています」

ヘイジと桜木は顔を見合わせた。

「理想郷と思われている坂藤にそんなことがあるとは」

桜木はそう呟いた。

しかし、そこにも何かあるのではとヘイジも桜木も疑念を持った。

ヘイジたちのクルマが坊条の屋敷の前に着いた。

クルマを降りて玄関に入ると、顔色を変えた女中頭が出て来た。

「御前さまは先ほど急に容態が悪くなられ、病院に戻られました」

驚いたヘイジたちも病院に向かった。

坂藤市民病院の特別室には坊条家の三兄弟、美狂、清悪、哀富が集まっていた。

父親の坊条雄高は集中治療室に入っていて三人は特別室の椅子に座っていた。顧問弁護士の班目もそこにいた。

「医者は何と言ってるんだ？」

いらついた様子の美狂が、班目に訊ねた。班目は首を振った。

「意識はもうございません。回復は難しいようです」

その言葉に哀富が泣き出した。それを美狂が叱責した。

「お前の泣く顔は見飽きた！　いいかげんにしろ！」

清悪が笑った。

「兄さん、しょうがないだろ。この状況だ」

その清悪にも美狂は怒鳴った。

「この状況が何を意味するか分かっているのか！」

清悪はその美狂を無視して班目に訊ねた。

「どうなるんだ？　こういう状況になった場合の指示は受けているんだろ？」

班目は頷いた。

「はい。御前は自分の死は死して後の一年、完全に秘するようにとのご指示です。一年は誰にもその死を知られないようにとの厳命です。その措置は私に任されております」

三人は驚き、沈黙が流れた。

美狂が訊ねた。

「御神体は？　御神体はどうなる？」

班目は鼈甲縁の眼鏡を光らせて答えた。

「お亡くなりになられた後に、皆さんにお預けになった鍵を持ちより開扉せよとのご指示です。但し――」

班目はそこから語気を強めた。

「但し、その場に私とＴＥＦＧのお二人、二瓶室長と桜木室長代理の三人を立ち会わせることを厳命されておられます。こちらに書面もございます」

それを見た三人は、言葉が出てこない。

清悪が、ようやく言葉にした。

「何故だ？　何故、外の人間を。それもよりによって、ＴＥＦＧの人間を最も大事な開扉の場に立ち会わせるんだ？　班目!!　父上は本当にこんなものを書いたのか!!　お前が仕組んだのではないのか!!」

班目は黙ったまま背広の内ポケットからICレコーダーを取り出しそれをオンにした。

そこから聞こえて来る父親のまぎれもない声に三人は聞き入った。まさに、班目の言った通りの内容を昨夜、録音していたのだ。

そして、三人には御神庫を開ける前に、他の二兄弟と班目、そしてヘイジと桜木に、それぞれに託した秘密を開示しろとまで言い残していた。

美狂が叫んだ。

「何故だ!!　班目、何故、父上はこんなことをしろと!!」

班目はまったく動じることなく言った。

「御前は昨夜、お二人にお会いになられて何か決心されたようでした。坂藤の未来をお考えになって」

その言葉で三人が黙った。

その沈黙は三人が父、坊条雄高から、それぞれに託されたものの重さから来ていた。

「本当にいいのでしょうか？　我々が託された坂藤の秘密を、外の、それも中央から来た人間に明らかにすることが？」

哀富が泣きながら訊ねた。

班目は何とも優しい笑顔を哀富に見せてから言った。

「これは私の個人的な見解ですが、御前は皆さまを、そして坂藤を、自由にしようとされているのかもしれません。管理されるのではなく、もっと自由にせよと。御前の真意は開扉した時に分かると思います。今の私にはそうとしか申し上げられません」

三人は黙った。

その三人を交互に見ながら班目は言った。

「これからはお三方に坂藤の未来が懸かっています。御前亡き後、中央に向けて坂藤を開くのか、それともこれまで通り隠蔽された都市としてあり続けるのか」

美狂がその言葉に納得したように言った。

「難しいところまで来ているのは事実だ。私が託されたものは限界に来ている」

すると清悪も同じような口調になった。

「兄さんの託されたものが何かは知らないが、私も限界だ。これまで頑張って来たが、これ以上は坂藤の中だけでは無理だ。場合によっては大変なことになる」

そして哀富が言った。

「私も怖ろしい。ずっと父上から託されたものの為に、震えるような日々を送って来た。それを、祈ることで耐えて来たんです」

その三人の言葉と態度から、三人が自分たちが託された秘密を決して他の兄弟に漏らしていないことを班目は確信した。

それは班目が坊条雄高から、必ず確認するよう厳命されていたことだったのだ。

その時だった。

医師が入って来て班目に耳打ちした。

班目は一瞬、目を瞑ってから言った。

「お亡くなりになられました。申し上げた通り御前の死は厳秘です。酷ですが皆さまこのまま、何事もなかったようお引き取り願います」

◇

坂藤市民病院に到着したヘイジと桜木祐子は、最上階にある特別室に案内された。

そこには昨日会った弁護士の班目順造が一人で待っていた。空っぽのベッドがある豪華な部屋、そこの応接用の椅子に三人は腰を下ろした。

班目が真剣な表情で言った。

「今から申し上げることはお二人限りにして頂きます」

ヘイジは言った。

「班目さん。我々はＴＥＦＧから派遣されている人間です。銀行組織の人間として、出来ることと出来ないことがあります。つまり、お聞きしたことを我々限りに出来るかどうか、内容をお聞きしなければ判断は出来ません」

班目は頷いた。

「分かりました。情報の管理については、二瓶さんたちを信頼しお任せすることにしましょう。今から申し上げることは、私の一存ではなく坊条雄高の遺志ですから」

そして、少し間を置いてから言った。

「坊条雄高は亡くなりました」

ヘイジと桜木は驚いて姿勢を正した。

「但し、その死は一年の間、秘すことになります」

ヘイジは訊ねた。

「それは坂藤を守るためということですか？」

班目は頷いた。

「その通りです。当主亡き後、坂藤内部よりも外部からどんな動きが出て来るか分かりません。それを見極め、備えるための期間です」

桜木が訊ねた。

「そのことを敢えて、我々外部の人間に知らせたのは何か理由があるのですか？」

班目は桜木をじっと見た。

「御前はお二人を信頼できる人物と見た。ということです。あれだけのお方です。一瞬で人を見抜くお力がある。ＴＥＦＧという中央を代表するような組織の人ではあるが、その人間を見て信頼できると思われた。だから、お二人に託されたのだと思います」

ヘイジは驚いた。

「坊条氏が我々に託す？　何を託すのですか？」

そこからの班目の説明に二人は驚愕した。

「ぼ、坊条家の三兄弟に託された秘密をそれぞれが明らかにする場に立ち会い、最後は御神体の開扉にも立ち会えと」

信じられない内容だ。ヘイジは考えた。

坊条雄高から直接聞くことが出来ると思っていた坂藤の秘密。それを息子たちそれぞれから聞くということ。そして、あの謎の大帝神社の御神体を知るということだ。

「何故、坊条氏は何故我々をそれほどまで信頼されたんですか？」

班目は首を振った。

「御前の意思の深いところは我々凡人には分かりかねます。ただ一つだけ言えます。私の知る限り、御前の判断はこれまで全て正しかった。坂藤のことは全て御前がいたから成し得た。それだけは言えます」

全てが明らかになることで、これからどう進むべきかが分かる筈だと思った。

ヘイジは班目に言った。

「分かりました。坊条氏のご遺志を尊重して、我々二人はこの坂藤の全てを教えて貰うことにします。その後、その情報をどうするかは、我々の判断にお任せ頂く。それで宜しいですね？」

班目は結構ですと言った。そして、ヘイジはこれは重要なことですが、と前置きして言った。

「坂藤銀行のことです」

その言葉に、班目の表情が変わった。

ヘイジは訊ねた。

「嘗て坂藤銀行がバブル期に多額の不良債権を抱え、大帝銀行がそれを救済した。しかし、それはまるで罠に掛ったようなものだった。そして、その罠を仕掛けたと思われる坂藤銀行の頭取は自殺した。その理由をご存知ですね？」

班目はじっとヘイジを見て言った。

「闇の組織、それも霞が関の中央に存在する闇の組織が動いたのです」

ヘイジはやはりと思った。

「あの時、私は御前の力の凄さを知りました。普段はどんな問題でも全て私が処理して来ましたが、あの問題だけはレベルが違った。そこで、御前が東京までお一人で出かけられて見事に動きを封じられた。株を奪われてしまったことはどうしようもなかったのですが、その後、彼らは動くことはなかった」

そこでヘイジが言った。

「しかし、それがあのスーパー・リージョナル・バンクの騒動で動き出した。そして、巡り巡って坂藤大帝銀行の株はＴＥＦＧのものになった」

班目は、それは違うと言った。

「ＴＥＦＧに買わせたのです。闇の組織がそうさせた筈です」

ヘイジは頷いた。

「まさにその通りですね。今の金融庁長官、工藤進はその組織の一員のようです。分からないのは金融庁はスーパー・メガバンク構想を掲げ、ＳＲＢもメガバンクに吸収合併させた。しかし何故か、ＴＥＦＧにだけは関東の三つの地銀をＳＲＢとして存続させろと言って来たんです」

班目が鼈甲縁の眼鏡を光らせた。

「坂藤が改めて怖くなったのですよ。それでTEFGには、坂藤大帝銀行に出来る限り触れさせないようにしたのでしょう。御前の力は凄いです。そのお姿を見せただけで彼らを畏縮させた」

どういうことでしょうか、と桜木が訊ねると、班目は笑った。

「坂藤市制七十周年祝賀祭があった時、絶対に表には出ない御前が出席された。北関東新聞にそのお写真が載った。それを見て彼らは悟ったのです。坂藤に対して、これ以上の介入は許されないと」

そこでヘイジが訊ねた。

「我々もそこまでは理解できるのですが、一番の謎は何故彼らがそこまで坂藤を怖がるのかということです。そして中央官庁はずっと坂藤に触れないで来た。管理経済都市としての坂藤をそっとしている。それはまるで、霞が関の不文律になっているかのようです。闇の組織でさえ怖れる坂藤の謎、それは一体何なのですか？」

班目は首を振った。

「それを知るのは御前と、恐らくは哀富さま。そのお二人だけでしょう」

ヘイジたちは驚いた。

「あの坊条哀富氏が、まるで細木のように折れそうなあの人が？」

　班目は頷いた。

「それがあの方が、大帝神社の神主を務められている理由なのでしょう。それを、その怖ろしさを知ってらっしゃるが故に、神に祈らなくてはならない。そういう宿命を、哀富さまは御前から背負わされたということなのでしょう」

　ヘイジも桜木も想像がつかなかった。

　そしてヘイジは思い出した。坂藤大帝銀行の頭取室で初めて会った時の坊条哀富の姿だ。さめざめと泣きながら、「止めて下さい、止めて下さい」と言っていたあの姿を思い出していた。

　そして、あの「止めて下さい」という言葉は、自分たちに向けられているのではなく、途轍もない恐怖の対象に向けて言われていたのではないかとヘイジは思った。

　そしてヘイジはその姿に自分の妻、舞衣子の姿を重ねて見ていた。そのヘイジの心をまるで投影したように、桜木が班目に訊ねた。

「神に祈ってらっしゃると仰いますが、坊条哀富さんは精神を病んでらっしゃるのではないですか？　謎である大きな恐怖を背負わされた為に？」

　班目は暫く黙ってから言った。

「それは否定しません。本当の哀富さまの心の裡までは分かりません。本来は極めて頭の切れる優秀なお方です。しかし、情緒が不安定でらっしゃるのは事実です」

その言葉でヘイジは舞衣子への自分の想いを感じさせられ、坊条哀富に対して深い同情を禁じえなかった。

すると、不思議な考えが芽生えた。

ここで坊条哀富を救えば、舞衣子も完全に治るのではないかということだった。何の根拠もないが、どこかでそんな期待を覚えた。

班目は少し考えてから言った。

「どこまでもTEFGの人間としてではなく、個人として、お二人はこれからのことと対峙して頂きたい。一体何が出て来るかは私にも分かりません。私も一個人としてここからのことには対処していくつもりです」

ヘイジは笑顔で言った。

「我々は、銀行員として坂藤の未来を考えてベストの対処をするだけです。銀行という組織の理想を我々は追求しています。その理想に、坂藤のより良い未来を乗せられるよう対処するだけです」

班目は頷いた。

坊条雄高の死は完全な隠蔽がなされ、坂藤市民病院特別室に依然として入院中ということにされた。

◇

坂藤の街は、何事もなく週末の朝を迎えた。

だが、坊条商事ビルの役員会議室には人が集まり異様な雰囲気になっていた。坊条雄高の死を知っている人間だけが故人の遺志によってそこに集められたのだ。坊条家の三兄弟、美狂、清悪、哀富。坊条家顧問弁護士の班目順造、TEFGのヘイジと桜木祐子の六人だ。

班目が口を開いた。

「では、お亡くなりになった御前のお言葉に基づき、これより坂藤に秘められた事実について御兄弟の皆さまに順番に開示を頂きます。私とTEFGのお二人は、見届け人として立ち会いをさせて頂きます。これは全て亡くなられた御前の強い遺志であることは、皆さまご承知おきということで宜しいですね？」

三兄弟は頷いた。班目が長男の美狂の方を向いた。

「では、美狂さま。宜しくお願い致します」

美狂は少し考えた様子を見せてから立ち上がった。

「論より証拠。見て貰うのが一番早い」

そう言って、全員について来るように言って部屋を出た。

そして、社長室に入り、美狂は大きな執務机の引き出しを開けた。その中に手を差し込むと、何やらスイッチのようなものを操作する音が聞こえた。

その場の全員が驚いた。社長室の奥の壁が動き出したからだ。

「二重壁？」

ヘイジがそう呟くと、そこにエレベーターの扉が現れた。

次男の清悪がそれを見て呟いた。

「こんなものが作ってあったとは」

班目も哀富も同じ驚きの様子だ。

美狂は不敵な笑みを浮かべて、全員にエレベーターに乗るように言った。

操作盤に美狂が暗証番号を入力するとエレベーターは動いた。

「これはこの坊条商事ビルの地下の一番深いところまで行く」

そう美狂は、言った。

随分時間が経ったようにヘイジには思えた。

エレベーターが停止し扉が開いた。

短い廊下が現れた。

全員が降りて、その廊下の突き当りの扉のところに来た。

それは明らかに金庫の扉だった。

二つ付いているダイヤルの目盛りを美狂が合わせ、ドアのノブに手を掛けた。

鈍い音を立てながら扉が開いた。

「これは!?」

その光景に皆が息を呑んだ。

三十平米はある広い金庫の中に金塊、インゴットが積み上げられていた。

「一個の値段が約五千万円。それが五百個ある。いや、もう五百個しかない」

つまり二百五十億円分の金塊が、そこにあるということだ。

ヘイジと桜木はそれを見て納得した。

桜木が美狂に訊ねた。

「この金塊を換金することで管理経済都市・坂藤は維持されて来た？　そうですね？」

美狂は頷いた。

「一体どこから？　こんなものを？」

清悪が小刻みに震えながら訊ねた。

美狂は言った。

「俺が父上から託されたものはこれだよ。四十年以上前に俺に託された金塊はこの部屋いっぱい、この二十倍、つまり一万個のインゴットだったんだ」

ヘイジが訊ねた。

「つまり、それを坂藤の市民生活と坊条グループの維持に使って来たわけですね？」

その通りだと美狂は言った。哀富が大きな声を出した。

「大帝券はどうなるんだ？　あのお陰で坂藤は、管理経済都市としてやれるんじゃなかったのか？」

美狂は笑った。

「確かに大帝券で坂藤市民の衣食に関する消費の大半は賄えている。しかし、それ以外の部分、インフラ整備や医療にはカネが掛る。それに、坊条グループの設備投資や研究開発への資金援助の依頼に応じるには、円が必要だった。坂藤内部の経済循環では拡大する資金需要に応えるには限界があったんだ」

哀富は訊ねた。

「だが決算数字からはそんなことは窺えなかった。全部粉飾していたということか？」

あぁそうだ、と美狂はため息をついた。

「Dルームの仕事のひとつは、坊条グループの決算操作だったんだよ」

哀富はそれを聞いて、また泣き出した。

「だ、大帝券は坂藤の人間の命の筈だ。皆は大帝券によって、坂藤は昔からの坂藤であり続けられると信じているんだ！　それなのに」

美狂はその哀富を見ながら言った。

「お前は子供だったから覚えていないだろうが、嘗て大帝券は、今のように皆には信じて貰えていなかったんだ」

そう言ってから美狂は、棚に置かれていた箱を取り出して開けた。

「皆さんも御覧なさい」

そう言って手渡したのが昭和三十年代に発行された古い大帝券だった。

ヘイジや桜木もそれを見た。

「エッ!?」

そこに記されている文言を見て驚いた。

「これは!!　か、嘗て大帝券は兌換《だかん》紙幣だったんですか！」

桜木が真っ先に声をあげた。

美狂が頷いて言った。

「その通り。坂藤市民に限り大帝券一万分を金貨一枚と交換致しますとある。その原資となったのがここにあった金塊だったんだ」

それを見ながら班目が思い出して言った。

「当時、御前は言われた。これは紙切れを通貨にするための手段だと。そして遠くない将来、紙切れは必ず通貨として認められるようになると」

そこから美狂が続けて言った。

「父上の予言通りになった。昭和四十三年に大帝券は不換紙幣となった。しかし、既に通貨として市民の認知を得ていた大帝券は、何の問題もなく使用され続けた」

皆は啞然としていた。美狂は苦しそうに言った。

「父上は言った。今はこの金塊を換金しての補てんで管理経済は成り立っているが、大帝券が不換紙幣となったように、いつの日か金塊は必要とされなくなると……」

清悪が言った。

「だが結局は、毎年金塊を換金して坊条グループと坂藤を維持するしかなかった。そして、やがて金塊は底をつくということか？」

美狂は苦り切った顔つきで言った。

「もって三年。早いと二年で、ここにある分もなくなる」

清悪も哀富も唖然とした表情になった。

その時、美狂は明るい調子になった。

「だが俺は信じている！　それは大帝神社の御神庫だ。きっと、きっとあの中にまだ金塊がある筈だ。父上はあの中に必ず金塊を残している。自分が死んだ後も坂藤を維持するために、父上のことだ、必ずそうなっている筈だ！」

清悪がその言葉に反応した。

「そうだ。確かにその可能性はある！　父上ならそうしている筈だ！」

哀富がそれに反論した。

「そんなものはないよ。御神庫の中には怖ろしいものしかないんだ」

美狂が大きな声を出した。

「哀富!!　中を見たこともないくせに何を言う！　勝手な憶測でものを言うな!!」

それは、自分の希望を失いたくない美狂の叫びだった。

そこでヘイジが冷静に言った。

「美狂さん。まずお訊ねしたいのはこの金塊。一体、お父上はどうやって手に入れたのですか？　この二十倍もの金塊を？」

美狂は首を振った。

「事実は全く分からない。父は決してその出処を口にしなかった。全ては大帝神社の御神庫を開けた時に分かると言うだけでした」

ヘイジは班目に訊ねた。

「班目さんもご存知なかったのですか？」

班目は小さく首を振った。

「金塊の存在には、薄々気がついていました。兌換紙幣の時代を知っていますから。しかし、美狂さんが仰るような大量の金塊を、御前が初めからお持ちだったとは全く知りませんでした」

それは、正直な言葉だとヘイジは思った。

その時だった。ずっと自分の手帳の上で計算している様子だった桜木が言った。

「美狂さん、先ほど金塊はこの二十倍あったと仰いましたね？　それは確かですか？」

美狂は頷いた。

「俺は嘘は言っていない。誓って坊条グループと坂藤の為にしか金塊は換金していない」

その言葉に桜木は疑問を呈した。

「それにしてはカネが掛り過ぎています。坂藤の経済規模、そして坊条グループを維持するにしても帳尻が合わないと思います。何かに莫大な資金が使われているとしか考えられないのですが」

その桜木に清悪が言った。

「私の所為なんです。私が父上から託されたもの。それに莫大な金が必要だったんです」

全員がその清悪をじっと見詰めた。

◇

一行はそれぞれのクルマに分乗して坊条化学に向かった。

ヘイジは車中で桜木に言った。

「君の予想した通りだったな。謎の一つは分かった。でも、これから大変だな坂藤は」

桜木は頷いた。

「その通りです。これまで通りには行かないことがハッキリしています。でも、もし」

桜木はそこでヘイジの耳元に口を持って行った。

「大帝神社の御神庫の中に、まだ金塊があるとしたら……」

ヘイジは何も言わず首を振った。

「分からない。文字通り蓋を開けて見ないと分からないということだ」

　そしてヘイジは桜木に感心して言った。

「君の素早い計算には驚いた。前もってシミュレーションをしていたとはいえ、あれだけの短時間で過去の坊条グループの資金のあり方の矛盾点を炙り出したのは凄いよ」

　桜木は笑った。

「ＭＢＡの賜物です。嫌というほどケーススタディーをやりましたから。企業の資金繰り、企業の価値を膨大な資料から正確に短時間で導き出す。そういう訓練は積んでいます」

　ヘイジはそれでも凄いよと感心した。

「桜木君ならどこでも高く買ってくれるな。世界的なインベストメント・バンカーになるんだろうな」

　すると桜木は首を振った。

「私は退職後、全く違うことを致します」

　ヘイジは驚いた。

「外資系の金融機関じゃないの？」

　桜木は首を振った。

「具体的には今は申せませんが、全く金融とは違う仕事です」

その桜木の横顔を見詰めながらヘイジは啞然とするだけだった。

一行のクルマは坊条化学の工場の敷地の中に入った。クルマは本社ビルではなくどんどん奥に進んで行く。

「うわぁ！　やっぱり大きいなぁ」

ヘイジがそう口にしたのは目の前に見えて来たアリーナと呼べるような巨大な建物だ。坂藤市民が昔から『体育館』と呼んでいるものだ。

ヘイジたちも、坂藤に来た初日に遠景で見てその大きさに驚いたものだ。

「何だか化学工場とは違うような気がしますね」

桜木は見上げながら冷静にそう言った。

その建物の前で、皆のクルマは停まった。

坊条清悪に先導され、全員が建物の入口に進んで行く。坊条家の長男の美狂、三男の哀富、顧問弁護士の班目、そしてヘイジと桜木が揃って中に入った。廊下の突き当りの二重扉を開けると、実験室のような真っ白な部屋になっていた。ロッカーが幾つも並んでいる。

清悪は言った。

「ここから内部に入る場合は防塵服と防毒マスクを着用して頂くことになります」

その言葉に驚いたのは長男の美狂だった。

「おい!!　ここは電子材料となる特殊陶用の土の採掘施設ではないのか？　その為の設備投資として莫大な資金を使って来たんだぞ!!」

美狂の驚いた顔を清悪はじっと見詰めて言った。

「ここだよ。ここが私が父上から託されたもの、坂藤の秘密だ。膨大な毒の塊が埋められた場所なんだよ」

その言葉で全員が凍った。

清悪は蒼ざめた顔で語った。

「戦前、坂藤の地は陸軍の演習場だった。その中に昭和の初め秘密裡に化学兵器の製造工場が建設された。それが今、我々のいる場所だ」

誰も言葉を発することが出来ない。

「陸軍は日本中の大学から優秀な化学者を大勢集め、大量破壊兵器となる毒薬の開発に成功した。気化も液化も容易に出来て、毒性の極めて強い無味無臭の化学物質、サルサピリジピンと呼ばれるものだ」

全員が瞠目して、清悪の話を聞いていた。

清悪は声の調子を沈み込ませ続けた。

「戦前から坂藤の地は、流産が多かった」

アッと皆が声をあげた。

清悪は頷いた。

「そう、工場の所為だ。漏れ出たサルサピリジピンが、人体に影響を及ぼしていたんだ」

皆はその怖ろしい事実を聞き、震えが止められなくなっていた。

「だが、幸いにもジュネーブ協定を順守した陸軍は、実戦では使わなかった。そして、終戦間際に製造したサルサピリジピンを金属容器に入れて、工場の敷地内に深く穴を掘って埋めた」

美狂が震えながら訊ねた。

「そ、それがここということか!?」

清悪は頷いた。

「私が父上から託されたのは、埋められたサルサピリジピンの除去と汚染の防止だ。容器の掘り出しに掛った時には、数本の容器が腐食して中身が漏れ出していた」

美狂は思い出したようだった。

「そうか！　お前から莫大な設備投資資金を要求された。理由を知らされない俺は一旦断ったが、父上から清悪の要求を百パーセント呑んでやれと言われて金を出した。あの時、大量の金塊を円に換えたんだ」

清悪は言った。

「長年に亘って漏れ出したサルサピリジピンの処理は、大変だった。地中深く染み込んで地下水脈に流れ出ているものもあれば、気化して空中を飛び回っているものもある。その為の地下水の洗浄と空気清浄に莫大な資金が必要だった。この坂藤で工場のように見えている建物の多くが、大型の空気清浄装置だということを知っている人間は私の他ごく僅かだ」

ヘイジはそこで何故、坂藤で空気が旨いと感じるのか合点がいった。

清悪は続けた。

「今はもう完全にサルサピリジピンは封じ込めた。だが、残念なことに遺伝子レベルで人体に作用するため、その母親がサルサを摂取した子供の場合、妊娠しても流産する可能性が日本の平均の何倍にもなっていることは悲しい事実なんだ」

ヘイジは深山誠一の妻が流産した話を思い出した。皆も同様にやるせない気持ちに沈んだ。

「私は大学で化学を専攻し、徹底的にサルサピリジピンの無毒化を研究した。坊条化学でも最優先研究としてやらせた。皮肉なことにその研究過程で毒は薬になった。安全な誘導体を作り出すことに成功し、それが様々な薬品・化学品の中間材として販売出来るようになった。そのお陰で坊条化学は大きな儲けを得ることが出来たんだ」

ようやくそこで、ヘイジは清悪に訊ねた。

「それで？　この建物の中では今何が行われているんですか？」

清悪は端末を操作して、部屋の中の大きなディスプレーに建物内部の画像を映し出した。

「残されたサルサピリジピンの完全処理です。大きな特殊ガラス管の中に吸着剤にサルサピリジピンを染み込ませたものを入れて真空にします。そしてそこに強力なレーザー光線を照射して焼却するんです。それによって九十九・九九九九パーセント無毒化することが出来ます。これを一昨年から始めています」

桜木が訊ねた。

「どの位の量のサルサピリジピンが残っていて、あとどの位で作業は完了するんですか？」

清悪は苦い顔つきになった。

「そこなんです。全部で五十トン。慎重に作業を進めなくてはなりませんから、年間処理できるのは五トンであと十年は掛ります。そして、コストは年間五十億円掛る。利益の殆どをこれに費やしています。実は坊条化学の稼ぎ頭である誘導体の特許が来年切れます。そうなると利益は半減する」

皆が黙っている中で美狂が自虐的な調子で言った。

「俺も限界、お前も限界ということか？」

清悪は頷いた。

「あぁそういうことだ。ここまで懸命にやって来た。でもこれを全て無毒化しないと父上に託されたことを成し遂げられない」

そう言った清悪に哀富が言った。

「美狂兄さんも清悪兄さんも立派だよ。よくこれまでやって来たよ。僕はずっと自分だけが苦しんでいると思ったが、二人共父上から大きな荷物を背負わされていたんだ。それが良く分かったよ」

哀富は泣いていなかった。どこか晴れ晴れとした顔つきになっていた。

「それでは、皆さんを大帝神社にお連れしましょう。私に託されたもの。それを見に行きましょう。御神庫を開くことになります。二人共、鍵は持ってるよね？」

美狂も清悪も頷いた。


大帝神社の本殿の中に、全員が揃って入った。真っ白な空間に自然光がたゆたうそこは、別世界のように感じる。

全員が御神庫の前まで来た。

美狂と清悪が鍵を哀富に渡した。

哀富はそれを右手に握りしめると、小さな声で御神庫に向かって祈りの言葉を唱えた。

それが終わると哀富は全員に向き直って言った。

「これから御神体を拝むことになります。この坂藤の真の姿をお見せすることになります。その前に私がお話ししなければ――」

そこで哀富が凍ったようになった。皆の後ろに人影があったからだ。

全員が振り返って驚愕した。

死んだ筈の坊条雄高が立っていたのだ。

第十一章　青雲の果て

昭和二十二年春。

「何もないところだな」

十九歳の坊条雄高は、列車の車窓から坂藤の地を見ていた。一面、荒野原が広がっている。

海軍兵学校の在学中に敗戦、東京に出てからの危ない闇屋生活。そんな境遇を抜け出そうとした坊条が出会った男。男は坊条をずっと探していたと言い、満州での父の死を伝えた。

そして、その男に連れられ坂藤にやって来たのだ。

男の名は班目順之助。

満州国・国務院総務庁で経済統括部長だった坊条の父、坊条雄二郎の部下だったという。

「お父上は誰にも出来ないお仕事をなさいました。真の侍でした」

幼くして母親を失った一人息子の坊条には、優しかった父の記憶が強く残っている。

「お父上から日本に戻ってあなたを探し出し、お世話するよう命じられたのです」

その班目に従って坂藤へやって来たのだ。

坂藤の駅に着くと黒塗りのクライスラーが迎えに来ていた。

「こんな田舎にずいぶん立派な車だな」

驚く坊条が班目と共に後部座席に乗り込もうとした時だった。

「失礼」と声が掛ったかと思うと、口と鼻をハンカチで塞がれ意識を失った。

「……ここは？」

坊条がベッドの上で目を覚ましたのは、コンクリートの壁に囲まれた窓のない狭い部屋だった。

一体どこかと思っていると直ぐに扉が開いて班目が入って来た。

「先ほどは失礼しました。この場所がどこにあるのか、あなたの安全の為、分からないよう眠って頂きました」

坊条は驚いた。

班目は自分について来るように言った。

そこは明らかに要塞と呼べる場所だった。

地下深くに建造されていることは坊条にも分かった。

「ここの存在は敗戦後も米軍に知られていません。手つかずで残った帝国陸軍、いえ、関東軍の機密要塞なんです」

坊条は驚いた。

「関東軍？　満州に駐屯していた関東軍ですか？」

班目は頷いた。

そして重厚な赤杉の扉の前に来た。

ノックすると中から入れと声が掛った。

「失礼します」

班目と坊条が中に入ると、軍服姿の男が立っていた。

坊条は反射的に敬礼をした。男も敬礼を返した。

「坊条雄高さん。お会い出来て嬉しく思います。関東軍機密軍令部長の中垣です」

中垣忠雄中将。関東軍の中で最も冷静沈着な指揮官とされ、満州からの秘密裡の撤退作戦を立案した人物だった。

中垣は言った。

「満州国・国務院総務庁の経済統括部長であらせられたお父上、坊条雄二郎氏には大変なご苦労をおかけしました。そしてその英雄的行為によってこの機密軍令部は機能した。深く感謝申し上げます」

坊条には状況が呑み込めない。

「関東軍は武装解除せず、まだここに存在しているということですか？」

中垣は頷いた。

「ここは本土最終決戦、そして、一億玉砕の為に準備された要塞です」

坊条には信じられない。

「今から機密軍令部の最重要部を坊条さんにお見せします。お父上の偉業をその目で確かめて頂きたい」

坊条はただ唖然とするだけだ。

「父は一体何をしたんです？」

中垣は姿勢を正した。

「日の本の尊厳を守り、大日本帝国を再興するための英雄的行動です」

そうきっぱり言うと、こちらへと部屋を出て坊条たちを案内した。トンネルのような長い廊下の突き当りに鋼鉄製の重厚な扉が見えて来た。

中垣は、二つあるダイヤルの目盛りを合わせて扉を開けた。

「どうぞ、中へ」

薄暗い中に怪しい光が瞬いている。

「こ、これは!?」

膨大な量の金塊だった。

「全て満州国・国務院と満州中央銀行の大金庫に保管されていたものです。昭和二十年四月五日、ソ連が日ソ中立条約の一方的廃棄を通告して来た直後、これらを坊条氏は隠密裏に全て持ち出し、我々関東軍機密部隊に引き渡された。そしてここに無事に収められたのです。班目氏はその行程に付き添われた」

その話に唖然とするだけだ。

「坊条氏は発覚を防ぐために最後の最後まで満州に残られた。その為、中国軍に捕まり裁判に掛けられ銃殺された。その犠牲的精神と行動がどれほど貴いものか……」

中垣は目を瞑り感慨に耽っている様子だ。

坊条は父親のあり方に、ただ驚くだけだ。暫く沈黙が流れた。

坊条は訊ねた。

「こ、この金塊を使って関東軍は、まだ戦争を継続するということですか?」

中垣は首を振った。

「もうそれはありません。この金塊は大日本帝国の復活のために使う。それだけです」

坊条には意味が分からなかった。

「どうやって？　大日本帝国を復活させるんです？」

中垣は遠くを見るような目になった。

「理想の国。軍国主義に化けた嘗ての大日本帝国は、我々で終わりです。次の帝国の形はお父上たちが満州で理想とされたものの中にあります」

坊条には分からない。

「それはそこにおられる班目さんが良くご存知です。最大多数の最大幸福を目指した管理経済国家。それが新しい大日本帝国です」

驚く坊条に班目は言った。

「中垣中将はこの金塊を基にして坂藤の地からそれを始めよと仰っておいでなのです」

中垣は言った。

「これは軍人の仕事ではない。優秀な経済官僚の仕事です。正確な情報の収集と分析、しっかりとした計画の立案と実行。それによって、共産主義でも社会主義でもない理想社会を日の本に創る。その実験の場に坂藤をして頂きたいのです」

坊条は暫く考えてから訊ねた。

「しかし、それは坂藤を独立国家のようにしろということですよね？　そんなことを日本国が許す筈がない」

中垣の目が光った。

「隠蔽された管理経済都市、それが坂藤の新しい姿です。そのためには日本の中枢、特に真に日本を動かす影の存在との不可侵の協定を結ぶことになります」

坊条は訊ねた。

「不可侵協定などこちらの勝手な希望ですよね？　どうやって力のある中央政府や彼らを動かす存在を納得させるんですか？」

中垣は嬉しそうな顔つきになった。

「さすがは坊条雄二郎氏のご子息だ。頭の回転が極めて速い」

そう言ってから、二人を促し金庫の外に出た。

そして次に別の場所を目指して廊下を歩き始めた。何度か階段を降りていく。

頑丈な鉄の扉の前に来た。中垣は錠前を外し、扉を開けた。

中から水の流れる音がする。

「この下は地下水脈になっています。関東一円の川に流れ入っています」

坊条たちは懐中電灯を渡され、鉄の階段を水の流れの音の方に降りていく。そこに見えて来たのは確かに地下を流れる川だった。だが他にも何かがある。

「あれは？」

大きなタンクが四つ、蛇口を川の水の中に入れた形で置かれている。

中垣がそれを指さして言った。

「これが坂藤独立を守る切り札です。中には帝国陸軍化学兵器研究所が開発したサルサピリジピンが入っています」

「サルサピリジピン？」

意味の分からない坊条に中垣が硬直したような表情で言った。

「無味無臭の世界で最も強力な即効性毒薬です。それが四トン……およそ一千万人の致死量になります」

坊条は絶句した。

「サルサピリジピンは本土決戦となり一億玉砕と決まった場合、全国に空中散布することになっていました。その為、全部で五十トン以上製造されましたが、残りは全て研究所の地下深くに埋め廃棄しました」

その話の恐ろしさに、坊条は震えた。

「坂藤への不可侵を認めない場合、そして、日本という国がまた間違った方向に走った場合、このサルサピリジピンを使用する。それが切り札です」

そう言ってから中垣はじっと川の流れを見詰めた。

「ゆく河の流れは絶えずして、しかももとの水にあらず。驕りと暴走がこの国を滅ぼしてしまった。国民も官僚も軍も皆同じように狂って、一気にこの国を滅ぼしてしまった。それを理想というものを求めて作り直す。青雲立志を皆が持てる国の建設。それを坂藤の地から行うのです。理想都市を完成させ、次に国家にそれを倣わせ、理想国家を創るのです」

そう言うのだった。

◇

「……理想都市、理想国家」

大帝神社の本殿の中。

ヘイジと桜木祐子、そして坊条家の三兄弟と顧問弁護士の班目は、死んだ筈の坊条雄高から話を聞かされ茫然となっていた。

坊条は哀富が握りしめている三つの鍵を受け取ると、御神庫の鍵穴に差し込み扉を開けた。中から水の流れる音が聞こえる。

「中に入って見なくても良いですな。今の話の通りのもの。つまり、坂藤の独立の切り札がこの中にあるということです」

全員ただ震えた。

坊条は何とも言えない笑みを皆に見せた。

「班目と謀って死んだことにしたのは、最後の最後に不安になって自分の目で確かめたかったからです。坂藤の全てを知らせてからどうするか。美狂に託した金塊が底をつこうとしていることや清悪の浄化作業も資金的に限界に来ていることは分かっていました。だから、TEFGのお二人にもこの事実を明らかにして、私の命のあるうちに善後策を講じようと考えたのです」

全員黙ったままだった。

「班目順之助氏は、ここにいる班目の父親です。順之助氏は坂藤の秘密は、息子には決してお話しにならなかった。どこまでも、坊条家を支えよとだけ息子に言い残して死んでいかれた」

最初に口を開いたのは、桜木だった。

「坂藤を管理経済都市にされたのは、順之助氏だったのですか？」

坊条は少し違う、と言って説明した。

「順之助氏は昭和三十年に亡くなられた。順之助氏は私の父、坊条雄二郎が満州で立案した経済計画を正確に実践した。氏が亡くなった後は私がそれに倣った。父が本当に満州の地でやりたかったこと。個別計数管理によって経済を安定させる。ミクロの完全な把握でマクロを安定させる。そして最大多数の最大幸福を実現する。大帝券の発行など、どんな国にも出来なかった通貨管理が可能になったのはその為です」

そして続けた。

「私は東帝大学経済学部で学びながら実践的企業経営を勉強し、坊条グループとなる企業を次々と設立した。企業経営の才能は口幅ったいが、ある人間です。それに企業の設立資金には金塊が使えた。単品管理を徹底させる経営を進め、大帝券の発行はミクロの数字の積み上げを見ながら行う。その為に安定的経済成長も出来たのです。だがそれも限界に来たのはご承知の通りだ」

そこでヘイジが訊ねた。

「その過程で国からの介入を坂藤は受けなかった。つまり不可侵を認めさせたということですね？　それは誰が行ったのですか？」

坊条はああ、という表情をした。

「それは中垣中将です。そして私が後を引き継いだ。中央に棲む魑魅魍魎《ちみもうりよう》を相手にすることになりましたがね」

そう言って不敵な笑みを見せた。

ヘイジが訊ねた。

「その中垣中将や坂藤にいた関東軍は、その後どうなったのですか？」

坊条はそうだなと頷いた。

「良い機会です。今から皆で会いに行きましょう」

ヘイジは驚いた。


全員がクルマに分乗して着いたのは〝お狩場〟の入口だった。そこから皆でカートに乗って坊条の後に続いた。

「一体、どこまで行くんだ？」

東屋を過ぎてどんどん森の奥に入って行く。坊条三兄弟は知っているようだった。そうして小高い丘の上まで来た。

坊条がカートを停め、他の全員も降りた。丘の向こう側には不思議な光景が広がっていた。殆ど草の生えていない荒地が広がり、拳くらいの大きさの石がそこここに転がっている。

「ここは？」

ヘイジが訊ねると坊条が神妙な顔つきになって答えた。

「三昧場です」

「サンマイバ？」

「墓場です。今は坂藤の東にある禅寺の天界寺は、江戸時代に移される前ここにあった。禅の修行で悟りを得られない僧侶は皆、蹴り殺されたり殴り殺されたりした。その僧侶たちが石の下で眠っているんです」

その言葉に戦慄した。

「悟りを得られなかったら……殺されたんですか？」

ヘイジの言葉に坊条は頷いた。

「嘗ての禅とはそのくらいの厳しさがあったということですな。そして……」

そこで間を置いてから坊条は言った。

「金塊を満州から移送し、サルサピリジピンによる首都圏壊滅装置を作った関東軍・機密部隊十三名は、中垣中将が東京に出向き、真に日本を動かす存在との間で不可侵協定を取り付けて戻った後、ここで集団自決されました。全員、頭をピストルで撃ち抜かれた。戦争への自分たちの責任と、悟れなかった禅僧を重ね合わせ、この場所を選ばれた。遺体はここに埋め石を置くだけで良いと言い残して皆は逝かれた。ここにいる哀富は大帝神社の神主ですが、鎮魂の祈りはこの場に来て行っています」

それを聞いて荒地を見ると皆は厳粛な気持ちになった。

哀富が祈りの言葉を唱え始めた。全員、瞑目して手を合わせた。

そして、坊条は言った。

「ここが侵されないように、一帯を〝お狩場〟という狩猟場に仕立てて誰も入れないようにした。実際には狩猟など一切行っていません」

その言葉でヘイジが美狂を見ると美狂はニヤリとした。

そして坊条は、三人の息子を見て言った。

「私は怖かった。自分が背負わされた重荷に押し潰されることが。金塊という人を狂わせる存在。残された猛毒という悪の存在。そして、坂藤の独立が侵されたり日本がおかしくなった場合に首都圏の人間を全滅させる哀しみの判断。私はそれを生まれて来た三人の息子に分けて背負って貰うことにした。本当に申し訳ないことをした。だが、お前たちのお陰で坂藤はここまでやって来られた。そして私亡き後も皆がちゃんと正直に誠実に行動してくれることが分かった。騙したことは謝るが、本当に嬉しい」

三人の息子は、泣いていた。

坊条は哀富に声を掛けた。

「哀富、お前が一番苦しかったと思う。首都圏壊滅装置をどう自分が扱えば良いのか。坂藤の独立を守ることや日本の理想をどう考えれば良いのか。悩み苦しんだのは分かる。だがもういい。これからは皆で考えていこう」

哀富は涙を流しながら頷いていた。その顔には、安堵の表情が浮かんでいるのがヘイジには分かった。そして坊条は皆に言った。

「私の余命はあと数ヵ月。その後、坂藤をどうするか？　ここにいるＴＥＦＧのお二人を含め皆で考えて欲しい。何が理想で何が現実かを見極めながら、最大多数の最大幸福を目指して欲しい。そのためには信頼と協力が必要だ。何より坂藤の理想を忘れず厳しい現実と向き合って欲しい。よろしくお願いする」

そう言って深く頭を下げるのだった。


その夜。

ヘイジと桜木祐子は、坊条雄高の屋敷に呼ばれた。

「お体の大変な中、坂藤の全てを教えて頂いたことに深く感謝致します」

ヘイジと桜木は頭を下げた。

坊条は言った。

「これからが大変だ。私は死の間際で万事休すとなった時、それを『死ぬのだからもう良い』と投げ出せなかった。だからお二人にも、全てを知って貰った」

その正直さと深い思慮に二人は感じ入った。

「さて、お二人に相談です」

坊条の目が光った。

「坂藤が不可侵の状態に置かれたのは協定もあるが、坂藤が官僚にとって理想を行っていると中央官庁の表も裏も考えたことが大きい。管理経済は彼らの理想とするところです。しかし、それが限界に来たことを知れば必ず介入して来る。せっかく創り上げた坂藤市民の穏やかで変わらぬ幸福が崩れてしまう。そこで相談なのです」

桜木がそれに応えた。

「あのサルサピリジピンの処理コストさえなければ、計算上は今まで通りの状態を保つことは出来る筈です。ですが、猛毒の存在を市民に知られたらパニックになります。そうならない形での処理を、中央官庁の協力を得て行えば大丈夫だと考えるのですが」

坊条は頷いた。

「やはり私が最後に中央と話をつけなくてはならないですな。それも表ではなくて裏で進めなくてはならない」

その言葉に、ヘイジも桜木も何とも難しい顔になった。すると坊条は驚くべきことを言った。

「日本を動かす真の実力者たちに秘密裡に働きかける。ご協力を願えますかな？　柳城流茶の湯を通じて」

何故それを、とヘイジが言いかけた時、さらに驚くべきことを坊条は言った。

「この通りお願い申し上げる。第十三代柳城武州宗匠殿」

深く頭を下げている。ヘイジは訳が分からない。

桜木が笑って言った。

「どこでお分かりになられました？」

その言葉で、坊条も笑った。

「私は夜目が利く方でしてね。二十年前の柳城流闇の茶会で、前宗匠の隣に貴女がおられた。僅かな蠟燭の灯りに一瞬そのお顔が浮かんだ。私はそれが宗匠のお嬢様で次期宗匠はこの方だと直感した。その人が、TEFGの人間としてやって来たので僥倖と思ったのですよ」

桜木は頭を下げた。

「御慧眼《けいがん》、感服致しました」

その様子にヘイジは口をあんぐりと開けているだけだ。

そして直ぐに様々なことを思い出した。

最初に坊条の屋敷に招かれた夜、坊条が別れ際「大きくなられた」と言ったこと、あの七ケ瀬渓谷で出逢った柳城流茶の湯の人間たちに深々と頭を下げられたこと。

どちらもヘイジに対してではなく、柳城武州こと桜木祐子に向けられたものだったのだ。

ヘイジは全身から力が抜ける思いがした。

赤坂の柳城流茶室でチラリと見えた宗匠の手が、華奢だったことを思い出し桜木の手を見てため息をついた。

◇

ヘイジと桜木祐子が東京に戻ってひと月が経った。

グリーンＴＥＦＧ銀行準備室、グリプロの全員揃ってのミーティングとなった。

「武蔵中央銀行、北関東銀行、坂藤大帝銀行。この三つの銀行を統合してのＳＲＢ、グリーンＴＥＦＧ銀行の実現に向けてここまで半年皆とやって来ました。そして、それぞれの銀行から浮かび上がった問題の数々、解決したものもあればそうでないものもある。だが、地域密着で銀行の理想を目指すというＳＲＢのあり方は、普遍的で有益なものだと信じています。あと半年で実現に漕ぎ着けましょう」

次に三人の室長代理が、現状と問題点を説明していった。

最初に準備室で武蔵中央銀行を担当する今村良一と、同行から出向している古山恭二が大きな問題なく進んでいることを説明した。

そしてシステム担当の信楽満が、各行の現行システムをそのまま使う形で順調に進んでいることを説明した。

最後に桜木祐子が北関東銀行と坂藤大帝銀行の現状を説明してからある提案をした。

それは『グリーンアクション』と呼ばれるプランだった。

SRBとしてのグリーンTEFG銀行が主体となって、クラウド・ファンディングで資金を調達し、統合する三つの銀行の地域でのベンチャー・ビジネスを支援するというものだ。

その一つは観光事業だった。

「三つの銀行がカバーする地域は観光資源の宝庫なのですが、観光客を呼び込めていません。インバウンド消費が拡大する中、外国人観光客を中心に観光インフラを整えれば、地域のGDPは三割伸びると推定されます。特に坂藤は、レトロな街並みと固有の消費生活のあり方から潜在的な魅力は大きいと考えます」

そうして、三つの地域を結んだ交通や宿泊施設の改善と情報発信のあり方を含めてのプランを出し、どのようにしてベンチャーキャピタルをつぎ込むのかを具体的に説明した。

その次に桜木が『グリーンアクション』として出したのが環境ビジネスだった。

「坂藤の坊条化学が持っている最先端の廃棄物焼却システムがこの目玉になります。研究開発中ですが、成功すれば原子力発電所から出る核のゴミの汚染レベルを一桁下げることが可能になります。ここに資金を投入して成功させ、全国レベルのビジネスへ転換していくことを考えています」

どちらも個別の銀行の力では不可能で、ＳＲＢの持つ力によって実現できるとした。

ヘイジはミーティングの最後に言った。

「地域密着と共に地域の活性化。それを同時に行うのがＳＲＢの役目です。それを忘れずにあと半年、皆で頑張りましょう！」

ミーティングの後、ヘイジは桜木と二人になった。

「上手く坂藤の件を進めてくれてありがとう。観光と環境。それを使いながら、徐々に外に向けて開いていく。そこからの未来を坂藤の人たちは考えるだろう」

桜木は頷いた。

「その通りだと思います。坂藤の人たちが幸福だと思える独自性を維持しながら、問題点を解決する。観光というのは、その意味で上手くやれる可能性が高いです。京都を見てもそう思いますし、坂藤の消費生活のレアな部分はかなり魅力がありますから」

ヘイジは頷いた。

「食べ物も旨いしね。あんなに自然の味わいが楽しめる所はそうはない」

そう言ってからヘイジは小声になった。

「例のサルサピリジピンの処理は順調なんだね？」

桜木は大丈夫ですと言った。

「大帝神社の地下水脈に設置されていたものは、全て自衛隊の特殊部隊が運び出し、坊条化学内の処理施設に保管、最終処理を待っています。それにしても、毒物を真空状態にしてレーザー光線で焼却するシステムの能力はかなり高いようです。防衛省や文部科学省、環境省の専門家が皆驚いたと言います」

ヘイジは笑顔になった。

「各省庁から環境改善プロジェクトの名目で予算も付けられるようだし、これで坊条グループが資金繰りに困ることはなさそうだね」

桜木は頷いた。

「それにしても」

ヘイジは何とも言えない目をして桜木に言った。

「柳城流茶の湯の凄さをまざまざと思い知らされたよ。あの霞が関が、凄い速さで全てを見事に進めた。それも完璧に隠蔽したまま。ある種の恐ろしさを感じるよ」

桜木は微笑んだ。

「日本という国のどこをどう押せばどうなるか。柳城流茶の湯の宗匠は、全て分かっているということですね。そして、霞が関は元来、隠蔽してことを進めるのは上手ですから」

そう他人事のように言う。

ヘイジはその桜木に訊ねた。

「柳城流茶の湯とは本当にどういう存在なんだい。僕が何故入門を許されたのかは、君が柳城武州だったからということで分かったが、嘗て中垣中将が坂藤への不可侵協定を結んだ時も柳城流茶の湯は関係しているのかい？」

桜木は無表情で何も言わない。

ヘイジがその桜木に代わって言った。

「秘すれば花ということなんだね」

桜木はそれにも応えずに微笑んだ。

「今度、お茶を差し上げます。どうぞいらして下さい」

そう言って出て行った。

桜木祐子はその夜、赤坂にある柳城流茶の湯総本部の建物に入った。そして支度をすると茶室に向かった。

茶を点てるのだ。それは、宗匠が特別な時に行う茶だった。

現宗匠が歴代の宗匠の魂を客として招いて行うという特別な茶席。

床には軸も花もない。蠟燭の炎のみ。他に何もない茶室の中に釜からの音だけが響いている。

現宗匠、柳城武州こと桜木祐子は、心静かにそこで松風を聞いていた。

そして機が熟したと思われた時、おもむろに棗《なつめ》から大井戸茶碗に茶を入れ点て始めた。

茶碗も棗も茶杓も全て初代柳城武州が徳川家康から拝領したものだ。

濃茶《こいちゃ》を点て終えると茶碗を置いた。それから暫く歴代宗匠の魂を感じながら茶室で過ごす。

頃合いを見て一礼し、全ての道具を粛々と片づけて行った。そうして茶事を終えると宗匠室に戻った。

部屋の鍵を掛け、机の引き出しの中に入っている墨と硯を取り出した。時間を掛けしっかりと墨を磨る。そして小筆を使って和紙に何やら書きつけた。

次に立ち上がると後ろに掛っている絵に近づき、額縁を両手に持って横にスライドさせた。

隠し金庫が現れた。暗証番号を入力すると扉が開いた。白い手袋をして一礼してから、中にあった漆塗りの文箱《ふばこ》を取り出した。

掛っている紐を外し蓋を開けた。中には、『柳城流秘伝書』と記された和綴じの冊子が重ねられて入っている。

それにまた一礼してから全てを取り出す。

その中の最も古い冊子を前に置いた。表紙を捲るとそこには〝秘伝〟としてこう記されている。

一、柳城武州とは古田《ふるた》織部《おりべ》なり。

次の頁からは、柳城流茶の湯が手掛けた様々な事柄が続く。

歴代宗匠の本名と関わった問題や事件、その解決や顚末が簡潔に記され、関係した人物の名前がそこに並んでいる。

それは裏の歴史書、日本の歴史の舞台裏を伝えるものだった。柳城流秘伝書は何冊にも亘っている。

桜木はその最も新しいものを取り出すと、その最後の頁に先ほど自分が記したものを綴じた。

標題は〝坂藤のこと〟で、日付と内容、宗匠としての自分の名と関係した政治家、官僚、実業家の名前が肩書と共に記された。二瓶正平の名もある。

その作業を終えると、桜木は別の冊子を手に取った。戦後昭和に入ってからのものだ。頁を繰っていくと直ぐにその標題があった。

〝一、坂藤への不可侵のこと〟

陸軍中将、中垣忠雄の名前がある。そこには、桜木の祖父の名が宗匠として記され関係した人物名が連なっている。その後また〝坂藤のこと〟という標題を見つけると、坊条雄高の名があった。

それに連なって桜木の父の名が宗匠として記され、もうひとりの人物が載っていた。

「この人が絡んでいたのか」

その人物の名前には、朱色でバツ印が付けられていた。

それは破門を意味した。

◇

坊条雄高は東京、本郷にある東帝大学病院の特別室に、検査入院の名目で滞在していた。体の無理を押して、東京に出て柳城流茶の湯の力も借りながら中央の実力者たちと様々な形で話をつけた。

「あとは奴らか」

その組織との話はまだついていない。明治の頃から大蔵省に存在するとされる闇の組織のことだ。名前もなく目的も定かでなく、誰がその組織に属しているのかも分からない。

だが、その組織の力が歴史の重大局面で発揮されてきたことは間違いない。

ある時には政権を替え、霞が関の人事も思いのままに動かす。

坊条がその組織の人間だとはっきり分かって会った人物は二人いる。

一人は坂藤銀行に不良債権問題を起こさせ、大帝銀行から救済を受けながらその株を外資系ファンドにタダ同然で譲り渡すことで坂藤への介入を目論んだ坂藤銀行の頭取だ。

坊条グループはその頭取の策に嵌ったが、坊条が動いたことで組織は坂藤への介入を止め、その後、頭取は焼身自殺した。

そして、坂藤との手打ちに現れたのがもう一人の組織の男だ。〝魔術師〟と呼ばれる男だった。

坊条はベッドの上で、その男のことを思い出していた。

「あの男は出世を遂げた。バブル崩壊とその後の長期不況を追い風にしながら」

坊条は、枕元に置いてあるファイルを開いた。中から新聞の切り抜きを取り出した。

「そしてその男も焼身自殺した」

その記事を見ながら呟いた。

坊条は、時計を見た。

「そろそろ、やって来るな」

特別室までは専用のエレベーターがある。

表示灯がそれが動いたことを示した。その時、部屋の灯りが消えた。生命機能のディスプレーだけが蒼白く光る。

ドアが開き、人が入って来た。複数の足音がする。

坊条は声を掛けた。

「人払いはしてある。一時間は誰も入って来ない。安心して顔を見せたらどうかね」

しかし、灯りを点けようとはしない。

「我々は慎重でしてね」

闇の中から男の声がした。

「我々が何者であるかを知る人間と会う時は、非常に慎重になります。このままで失礼しますよ」

坊条はその声に聞き覚えがあった。

「随分懐かしい方の声のようだが、気のせいかな？」

するともう一人の男が言った。

「どうか過去のことはお忘れ下さい。過去に意味はありません。これからのこと、未来についてお話ししたいのです」

坊条は笑った。その声にも聞き覚えがあったからだ。

「お二人とも姿を見せると、死にかけている老人がショックで逝ってしまうと思ってのご配慮ですかな？　それとも本当に冥界からいらしたのかな？」

最初の男が言った。

「慎重なだけです。それ以上のご詮索はご無用に願います」

その声には、凄みがあった。坊条はそれが〝頭取〟だと確信した。

そしてもう一人の男が言った。

「坂藤の件、見事に中央を動かされましたね。我々も一切干渉しませんでした。これで坊条さん亡き後も坂藤は安泰だ。それは我々官僚にとっては嬉しいことです。管理経済都市というものがこの世にある。我々の目指すべき理想が守られたのですから」

その声は間違いなく〝魔術師〟だった。

坊条は訊ねた。

「本当にそう取って宜しいのですかな？　首都圏を壊滅させる装置は取り除かれた。坂藤への介入を阻止する切り札がなくなったということになる。それでも放っておいて貰えるのですかな？」

〝頭取〟が言った。

「嘗て、ある男が坂藤への介入を図った。その装置のことを知らず、独断専行で坂藤を脅した。しかし、結果はご存知の通りです。我々も怖かった。それは事実です」

〝魔術師〟が言った。

「敗戦後、我々の組織と坂藤とは不可侵の協定を結んだ。それは貴いものです。確かに装置なしに協定は結べなかったでしょう。しかし、装置以上に坂藤の管理経済都市としてのあり方のほうが魅力を持っていたのです。そして、これからさらにその魅力は増す」

坊条は〝魔術師〟の言っている意味が分からない。

「私はあと数ヵ月の命だ。冥途の土産に聞かせてくれ。一体これから世界で何が起きるというのだ？」

暫く沈黙が流れた。そしてゾッとする響きの声で、短い詩のような言葉が〝魔術師〟から発せられた。

「地獄の門が開き世界経済は破壊される。〝コロナ〟という言葉と共に。その後に君臨するのが我々死者たちの王国」

「なんだ？　〝コロナ〟とは？」

相手は何も答えまい。

坊条は語気鋭く言い放った。

「君たちの組織の人間は、柳城流茶の湯から破門されたと聞く。争いと混乱を目論む者たちは全て破門されるからな」

〝魔術師〟は笑った。

「柳城流茶の湯など意味のない存在になるんですよ。表も裏もない一つの世界。それが〝コロナ〟の後にやって来る。残念ですね。坊条さんはご覧になれないとは……」

坊条は訊ねた。

「さっき『我々死者たちの王国』と言ったな？　やはり君たちは私の知っている死者たちなのだな？」

二人は笑った。

「それは直ぐにお分かりになりますよ。三途の川を渡られたら我々がいるかどうかお確かめになって下さい」

それは〝頭取〟の言葉だった。

そして男たちは出て行った。

「くッ」

坊条は嫌なため息をついてベッドに身体を沈めた。

暗闇に自分の生命反応の数字だけが浮かんでいる。

「あと少しでこれらが消える」

坊条はその時初めて命が惜しいと思った。

今この状態で死ぬのは惜しいと強く思った。

坊条の心の中に、紫の空が広がっていく。

海軍兵学校の訓練中に見た原爆で色を変えた空だ。

「世界経済にとんでもないことが起きる。奴らはそれを準備している」

だが、それをどうにも出来ない自分の寿命の短さを恨むだけだった。

◇

ヘイジは、桂光義のオフィスを訪れた。

東西帝都ＥＦＧ銀行によるＳＲＢ、スーパー・リージョナル・バンクのプロジェクト、グリーンTEFG銀行プロジェクト、グリプロについての報告を行うためだった。

ヘイジは桂には全てを話した。

管理経済都市、坂藤についてその隠された歴史から今に至るまで。そして、柳城流茶の湯についても現宗匠が自分の部下であることを除いて語った。

桂は驚いた。

「そんな形で運営されている都市があるとは。だが色んなことをそれで考えさせられる」

桂は暫く黙って思考を巡らせた。

「その存在で中央と地方。メガとリージョナルの本質的な違いが、浮かび上がるように思える。中央集権対地方分権がそこにある。日本は明治以降の中央集権のあり方が行き詰っている。その最たるものが少子高齢化だ。過疎は地方だけの問題ではなく都会の中でも出現するようになった」

枝葉末節ではなくまず物事を大きく捉えるのが桂だった。

「本当にそうです。東京や大阪でも繁華街から少し離れるだけで、シャッター通りが広がっていたりしますもんね」

桂はその点について、銀行に問題があったのではないかと語った。

「都市銀行からメガバンクへの変化は、バブル期の不良債権の処理というネガティブな要素が根底にあった。それは、決して積極的な成長を目指してのことではなかった。その後、メガバンクは経済の活性化に何も貢献出来ていない。だからその後もデフレが続いた。銀行を大きくすることは、金融庁の思惑もあったが本質は日本経済縮小の隠蔽ではなかったかと思える。銀行は図体をでかくしただけで安心して何も前に進んでいない。相変わらず日本の経済は低迷したままだ。その相似形でスーパー・リージョナル・バンクを考えると将来は危うい。単に地方銀行の数を減らして大きな銀行をつくっても仕方がない。ここで根本的な発想の転換を図らないと、銀行と共に日本経済は沈んでいくだけだ」

ヘイジは言った。

「やはり中央集権発想を変えないと駄目なんだと思います。トップダウンではなくボトムアップ。地方独自が持つ活力、それを活用していくという考え方。究極の地方分権である坂藤の存在はそのヒントを与えてくれます」

ヘイジはそこで坂藤市民の生活のあり方を語った。

「自分たち独自のものがあるということへの誇りと喜びがあります。ナショナル・チェーンやナショナル・ブランドというある種のトップダウンを嫌い真の個性を求める。そこにこれからの日本再生の鍵があるように思えるんです」

だがそれは、と桂は言った。

「難しいところだな。独自性は閉鎖性に繋がるし、オープンでないことには必ず弊害が出て来る」

ヘイジは頷いた。

「坂藤は経済の全てを管理しているということ。そこには確かに違和感があります。コンビニ経営のように完全な単品管理の経済がある。ミクロの完全把握によるマクロの管理。大帝券という生活通貨の発行も、それを基に行われています。それ故に経済は安定している。それは凄いことだと思うのですが」

桂は難しい顔になった。

「確かに自然とは言えないが、今のビッグデータを使っての様々なマーケティング手法なども、考えてみれば坂藤でやっていることと本質は同じだ。人間とは一体何なのかと考えた時には分からなくなるな」

二人は暫く黙った。そして思い出したように、桂が言った。

「中央官庁が坂藤の危険な装置を秘密裡に短期間で見事に処理した。そこに日本の実力者間の意思疎通を図る柳城流茶の湯が介在しているということ。そしてあの五条たちの闇の組織はそれを妨害しなかったと思えること。それは気になるな」

ヘイジは頷いた。

「特に今回、坂藤を巡るＳＲＢに金融庁の工藤長官がこだわったことは気になります」

桂は考えた。

「何かが起こる。恐らく大きな何かが。その時の為に坂藤を、管理経済都市を温存しておく。闇の組織がそう考えたとしたら……」

ヘイジは桂の言葉に怖くなった。

だが次の瞬間の、桂の表情に驚いた。

大きな笑顔を作ったからだ。

桂特有の気持ちの切り替えだ。

「まぁ、考えても分からないことは分からない。それは起こった時に考えよう。今は目の前のことに懸命に取り組むだけだ。俺も二瓶君もＳＲＢというもののお陰で銀行員としての理想を考えるようになった。それが一番大事なことだ」

ヘイジも笑った。

「そうですね。ミクロによってマクロを変える。中央ではなく地方から日本を変える。それをＳＲＢを通じて行う。そこには夢がありますから」

桂は頷いた。

「まさに青雲立志だよ。世界中で今、中央集権的なものが限界に来ている。確かに分裂や対立は良くない。しかし、個人や地域というものの独自の力をどう高めるかを考えることは非常に大事だ。それを日本でどうやっていくか。二瓶君、グリーンＴＥＦＧ銀行の実現には期待しているから頑張ってくれ！　俺も必ず応援する」

はい、とヘイジは大きく頷いた。

◇

ヘイジは一週間の休みを取り、退院出来た妻の舞衣子を連れて旅行に出た。桂に勧められ九州を二人で巡ることにしたのだ。ＳＲＢ、大九州銀行のあり方を見ながらの旅だった。

ヘイジは、これまでの自分の仕事の全てを隠さず舞衣子に話していた。話の内容に舞衣子が怖がるかと思ったが、ヘイジが驚くほど舞衣子はしっかりとそれに対して自分の意見を述べる。

舞衣子はヘイジに信頼されていることに勇気づけられ強くなったと言った。

「平ちゃんは本当に大変だったんだね。でもきっと平ちゃんが一生懸命誠実に取り組んでいるから、皆が協力してくれるんだよ。だから必ず上手く行くね。グリーンＴＥＦＧ銀行は」

そう言って笑顔を見せる。

「一番の協力者は舞衣ちゃんだよ。だからこれからも宜しく頼むよ」

ヘイジの言葉に舞衣子は頷いた。


二人は長崎、平戸の先にある美月島に着いた。

桂の友人で大九州銀行副頭取の寺井征司の従弟で地元の漁協に勤める吉富勉さんが、案内を務めてくれる。全て桂が寺井に連絡してくれてのことだった。

「美月島では素晴らしい景色が見られる。絶対に奥さんを連れて行った方が良いぞ」

そう勧めてくれた桂にヘイジは感謝した。

ヘイジと舞衣子の二人は勉さんのクルマでサンセットウェイを走った。

「そろそろ夕暮だから楽しみにして下さい」

勉さんの言葉に二人の期待は高まった。

大きく海が見えて来た。

断崖の連なりの向こうに、どこまでも広がる穏やかな海の景色は自然の持つ勇壮さと優しさを二人に伝えて来るようだった。

そうして灯台のある島の北端に着いた。二人は灯台まで丘を上っていった。

「こんな風に平ちゃんと自然の中にいるのはいつ以来だろう?」

舞衣子は訊ねた。

そう言われて直ぐに答えられないことに、ヘイジは戸惑った。仕事仕事の日々が続く銀行員人生だったことに愕然とする。

「でも本当に幸せ。こうやって平ちゃんといられる。平ちゃんと一緒に生きている」

ヘイジは頷いた。

「これからも大変だと思うけど、舞衣ちゃんとは二人三脚だよ」

舞衣子は頷いた。

「大変なのは覚悟してる。でも平ちゃんが私を必要だと思ってくれれば大丈夫。そうすれば私は頑張れる」

ありがとう、とヘイジは言った。

「わぁ!!」

舞衣子が声をあげた。

一面の海が夕日で染まっていく。

「凄いなぁ!!」

その美しさはどこにもないように、ヘイジには思われた。

そして自分たち夫婦も、どこにもない掛け替えのない存在なのだとも思った。

　ヘイジは舞衣子の肩を抱いた。

　夕日は様々に色を変えていく。

　ヘイジはこれまでの銀行員人生を考えた。苦しく嫌なことの多い銀行員という仕事の中で、こんなに幸せを感じられる時間は殆どなかったことを思った。

　これからも、苦しく嫌なことはある。そして、大変なことも起こって来る筈だ。

　だけど、とヘイジは思った。

　組織ではなく、大事なもののために生きていくこと。それさえ徹底すれば、銀行員という人生は幸せな筈だと。

　日本最高の夕日が全てを染め上げていく。

　ヘイジは舞衣子の肩を、もう一度しっかりと抱き寄せた。

解　説

松浦弥太郎

東西帝都ＥＦＧ銀行の執行役員に上りつめた銀行マンの二瓶正平が、武蔵中央銀行、北関東銀行、坂藤大帝銀行という三つの銀行の統合実現に挑む波乱万丈のストーリー。一気に読み終え、胸に残るものがあった。

主人公の二瓶正平自身、そして彼を取り巻く登場人物の心証というか存在そのものが、非常に「日本人」であることだ。

グローバリズムが進む現代。ナショナリズムとは別にある、「日本人」ならではの、爽やかなソフィスティケートをじんわりと思い出した。

「日本人」とは何者なのか。どんな人間なのか。筆者が考える「日本人」を書いてみる。

第一に浮かぶのが義理と人情である。日本人なら誰もが耳が痛いのではなかろうか。これくらいやっかいなものはないが、これくらい「日本人」らしく、また微笑ましいものはない。外国人の友人に言わせると、義理と人情とは、最低で最高のお人好しそのもので、最も外国人に理解されないことのひとつであるらしい。上か下か、勝ちか負けかの、弱肉強食マウンティング体質の欧米人にとって、たとえば、譲ったり譲られたりなど考えられない。

義理とは何か。それは様々な人間関係のなかで、人として決して反故にしてはいけない礼儀またはお返しの精神である。そう、人からしてもらったことを忘れずに、必ずお返しをすることである。ちなみに義理に相当する言葉は、英語にはない。

日本を論じた『菊と刀』の著者ルース・ベネディクトは、「義理ほどつらいものはない」と日本人はよくつぶやき、行為の動機や、名声や、いろいろな日々のジレンマにおいて、常に義理を口にすると指摘している。

くわえて、義理とは、どうしても果たさなければならない「返済の規則」であると定義し、もしそうしなければ、人々から義理を知らぬ人間と呼ばれ、恥をかくことになると述べている。さすが、日本文化を深く理解し、的を射ている。

二瓶正平は義理と人情に長けた人物である。

相手が誰であろうと、虚心になって、誠実で正直に対応し、時には自分の身を棄てることもいとわない。そうして、信頼と協力という無形財産を積み重ねていく「日本人」だ。

私たちの暮らしには、所属、職業、階層、親類縁者、親子関係、友人知己、隣人などへの様々な義理と人情がひしめいている。その半端ない気遣いが人間関係を構築している。

人情については、義理との違いを考えればわかりやすい。義理とは公的なもので、人情は私的なものだと解釈する。さて、いかがだろうか。

こうした義理と人情は、もはや古いモラルと言われようとも、「日本人」の道徳的心性として脈々と息づき、日々私たちの身を立て、身を守っていることを忘れてはならない。人形浄瑠璃『お染久松』で語られる「いかにこなたが土百姓でも、相応な義理と法とは捨てられまい」という台詞に心を動かすのが私たち「日本人」なのだ。

それともうひとつ。日本文化を研究し、第二代上智大学学長を務めたドイツ人宣教師であり哲学者のヘルマン・ホイヴェルスは、「いただく」と「捧げる」という、「日本人」を象徴する二つの精神について、ある随筆で持論を述べている。

とかく「日本人」はこの二つの言葉が大好きである。「いただく」とは、山の峰（頂き）から生まれた言葉で、すなわち高いところである人の頭を示している。

贈り物をいただくときは、どんなものでも謹んで、いただいたものを両手で高々と上げて、お辞儀をして受け取り、自分のものにする。これはあらゆることの「日本人」の姿勢といえよう。いただいた大切なものは、自分より高いところに置くのも「日本人」特有である。床に置くなんてもってのほかである。

「していただく」「いただきます」という日常的な言葉があるように、いつでもなんでも誰からでも、感謝して「いただく」文化が「日本人」の暮らしにはある。

そしてまた「いただく」には理由がある。「捧げる」という大事な目的があるのだ。

「捧げる」は、とても「日本人」の生き方に通じる言葉である。先に書いた「いただく」によって、日常的にいただいたものはすべて、自分の心を通じてよりよいものにして、家庭と社会に「捧げる」(返す)という、まさに義理と人情が発揮される精神がここにある。

どんなものでも「自分の心を通じてよりよいものにして」という、自分の努力と、その心のこめられるものを、ていねいに、人に提供することに長けていて、またはそのお返しという行為が好きなのが、私たち「日本人」であり、「いただく」と「捧げる」ことにしあわせを見つけるのも「日本人」である。

そんな、いただき上手、捧げ上手になることによって、「日本人」の心は落ち着くのだとヘルマン・ホイヴェルスは言う。まさに、二瓶正平の、人を感銘させる魅力と能力そのものを突いている。

話は大きく変わるが、本書はまた、二瓶正平と妻である舞衣子の物語でもある。

病に伏せる舞衣子だが、二瓶正平にとって彼女は、時にメンターであり、時に背負った十字架のようで、何があろうと帰る場所である。そして、唯一無二のしあわせとして存在している。二瓶正平の澄み切った信念とある種の悟りは、舞衣子がもたらしているのかもしれない。少なくとも、彼にしあわせとは何かを舞衣子は問いかけている。

二人の会話を読み、これからの未来を私たちはどう生きていくべきなのかを考えさせられた。

人間である以上、どんな立場でも、常に様々な不安と恐怖がついてまわり、それを乗り越えるために、人は皆、考え、悩み、学び、働き、苦しみ、喜ぶ。その延長線に、人生の目的である、しあわせというものを見出していくのではないだろうか、と。

そこで改めて考える。私たちはなぜ生きているのだろうか。それは人や社会から与えられるのを待つのではなく、どんなにささやかであっても、自分の内なる心でしあわせを見出すために生きているのではなかろうか。

どんな不安や恐怖であっても、その状況や、または他人に対して、自分がどんなふうに接するのか、どんなふうに見るのか、どんなふうに反応するかによって、それを苦しみとするのか、しあわせだと感じるのかが左右される。

二瓶正平はどうしているのか。基本は全肯定。何事も否定しない。これが不安と恐怖に対する正しい態度である。すべてを受け入れ、理解し、認める。これが彼の強さである。どんな出来事にも様々な側面があることを常に知り、ある側面は苦しみであっても、別の側面から見たら、学び多く、喜びであると考え、すべてを「いただく」。

結局、自分自身がどのように日々を暮らし、仕事を遂行していくかを決めるのは、すべての出来事にどのように向き合うのか。そこにその人のライフスタイル、いわば、しあわせの種が生まれるのだ。

本書はできれば二度読んでいただきたい。

一度目は、痛快な金融エンターテイメントとして。二度目は、「日本人」とは何者であるのか、その強さと弱さ、賢さと愚かさ、優雅と美学、道理として何を大切にし、何を嫌っているのか。そんな問いを読み解く楽しみを味わってほしい。

一粒で二度おいしい。これが『メガバンク最後通牒』の隠れた魅力であり、全編を通して、しあわせを追求した物語であると読み解き、筆を置きたい。

――エッセイスト

＊参考文献　『ホイヴェルス随想選集　人生の秋に』ヘルマン・ホイヴェルス（春秋社）

この作品は書き下ろしです。原稿枚数712枚（400字詰め）。

メガバンク最後《さいご》通牒《つうちょう》

執行《しっこう》役員《やくいん》・二瓶《にへい》正平《しょうへい》

波多野《はたの》聖《しょう》

令和2年10月10日　初版発行

発行人――石原正康
編集人――高部真人
発行所――株式会社幻冬舎
〒151-0051東京都渋谷区千駄ヶ谷4-9-7
電話　03(5411)6222(営業)
　　　03(5411)6211(編集)
振替00120-8-767643
印刷・製本―株式会社 光邦
装丁者――高橋雅之

幻冬舎文庫

ISBN978-4-344-43030-3　C0193　は-35-4

幻冬舎ホームページアドレス　https://www.gentosha.co.jp/
この本に関するご意見・ご感想をメールでお寄せいただく場合は、
comment@gentosha.co.jpまで。